데스마치에서 시작되는
이세계 광상곡
9

루루
쿠보크 왕국 출신.
아리사의 언니.
리자
주황 비늘 종족의 소녀.
나나
무표정한 호문클루스.
사토
이세계를 헤매고 있는
서른 줄 프로그래머.
미아
말수가 적고 음악을 좋아하는
엘프.

아리사
쿠보크 왕국의 옛 왕녀.
전생에 일본인.
타마
고양이 귀 종족의 소녀.
포치
강아지 귀 종족의 소녀.

독기를 두른 소녀는
기억상실인 레이를
억지로 데려가고자
찾아왔지만—.
"기다려, 언니!
그 흑발의 악마한테서
반드시 구해줄게."
—섭섭해지는 호칭인데.

데스마치에서
시작되는
이세계 광상곡
9

★★★

아이나나 히로

Death Marching to the Parallel World Rhapsody

Presented by Hiro Ainana

CONTENTS

Death Marching to the Parallel World Rhapsody 9

바다 여행 009

기억상실 소녀 099

무역도시 수트안델 153

설탕 항로 193

해양국가 이슈라리에 231

마도왕국 라라기 263

라라키에 항로 309

부유도 라라키에 359

결판 375

에필로그 393

후기 414

바다 여행

"사토입니다. 침몰선 탐사라고 하면 보물을 가득 싣고 카리브 해에 가라앉은 대항해시대의 범선이 떠오릅니다. 해저에 가라 앉아 삭아가는 범선에는 로망이 있다니까요."

"자식들아! 캡틴 아리사 님의 출진이시다~."

해적 차림의 아리사가 뱃머리에서 포즈를 취하고 있었다.

선장 역할의 아리사는 애꾸눈 안대로 가리고 남은 눈동자를 반짝거리며, 옆으로 길쭉한 모자 아래로 살짝 굽이치는 보라색 머리칼을 나부끼고 있었다.

약간 레트로한 해적 코스튬이다. 자락이 긴 외투에 하얀 바지와 세련된 레이피어를 장비했다.

나는 아마 해적왕 코스튬을 입지 않을까 생각했는데 아리사하고 내 취향이 조금 달랐던 모양이다.

"아이아이 서(Aye Aye Sir)~."

"예 서(Yes Sir)인 거예요.'

고양이 귀 고양이 꼬리에 하얀 숏헤어의 타마와 강아지 귀 강아지 꼬리에 다갈색 보브컷의 포치가 아리사의 외침에 응하면서 **뿅**하고 튀어나왔다.

두 사람은 해적 부하풍 패션이었다. 줄무늬 반 소매 셔츠에 7부 바지를 입고 있었다.

허리에는 해적풍 단검을 장비했는데, 아리사의 레이피어와 마찬가지로 날을 안 세운 모조품이었다.

둘 다 아리사와 마찬가지로 안대를 착용했다. 아리사의 리얼한 안대와 달리, 두 사람 것은 강아지와 고양이를 간략화한 작은 가면 같은 귀여운 것이었다.

"주인님. 마실 것 준비했어요."

듣기만 해도 상큼해지는 목소리. 청초한 미모 탓에 성은 물론이고 대해원마저 기울 것 같은 검은 머리칼과 검은 눈의 루루였다.

윤기가 흐르는 스트레이트 머리칼이 여름용 밝은 색 메이드복에 잘 어울렸다.

선미루(船尾樓) 앞에 있는 조타석 옆에는 루루만 있는 게 아니었다.

"마스터, 다과도 완벽하다고 고합니다."

포테이토 칩이 든 바구니를 한손에 들고 무표정을 유지하면서 눈동자를 반짝거리는 금발 거유의 나나. 엘프 마을의 배양조에서 새로운 이술을 얻은 그녀는 동시에 가슴의 컵 수도 올라가 있었다.

그 결과 실제 연령은 0세면서도 당당하게 **F컵**이다. 호문클루스가 인공생명이라지만, 배양조의 강화 메뉴에 가슴 사이즈 설정까지 있어서 놀랐다.

급격하게 성장하면 본인도 당황할 테니까 이번 성장은 **최소**

한으로 설정했다.

“주인님. 테이블은 여기에 두면 될까요?”

“그래, 거기면 돼. 고맙다, 리자.”

붉은 머리칼의 주황 비늘 종족 리자가 대형 요정 가방에서 묵직해 보이는 테이블을 꺼냈다.

목 부분과 손 부분에 있는 오렌지색 비늘과, 도마뱀 같은 꼬리가 없으면 인간족과 구분이 안 된다.

“사토.”

선미루(船尾樓) 위에 있는 전망대에서 아쉬운 눈빛으로 항구 방향을 바라보던 미아가 조타석에 있는 내 쪽으로 오더니 두 손을 펼치며 다이브했다.

트윈테일로 묶은 옅은 청록색 머리칼이 바람에 날리며 엘프의 특징인 조금 뾰족한 귀가 드러났다.

“미아, 위험하잖아.”

“응, 신뢰.”

뛰어내린 미아를 양손으로 상냥하게 받아줬다.

내 목에 팔을 두른 미아가 고양이처럼 내 얼굴에 볼을 부볐다.

미아의 등 뒤에 비늘 수인족— 인어들의 항구는 이미 보이지 않는다.

이제는 하늘로 뻗어 오른 세계수밖에 안 보인다. 저 꼭대기에서 하이 엘프 아제 씨랑 같이 해파리 퇴치를 한 것이 굉장히 오래 전인 것처럼 느껴졌다.

미아를 고향인 보르에난 숲으로 바래다준 다음 3개월 정도

나날을 보낸 수상(樹上) 가옥이 뇌리에 떠올랐다. 숲에서 사냥을 했던 것과 장기 승부, 공중 목욕탕에 카레 파티. 즐거운 추억이 가득했다.

그렇게 추억이 가득한 보르에난 숲을 출발한 우리는, 지금 미궁도시를 향해 항해하고 있었다.

보르에난 숲에서 있었던 일을 회상하던 내 귀에 아리사의 절규가 들렸다.

"자, 잠까안! 미아, 뭐하는 거야!"

나한테 안겨 있는 미아를 발견한 아리사가 이쪽을 가리키며 달려왔다.

"길티~?"

"길티인 거에요."

타마와 포치가 서로 마주보더니, 평소 미아가 하는 말을 흉내 낸 다음 아리사를 따라 달렸다. 필사적인 기색의 아리사와 달리 타마와 포치는 무척 즐거워 보였다.

"에잇, 너무 달라붙었잖아!"

"응, 반려."

"그런 건 무효야!"

아리사가 미아를 나한테서 떼어내려고 분투했다.

미아가 말하는 반려란 것은 엘프의 풍습을 몰랐던 내가 미아의 이마에 서약의 키스를 한 것을 가리킨다.

아리사가 말한 것처럼 무효지만, 미아 본인은 고집스레 인정하지 않았다.

뭐 금세 질리겠지. 나는 미아의『반려』발언을 괜히 신경 쓰지 않고 지켜보는 방침이었다.

"나는 이마에 키스 정도가 아니라 입에 키스한 적도 있어."

"우웅, 사토."

아리사의 말에 미아의 눈썹이 치켜 올라갔다.

아마 아리사가 맨 처음 만났던 밤에 **나의** 잠자리를 습격한 걸 말하는 거겠지.

"키스."

미아가 문어처럼 입을 삐죽 내밀고 얼굴을 내밀었다.

미안하지만 난 유녀 취향이 아니거든.

"키스~?"

"쪼오옥하는 거예요!"

"자, 잠깐. 얘들아!"

타마와 포치가 미아를 흉내 내면서, 아리사의 등을 기어올라 내 볼과 이마에 키스를 퍼부었다.

받침대가 된 아리사가 항의했지만 두 사람은 안 들리는 모양이다.

그걸 본 미아가 키스를 기다리는 게 아니라 타마와 포치처럼 직접 키스를 했다.

아이들에게 자극받은 건지 나나와 루루도 얼굴을 가까이 댔다.

"마스터, 친애의 키스라고 고합니다."

"그, 그러면, 저도 친애의 증거로……."

무표정한 나나가 내 이마에 쪼옥. 볼을 조금 붉힌 루루가 입술 가까운 볼을 쪼듯 키스를 했다.

오랜만에 동료들끼리만 여행을 하는 거라 다들 신이 난 모양이다.

성실한 리자는 조금 떨어진 곳에서 직립부동을 하고 있었지만, 어쩐지 섞이고 싶은 기색이 느껴졌다.

"리자."

혼자만 따돌리면 가여우니까 이름을 부르며 내 볼을 가리켰다.

"그, 그렇다면, 주제넘지만—."

리자가 보기 드물게 갈라진 목소리로 말하면서 얼굴을 새빨갛게 물들인 채 귓가에 상냥하게 입맞춤을 했다.

주황 비늘 종족의 풍습인지, 키스한 다음에 살짝 귓볼을 핥아서 간지러웠다.

그런 동료들은 보르에난 숲에 머무르는 동안 여러모로 성장했다.

엘프 스승들에게 훈련을 받은 동료들은 전투 기술과 함께 레벨도 올라서 이제는 모두 레벨 20에 이르렀다. 일반적인 기사단이면 분대장이나 소대장이 될 수 있는 기량이겠지.

전위진 모두가 순동(瞬動)이나 신체 강화 스킬을 익혔기 때문에 종합적인 힘은 공도에 있을 때보다 격이 다르게 올랐다.

아쉽게도 리자 말고는 아직 마인을 익히지 못했지만, 본래 레벨 30 이상의 기사라도 못 쓰는 사람이 많은 희귀한 스킬이니 어쩔 수 없지.

후위인 루루도 호신술 스킬을 익혔고, 아리사와 미아는 스킬은 못 얻었지만 길거리 깡패들 정도라면 가볍게 제압할 수 있는 기량을 얻었다.

미아는 새롭게 정령 마법을 익혔고, 아리사는 공간 마법의 새로운 마법서를 얻었다.

나나의 이술 강화는 중급 술리 마법에 상당하는 것이 늘었지만, 마력까지 늘어난 것이 아니라서 앞으로 성장에 따라 결과가 나올 것이다.

나도 엘프들에게 갖가지 비술을 배운 덕분에 요정은이라고도 불리는 미스릴뿐 아니라, 뛰어난 강도와 내열성을 뽐내는「히히이로카네(日緋色金)」, 마력에 따라 밀도가 변화하는 다이아보다 단단한「진강(眞鋼)」(아다만타이트)마력 효율이 뛰어나며 지팡이나 마법 도구(매직 아이템)에 알맞은「진은(眞銀)」(테일 실버), 그리고 만능의「신금(神金)」(오리하르콘)을 만들 수 있게 됐다.

다만 이 마법 금속을 연성하려면 방대한 마력과「현자의 돌」이라고도 불리는「성수석」이 필요하다.

연성한 결과 나오는 금속의 무게에 비교하면 미량이지만, 성수석이 윤택한 엘프들이나 내가 아니면 쉽사리 만들 수가 없으니, 너무 공개적인 장비나 장식품에는 사용할 수가 없다. —소동이 일어날 테니까.

"저기, 주인님. 미궁도시까지는 며칠이면 도착해?"

"어디보자—."

스킨십을 충분히 탐닉한 덕분인지, 아이들 미소가 평소보다 광택을 뿜으며 빛나고 있었다.

듣자니 「주인니움」이란 것을 보충했다는 불가사의한 말을 했다.

배의 조타와 돛의 조정은 선수상형 골렘 「허수아비」가 해주기 때문에 우리는 갑판 위에 시트를 펼치고 편히 쉬고 있었다.

매뉴얼로 조선하는 것도 가능하지만 선수상형 골렘에게 맡기는 편이 안전하고 편하다.

참고로 선수상형 골렘은 흔해빠진 미녀상이 아니라 미아의 열렬한 희망으로 펭귄상이 되었다.

"—보통 배라면 1개월 정도 걸릴 거야."

나는 맵을 열면서 대답했다.

비공정이라면 모를까 시속 10에서 20킬로미터쯤 되는 배라면 1개월 정도라고 볼 필요가 있었다.

어디까진, **보통 배**라면.

"마스터! 전방의 바다가 색이 다르다고 보고합니다."

뱃머리에서 나나의 경고가 들렸다.

분명히 직선에 가까운 호를 그리는 라인을 경계로 색이 변하고 있었다.

맵을 보니 보르에난 숲 구역이 끝나는 부분이었다.

"하늘도~?"

"정말인 거에요!"

방금 전까지 마스트 주위를 빙글빙글 돌며 놀던 타마와 포치도 어느샌가 마스트 위에 있는 파수대에 진을 치고 있었다.

아마 파수대랑 갑판을 연결하는 밧줄 사다리를 오르는 게 재미있었나 보군.

"정말이네."

뭔가 있는 걸까요?"

포어 마스트랑 메인 마스트의 돛 사이로 보이는 바다를 보고, 아리사와 루루가 불안하게 중얼거렸다.

"괜찮아. 이제 슬슬 바깥 바다거든."

나는 그렇게 말하고 배의 마물 퇴치 기능을 기동했다.

성비(聖碑)와 같은 파란 빛의 마법진이 배를 둘러쌌다.

꽤 화려하기 때문에, 사람들 거주지역 근처나 다른 배와 선단을 짤 때 쓰려고 빛이 새어나가지 않는 스텔스 모드도 탑재했다. 효과범위가 반감되니까 평소에는 스텔스 모드를 쓰지 않는다.

"—예뻐요."

루루를 비롯한 애들이 빛의 마법진을 보고 예쁘다며 입을 모았다.

이윽고 배가 나아가 바다의 색이 다른 경계 부근에 도달했다.

"결계."

미아에게 수긍하며 다들 이쪽으로 모이라고 했다. 파수대의 두 사람을 빼고 모두 조타석 주위에 모였다. 여기에는 안전벨트가 있는 안전한 좌석이 있으니까.

"마스터, 전방을!"

내 어깨를 붙잡은 나나가 앞을 가리켰다.

배가 결계에 다가가자 바다 위의 결계가 게이트처럼 열렸다.

물론 본래 투명하기 때문에 희미하게 빛이 줄어든 것처럼 보이는 정도였다.

"마스터, 건너편 바다가 거칠다고 보고합니다.

"이 근처 바다는 보르에난을 지키기 위해서 일부러 해류가 흐르도록 해놨대."

바깥 바다에서도 어지간해서는 볼 수 없는 거친 파도에 배가 희롱 당했다.

배가 빠져 나온 결계가 등 뒤에서 소리도 없이 조용히 닫혔다.

맵을 보니 여기는 「요정의 헤매이는 바다」란 구역이었다.

"스테디~?"

마스트 위의 파수대에 앉은 타마가 다리를 흔들거리며 말하자, 전성관을 통해 들은 나나가 평탄한 목소리로 정정했다.

"지금은 양현 최대 전투속도가 올바른 용법이라고 정정합니다."

이 배의 전성관은 바람 광석을 사용했기 때문에 소리가 대단히 맑게 전달된다.

참고로 양현 전속을 하고 싶어도 이 배에는 노를 젓는 장치나 스크류가 없었다.

"오우~예에~."

"괴, 굉장히 흔들리는 거예요! 바, 바다에 떨어져 버리는 거예요."

"두, 두 사람. 위험하니까 거기서 움직이면 안됩니다."

마스트 위는 진폭이 크기 때문에 포치가 살짝 혼란에 빠졌다. 거기에 이끌려 리자도 당황하기 시작했다. 신이 난 타마와는 온도 차이가 참 크다.

마스트 위의 타마와 포치는 구명밧줄을 허리에 감고 있는 데다가, 여차하면 내가 「이력의 손(매직 핸드)」으로 잡으면 되니까 괜찮다. 리자와 포치는 당황해서 그걸 깨닫지 못했지만.

루루랑 미아는 말없이 창백한 낯빛으로 나한테 매달렸고, 좌석 앞의 팔걸이를 붙잡은 아리사도 그다지 여유가 없어 보였다.

"역시, 바깥 바다에서 이런 작은 범선은 무리였던 거 아냐?"

"괜찮아."

이 배는 배수량 100톤쯤 되는 작은 갈레온선이지만 특수한 기믹이 잔뜩 있으니 아무리 거친 바다라도 여유 있다.

엘프들 말에 따르면 이 거친 바다도 오래 이어지지 않는다. 그리고—.

"—호에? 갑판 일부가 막 열리는데."

"옆에도 창 열렸어~?"

덜컥덜컥 소리를 내며 열리는 커버를 보고 놀란 아리사가 말하자 타마가 보충 설명을 했다. 이어서 고회전 엔진 소리 같은 것이 배 위에 울렸다.

둥실 떠오르는 부유감이 몸을 감싸더니 거친 파도의 흔들림이 그쳤다.

흔들림이 멎은 타이밍에 눈물을 그렁거리는 포치가 로프를 술술 미끄러지며 파수대에서 내려왔다.

타마도 포치에 이끌려 같이 갑판으로 내려왔다.

"둥실둥실~."

"마스터, 배가 공중에 떠 있다고 보고합니다."

"어? 공중?"

타마와 나나의 보고에 아리사가 놀란 목소리를 내며 배 옆으로 몸을 내밀었다.

다른 애들도 안전벨트를 풀고 삼삼오오 갑판으로 흩어졌다.

"배, 배가 날고 있어어어어어어!"

—이 배는 공력 기관을 탑재한 부유 범선이거든.

놀라는 동료들에게 살짝 뽐내면서 배의 구조를 설명해줬다. 다들「굉장한 마법 장치를 실었다」쯤으로 이해했지만, 배가 흔들리지 않는 걸 기뻐했으니 좋다 치자.

흔들리지 않는 것도 좋지만, 공중에 떠오른 배는 물의 저항이 없어서 보통 바람으로도 시속 20킬로미터, 바람 마법을 쓰면 시속 60킬로미터의 순항 속도를 낼 수 있다.

물방울 형태의「방풍」마법도 같이 쓰면, 아마 최대 시속 100킬로미터 정도는 나올 거다.

비행기로서는 느리지만, 쾌속으로 유명한 구축함 시마카제가 시속 75킬로미터 정도였던 걸 생각하면 배로서는 얼마나 파격적인지 알 수 있었다.

"더 높이 날 수 있어?"

"해면에서 60미터 정도까지는 상승할 수 있어."

이 배의 공력 기관은 출력이 낮은 팬의 이용법을 생각할 때 만든 대용품이니까, 보통 비공정처럼 자유자재로 날아다닐 수는 없었다.

"이런 일도 있을까 해서, 라면서 제트 엔진 같은 거는 안 실었어?"

"그런 건 없어."

아리사의 물음에 쓴웃음을 지으며 답했다.

왜냐면 컨셉이 어디까지나 범선이니까.

물론 빈 공간이 잔뜩 있으니까 비공정용 대출력 타입의 성수석 기관이나 분사추진기 따위를 탑재하기 위한 마운터도 표준으로 장비해놨으니 스토리지에 저장해둔 마법장치들을 조립하는 건 가능하다.

하지만 이 배는 어디까지나 범선다운 컨셉을 우선했다. 바람 부르기 처리를 해둔 돛이 붙잡은 자연풍이나 바람 마법으로 만든 강풍으로 나아가는 게 범선다워서 좋다고 생각하거든.

아리사와 그런 대화를 하고 있는데 앞을 보고 있던 리자가 경고의 목소리를 냈다.

"주인님, 안개가 끼어 있습니다."

리자의 보고를 들은 나는 재빨리 맵을 열어 항로를 확인했다.

이 앞에는 장애물도 없고 마물도 없기 때문에 시야가 다소 가려져도 문제는 없었다.

—응?

지금 무슨 위화감이 있었는데.

"뉴우~?"

뱃머리에 앉아 다리를 흔들거리고 있던 타마도 위화감을 느꼈는지 불쾌한 듯 귀 뒤를 긁는 모습이 돛 사이로 보였다.

안개가 걷히자 한여름처럼 밝은 햇살이 단숨에 내리쬐었다.

파도가 조금 잔잔해졌고, 기온도 햇살에 맞춰 따뜻— 하다기보다 덥게 변했다.

맵을 열어 확인하자, 맵 이름이 어느샌가 「요정의 헤매이는 바다」에서 「해룡 제도」로 변해 있었다.

나는 맵을 열고 마법란에서 「모든 맵 탐사」를 골라 이 구역의 정보를 수집했다.

"주인님. 무슨 일이 일어난 걸까요?"

"걱정 안 해도 돼. 보르에난 숲의 엘프들이 건 마법으로 어딘가 먼 곳에 이동한 것뿐이야."

분명 이것이 「거친 파도는 오래 안 간다」라고 엘프들이 말했던 이유겠군.

걱정스런 기색으로 모인 리자와 동료들에게 대답했다.

상세하게 묻지는 않아서 추측한 거지만, 엘프들의 마법서에 있던 「방황하는 바다」란 마법이겠지.

공도에서 늙은 스프리건의 가게를 지키고 있던 「방황하는 숲」이랑 같은 종류의 마법으로 보르에난을 지키고 있나 보다.

"강제 전이면 큰일 아냐? 지금 어디 있는지 알 수 있어?"

"괜찮아. 여기는 해룡 제도야. 북상하면 시가 왕국에 갈 수 있어."

내가 설명하자, 그제야 다들 안심한 표정을 보였다.

이 구역은 커다란 공백 지대를 끼고서 오유고크 공작령 구역으로 이어진다.

귀환전이용 각인판을 설치할 필요가 있으니 해룡 제도를 따라 북상하여 오유고크 공작령의 영해로 나가서 대륙을 따라 서쪽으로 진로를 잡아야겠다.

이 「해룡 제도」는 크고 작은 100개 이상의 섬들이 있는 반경 300킬로미터쯤 되는 일그러진 형태의 해역이었다. 모든 섬이 무인도이며 주민이 한 명도 없었다.

마물은 시 서펜트라는 바다 마물이 대다수를 차지하며, 최대 레벨은 40. 평균 30쯤 되는데 총 개체수가 2천 마리에 가까웠다. 개중에는 딥 시 서펜트라는 레벨 50이 넘는 상위종도 공존하고 있었다.

레벨 20이하의 자잘한 마물도 있지만 모두 섬의 내륙이나 섬의 연안에 서식하고 있었다.

"어쩐지, 덥다아아."

"그러네."

안심하자마자 이 구역의 더위에 신경 쓸 여유가 생긴 모양이다.

아리사와 루루가 옷의 가슴 부분을 펄럭거리며 바람을 보내고 있었다.

"그럼, 바람이 좀 잘 통하게 하자."

바닷바람에서 지켜주는 배의 방어 마법 장치를 조작하여 일정량의 바람이 통과하도록 했다.

바닷바람 때문에 동료들 머리칼이 상하지 않도록 차단해두고 있었거든.

"바다 냄새."

미아가 중얼거렸다.

"시원타아."

"그러네, 바람이 좋아."

아리사와 루루가 바닷바람에 몸을 맡기고 몸을 식혔다.

"짭짜름~?"

"바람이 바다바다해진 거예요."

바닷바람에 실려 날아오는 바닷물 물보라를 맞고 타마와 포치가 혀를 내밀며 얼굴을 찌푸렸다.

아 맞다. 시원해진 김에 UV커팅 마법 — 정식명칭은 「햇빛(선라이트)방어(프로텍션)」다 — 으로 직사광선을 통한 그을림에서 보호해줄까.

"마스터, 햇살이 부드러워졌다고 보고합니다."

이변을 감지한 나나가 진지한 표정으로 말하기에 내 마법이라고 말해줬다.

바닷바람에 눈웃음을 짓던 리자가 갑작스레 퍼뜩 깨달은 표정을 짓더니 이쪽을 돌아보았다.

"주인님, 만약을 위해 주변 경계를 강화하겠습니다."

"그렇구나, 맡길게."

리자의 제안을 재빨리 수긍했다.

새로운 구역이니까 뭔가 희귀한 것이 있을 지도 모른단 말이지.

리자의 지시를 받은 타마와 포치가 마스트 옆의 밧줄 사다리를 슉슉 올라갔고, 리자는 망원경을 가지고 뱃머리로, 나나가 선미루 위의 전망대에서 감시 임무를 시작했다.

◆

"물 속에 배~?"

"정말인 거예요! 커어다란 배가 가라앉은 거예요!"

진로를 오유고크 공작령 방면으로 돌리고 잠시 나아가자, 파수대에서 감시 임무를 맡은 타마와 포치의 보고가 들렸다.

"침몰선이네! 크고 작은 금화가 잔뜩이야!

만화였으면 눈이 달러 마크로 변할 것 같은 표정의 아리사가 측면으로 달려갔다.

그대로 바다에 떨어질 기세였다.

"황급히 굴면 위험하다고 충고합니다."

"응, 위험."

위태로운 아리사에게 나나와 미아가 주의를 주었다.

"주인님, 파란 색의 커다란 배 같습니다."

리자 옆에서 나도 해면을 들여다보았다.

반짝반짝 햇빛을 반사하며 흔들리는 파도 아래, 거대하고 거대한 배가 가라앉은 것이 보였다.

바다의 푸르름에도 뒤섞이지 않는 금속질의 파란 선체가 빛을 반사하고 있었다.

"응, 꽤 깊은 곳에 있나 본데."

빛의 굴절 같은 것 때문에 자세하게는 안 보여서, 맵을 열어 세부 사항을 확인했다.

배수량으로 환산하면 이 배의 10배쯤 될 법한 대형선이고, 수심 30미터쯤 되는 장소에 윗갑판이 있었다.

놀랍게도 침몰선의 장갑이 용사들의 성갑옷과 마찬가지로 파란 아다만타이트 합금제라는 것이 AR표시에 떴다.

엘프 마을에 가기 전이었다면 기뻐 날뛰었을지도 모르지만, 이미 자유롭게 만들 수 있게 된 지금은 값비싼 보물에 지나지 않는다.

여기서 「이력의 손」을 뻗어 스토리지에 회수하는 게 제일 간단하지만, 침몰선 탐색을 한 번은 해보고 싶었다.

다행히도 침몰선 근처에는 동료들에게 위험한 마물이나 치사성 독을 가진 생물이 없다. 쏨뱅이나 해파리 같은 약한 독을 가진 종류나, 곰치나 바다뱀 같은 물리면 좀 아픈 녀석들뿐이다.

“좋아! 다 같이 침몰선 탐색이다!”

내가 선언하자, 모두 긍정의 대답을 했다.

물리 방어 부여(인챈트 피지컬 프로텍션)도 있지만 수압에 눌리면서 열화될 수도 있으니까 수영복이 아니라 허공복을 골랐다. 나나와 루루의 수영복 차림은 기대가 되지만, 동료들의 안전 마진을 늘리는 게 중요하단 말이지.

“허수아비, 차원 앵커 기동.”

내가 명령하자 카킥카킥하는 금속질 소리와 함께 배가 정지했다.

다들 준비하는 동안 배가 바람에 흘러가면 귀찮아지니까 조선을 담당하는 선수상형 골렘 「허수아비」에게 지시하여 닻 대신 「차원 앵커」를 기동시켰다.

이 「차원 앵커」는 세계수를 지탱하는 공간 마법 「차원 말뚝(디멘젼 파일)」의 저마력형 간이판이었다.

“섹시 아리사 등장!”

“응, 섹시.”

레오타드 같은 근미래풍 허공복을 입은 아리사와 미아가 선실 문을 열고 나왔다.

본래는 풀페이스 헬멧 타입 머리 부분 유닛도 있지만 그건 바닷속에서 머리가 떠올라 잠수할 수가 없으니 고글 타입 서브세트를 장착했다.

“주인님, 기다리셨습니다.”

“매끈매끈~?”

“미끈미끈한 옷인 거예요.”

“마스터, 평가를 희망합니다.”

아리사와 미아에 이어 다른 애들도 나왔다.

“다들 잘 어울려.”

루루는 몸의 선이 확실하게 드러나는 허공복이 부끄러운가 보다. 볼을 붉히고 몸을 꼬는 모습이 풋풋해서 좋군.

“루루, 위에 이거 걸칠래?”

가만 놔두자니 좀 가여워서 「물 날개옷」이라는, 인어가 짠 천으로 만든 수중에서도 방해가 안 되는 카디건을 건넸다.

“가, 감사합니다.”

나나도 분명히 가슴의 라인이 근사했을 텐데, 철벽 페어 아리사와 미아의 활약으로 가슴과 허리 라인을 가리는 「물 날개옷」

옵션이 추가되어 있어서 그걸 확인하지 못했다.

하다못해, 한 번 보여준 다음에 옵션을 장착해주면 좋았잖니.

"미아, 다들 모였으니까 범위형 『수중 산책(아쿠아 워크)』 마법 부탁해."

"응."

미아가 내 부탁을 흔쾌히 수락했다.

미아가 영창하는 「수중 산책」은 대상에게 10기압에 견딜 수 있는 강화와 수중 호흡 능력을 내리는 정령 마법이다. 물 마법인 「수중 호흡(워터 브레싱)」이나 「수압 경감(레지스트 워터 프레셔)」 같은 마법의 효과를 겸비한 편리한 녀석이었다.

미아가 영창을 끝내는 것과 동시에, 모두에게 「물리 방어 부여」 마법을 걸었다.

"깃발이 펄럭펄럭~."

"바닷속에도 바람이 부는 거예요?"

준비가 끝난 참에 타마와 포치가 해면을 내려다보며 하는 이야기가 들렸다.

바닷속에 시선을 돌리자 침몰선에 얽힌 천이 흔들리는 게 보였다.

어이쿠 위험했다. 해류 확인하는 걸 깜빡 했네.

"나나, 이 코인에 『마등(魔燈)(마나 라이트)』을 부여해줄래?"

"예스, 마스터."

스토리지에서 꺼낸 대동화에 이술의 빛을 건 다음 바다에 던졌다.

하늘하늘 흔들거리며 가라앉던 대동화가 중간에 급가속해서 멀리 떨어져 버렸다.

"헤에, 저기쯤부터 해류가 빨라지는구나."

가라앉은 대동화를 같이 바라보던 아리사가 감탄한 기색으로 말했다.

타마와 포치가 눈치 못 챘다면 위험할뻔했군.

"일단 구명밧줄을 메고 가자."

술리 마법「이력의 손」으로 붙잡으면 평범한 구명밧줄보다 훨씬 안전하지만, 내가 없을 때를 생각해서 구명밧줄 메는 습관은 철저하게 들여놓자.

"간다."

나는 한 마디 하고서 동료들을「이력의 손」으로 들어올려 해면에 내려주었다. 나도 천구로 해면에 착지하여 동료들과 함께 바닷속으로 잠수했다.

미아의 정령 마법「수중 산책」덕분에 물속에서도 숨을 쉴 수 있다. 바닷물 탓에 입 안이 좀 짭짜름하지만 그 정도는 참자.

중간에 해류가 빨라졌지만 수중에서도 천구를 쓸 수 있으니 딱히 문제는 없었다.

그대로 10미터쯤 되는 심도를 넘어도 귀가 울리지 않았다. 역시 마법은 편리하다니까.

이윽고 중간쯤에서 부러진 마스트에 도달했다.

엄청 두꺼운 아다만타이트 마스트가 어떻게 부러졌는지 좀 신경 쓰이네.

“바즈드(마스트)~.”

수중에서 대화는 거품 소리가 섞여서 듣기 어려우니까 적당히 머릿속에서 보정했다.

“이 마스트를 따라서 갑판까지 가자.”

마스트에 있어야 할 로프는 없었지만, 표면에 전성관을 고정했었는지 홈이 있어서 그걸 붙잡고 내려갔다.

“도~차악~?”

“도착한 거예요.”

순조롭게 침몰선 갑판에 도착했다.

빠른 해류가 청소를 했는지 끝부분에 진흙과 모래가 쌓여 있는 정도고 갑판은 의외로 깨끗했다.

“마스터, 침입 가능한 장소를 발견했다고 보고합니다.”

“그러면 거기로 들어가자.”

우리는 나나가 발견한 배 앞쪽 균열에서 선내로 침입했다.

—꽤 깔끔하게 잘렸는걸.

아까 그 마스트도 그렇고, 아다만타이트 외각을 이 정도로 예리하게 잘라내는 방법이 조금 신경 쓰였다. 근데 생각해 보니 신이 내린 성검이나 내 마인 같은 걸로도 같은 일을 할 수 있고, 집속 레이저로도 할 수 있을 거란 걸 깨달았다. 너무 심각하게 생각하는 건 관두자.

생각해봤자 답이 안 나올 거고, 비망록에 메모해두면 충분하겠지.

“생각보다 어둡네요.”

루루가 불안해 보이기에 빛 광석을 사용한 휴대용 마등을 건넸다.

다른 애들은 나나가 각자의 이마에 「마등」을 부여해 주었다.

어쩐지 탐험대의 헤드라이트 같군.

“일단 선창부터 탐험하자!”

“네잉~.”

“네, 인 거예요.”

“응, 전진.”

아리사가 아이들을 이끌고 통로를 나아갔다.

오늘은 바닷속이라서 타마와 포치는 육지 성게의 가시로 만든 작살을 들었다.

평소에는 자신의 마창 도우마를 놓지 않는 리자도 바닷물에 창이 상하는 걸 우려해서 두 사람과 같은 작살을 들고 있었다.

대열은 아리사가 이끄는 아이들에 이어서, 내가 루루와 나나를 데리고 중앙, 최후미를 리자가 지키고 있었다.

“아리사, 바닥에 쌓인 것들이 피어오르니까 바닥이나 벽은 너무 만지지 말고 가.”

“꽤 고도의 기술을 요구하네…….”

타마와 포치는 무리 없이 해내고 있지만 아리사와 미아는 어려운가 보다.

나는 생활 마법 「정수」로 통로에 피어 오른 이물질을 결정화시켜 바닥에 침전시켰다.

“어라? 기분 탓인가? 주변 바닷물이 맹물이 되지 않았어?”

"정말이네요. 어쩐지 투명도가 올라간 것 같습니다."

아리사의 말을 리자가 긍정했다.

그러고 보니 오유고크 공작령의 대하 옆에서 노천 온천을 만들었을 때도「정수」마법으로 불순물이 결정이 됐었다. 마찬가지로 바닷물의 염분도 침전물과 함께 결정화된 걸지도 모르겠네.

침몰선 탐색이 끝나면「정수」마법으로 바닷물을 민물과 소금으로 분리할 수 있는지 검증해봐야겠는걸.

스토리지에 대량으로 저장해둔 대하의 물이나「나락의 물주머니」가 있으니 민물은 곤란할 것 없지만 지적 호기심을 자극하거든.

"작은 생선~?"

"이상한 생물도 있는 거예요."

"해마(海馬) 같은데?"

"응, 진미."

선내의 부유물이나 작은 생선 등을 피하면서 통로를 나아갔다.

아다만타이트 외각이 여기저기 드러나 있고, 천장이나 벽에는 녹슨 금속 파이프가 가로세로로 배치되어 있던 흔적이 있었다.

거의 모두 중간에 부서져서 붉은 녹의 모래산이 되어 있었다. 나무는 아예 보이지 않았다.

겉 부분이 비교적 깔끔하기에 오해했지만, 생각보다 옛날에 침몰한 배 같았다.

"항아리~?"

"반짝반짝 금색인 거예요."

"뭘까?"

"꽃병?"

아이들이 통로 구석에서 뭔가 발견했다.

"문어~?"

"문어가 공격한 거예요."

"우왓, 작살 휘두르지 마."

"응, 위험."

아무래도 황금 꽃병에 살고 있던 문어를 자극해서 포치한테 엉겨 붙었나 보다.

"포치! 작살을 놓고 단검을 쓰세요!"

"네, 네이."

살짝 혼란에 빠진 포치가 리자의 충고로 정신을 차리고 지시에 따라 단검으로 문어의 구속에서 벗어났다.

"안 놓쳐~?"

먹물 연막을 치고 도망치는 문어를 타마가 작살로 꿰뚫어 처리했다.

문어 먹물은 내가 생활 마법「정수」로 깨끗하게 만들었다.

작은 해프닝을 몇 번 거치면서 선창에 도착했다.

리자의 허리에 매단 그물에는 중간에 붙잡은 생선 몇 종류가 들어 있고, 타마가 허리에 매단 그물에는 중간에 주운 커다란 조개가 가득했다. 포치는 동그랗게 뭉친 문어를 옮기고 있었다.

보물이나 장신구 운반은 나나와 루루가 담당했다.

"금화~?"

"조개껍질이 잔뜩 있는 거예요."

녹에 강한 금화 따위의 화폐가, 통로에 쌓인 녹슨 금속 조각에 파묻혀서 잔뜩 흩어져 있었다.

포치가 말한 것처럼, 바닥에 흩어진 화폐에는 홍합을 닮은 조개가 잔뜩 붙어 있었다.

"바닥이나 벽은 깔끔한데 어째서 코인에만 붙어 있는 걸까?"

"그러고 보니 그러네?"

아리사의 의문을 듣고서야 나도 깨달았다. 어쩌면 조개를 막는 무슨 마법 장치나 룬을 구조재에 새겼을지도 모르겠네.

"마스터, 이쪽에서 보물을 발견했다고 보고합니다."

"주인님, 안쪽에 무기고가 있습니다."

다 녹슨 무기는 봐도 소용이 없으니 나나가 발견한 보물 창고를 먼저 조사하고, 그 다음에 리자가 발견한 무기고에 가기로 했다.

"오오우, 금에 은에 펄이 산더미네!"

"반짝반짝~?"

아리사와 타마가 기쁨의 함성을 질렀다.

나나가 방 여기저기에 걸어둔 「마등」이 뿜어내는 이술의 빛 덕분에 방 안의 귀금속이 반사되어 참 예쁘다.

안쪽에는 미술품이나 회화 같은 것까지 있었다.

"눈이 따끔거리는 거예요."

"우후후, 그렇네. 참 눈부시다."

고글 위로 눈을 비비려는 포치를 루루가 뒤에서 끌어안아 말렸다.

그건 그렇고 귀금속 괴나 세라믹 같은 구조물이야 그렇다 치고, 미술품이나 회화는 어떻게 무사한 거지?

"고정화?"

미아가 고개를 갸웃거리며 말했다.

이 방의 보물은 「고정화」 마법으로 보호되는 모양이다.

이 「고정화」는 술리 마법을 이용한 투명한 막으로 물품을 감싼다. 마법을 이용한 진공 팩 같은 것인데, 귀금속이나 미술품의 장기 보존에 이용된다.

우리가 탄 범선도 세계수의 창고에 「고정화」 마법으로 장기 보존되어 있던 것이다.

"고정화? —그러면 배의 동력이 살아 있나?"

아리사가 당연한 의문을 품었다.

나는 「마력시」 스킬을 발동하여 주위의 공간을 확인했다. 미약해서 알기 어렵지만 바닥이나 벽의 아다만타이트를 통해 마력이 공급되고 있었다.

이 배에 탑재된 마력로는 정지해 있으니까, 선내에 있는 예비 전원 같은 마력 저장 시스템에서 공급을 받고 있는 거겠지.

"모두 집합!"

무리해서 움직이려고 하면 『고정화』가 풀리니까 함부로 만지지 않도록 모두를 모았다.

금속 괴나 화폐는 몰라도 미술품이나 회화는 바닷물에 닿으면 상할 테니까.

"—그래서, 움직이면 안 되니까 회수는 나중에 한꺼번에 한다."

"마스터, 움직여 버렸다고 참회합니다."

"죄송합니다인 거예요."

아무래도 나나와 포치는 장식품을 무리하게 들어올리려다가 고정화를 풀어버린 모양이다.

"조금은 괜찮아. 위로 돌아가서 손질하면 되지."

풀이 죽은 두 사람에게 신경 쓸 필요 없다고 웃으며 말했다.

이어서 안쪽에 있는 무기고로 향했다.

1회용 바주카처럼 생긴 굵직한 통 같은 무기— 소형 마포가 대량으로 늘어서 있고, 10대 정도는 바퀴 달린 받침에 고정되어 대포처럼 조립돼 있었다.

이것들도 고정화 마법이 걸려 있어 전혀 녹슬지 않았다.

"수가 생각보다 굉장한데."

"네, 그리고 이 무기는 무노 남작령 요새에서 본 것과 비슷한 것 같습니다."

리자가 말하는 요새는 현재 내 별장으로 취급되는 옛 원령 요새다.

거기 지하 보물창고에 있던 마포의 소형판이 이 소형 마포라는 리자의 견식은 올바른 것 같다. 마포를 만든 고대 마법 문명과 이 배의 출처가 같을지도 모르겠군.

"무기나 지팡이는 없을까?"

아리사의 의문에 루루가 억측으로 대답했다.

"저 상자 안에 들어 있는 거 아냐?"

루루가 가리킨 방의 구석에는 상자가 몇 개 쌓여 있었다. 상자를 열면「고정화」가 풀리니까 내용물 확인은 나중에 한다.

선창 조사를 끝낸 우리는 선장실을 향해 탐색을 재개했다.

몇 번 정도 해프닝이 있었지만, 딱히 다치는 일 없이 무사히 도착했다. 행운과 에로스를 관장하는 신의 존재가 느껴지는 일도 다소 있었지만, 나나와 루루의 명예를 위해서라도 내 가슴 속에만 담아두자.

"문이야!"

"틈~?"

"포치라면 이 정도는 들어갈 수 있는 거예요."

일그러진 선장실 문틈으로 포치가 미끄러져 들어갔다.

타마도 포치에 이어 침입하려고 했지만, 포치가 황급히 돌아온 탓에 콩하고 머리가 부딪히게 되었다.

"아야야야~?"

타마가 머리를 누르며 중얼거렸지만「물리 방어 부여」마법이 걸려 있으니까 아프지는 않을 거다.

아마 반사적으로 입에서 나온 거겠지.

"큰일, 큰일! 아주, 아주, 큰일 난 거예요!"

포치가 팔을 붕붕 휘두르며 호소했다. 혼란에 빠졌는지 눈의 초점이 맞지 않고 빙글빙글 돌고 있었다.

"진정하세요, 포치."

"포치는 냉정한 거예요! 그보다도 들어줘, 인 거예요!"

포치가 리자의 말에 반박하면서 필사적으로 나에게 다가왔다.

"마스터, 선장실에서 유령을 발견했다고 보고합니다."

다른 입구로 조사를 하던 나나가 평탄한 목소리로 보고했다.

"그런 거예요! 포치도 그걸 말하고 싶었던 거예요!"

포치의 머리를 쓰다듬어주고 선장실의 레이더 표시를 확인했다.

두 사람 말처럼 선장실에 어느 틈엔가 하얀 광점 — 적대적이지 않은 존재 — 이 출현했다.

맵 정보를 보니, 이 침몰선 선장의 유령 같았다.

배 위에서 확인했을 때나 침몰선에 침입하면서 다시 체크했을 때는 없었는데, 생각해 보면 무노 남작령의 가도에서 본 유령도 일몰과 동시에 어디선가 툭 튀어나왔었지.

유령은 그런 건가 보군.

호러나 스플래터는 거북하지만, 동료들에게 미지의 유령을 상대하도록 하는 건 위험하니까 내가 혼자서 상대하기로 했다.

방 안에 화려하게 치장된 군복 같은 옷을 입은 반투명한 남자가 있었다. 반투명한 모습이 가르쳐주듯, 그가 문제의 「유령」이다. 일단 유령선장이라고 부르자.

선장실 천장이 커다랗게 찢어져 있고, 거기서부터 열려 있는 창까지 해류가 천천히 흐르고 있었다.

『●●●』

〉「고대어」 스킬을 얻었다.

나는 재빨리 「고대어」 스킬에 포인트를 분배하고 유효화했다.

『—설마, 벌써 따라 잡힌 것인가!』

유령선장이 나를 완전히 무시하고 일인극의 배우처럼 외쳤다.

유령선장의 목소리는 음성이 아니라 그런지 물속인데도 맑게 들렸다.

『이 사악한— 천공인 놈들…….』

유령선장이 천정을 올려다보며 원한서린 목소리로 말했다.

때때로 유령선장의 모습이 흐릿해지는 건 왜일까?

『놈들에게서 빼앗은 이 고속 전함으로도 부유선의 기동력에 대항할 수 없는가…….』

유령선장이 창을 향해 걷기 시작했다.

아무래도 이 배는 유령선장이 적대세력에게서 노획한 건가 보다.

『말도 안 된다! 저건 누누리에가 아닌가! 부유성까지 추적에 사용하는 일은 있을 수 없을진대!』

유령선장이 창밖을 보면서 외쳤지만, 당연히 밖에는 아무것도 없었다.

아마도 그가 죽었을 때 광경을 재현하고 있는 게 아닐까?

『부유성의 천벌포를 쓰려는 것인가! 이 생각 없는 놈들, 네놈들이 추적하는 관이 이 배에 실려 있다면 어쩔 셈이냐!』

유령선장이 절망의 표정을 지으며 외치다가, 그대로 증발하는 효과를 남기고 사라져버렸다.

유령선장의 말이 신경 쓰여서 관이란 것을 맵에서 검색해봤지만 같은 구역 안에는 존재하지 않았다.

나는 배에 침입했을 때 본 상흔을 떠올리면서 유령선장이 방금 전에 한 말을 되새겼다.

아마도 천벌포라는 것이 아다만타이트 합금제 선체를 찢어버린 공격이 틀림없다.

지금도 그 공격을 쓸 수 있는 자가 있는지 알 수 없지만 만약 존재한다면, 나는 그렇다 치고 우리 비행 범선으로는 막을 도리가 없었다.

가능하다면 그런 공격 방법을 가진 상대가 있으면 싸우지 않고 넘어가고 싶은데.

『—라라키에의 열쇠인— 빼앗았다. 이제 라라키에는— 날아오를 수 없다. 이제 관을「진실의 방」에 계시는 성상(聖上) 곁으로 보내기만 하면—.』

목소리에 돌아보니 유령선장이 처음 나타난 장소에 부활해 있었다.

방금 전과 마찬가지로 유령선장의 모습이 때때로 흐릿해지며 말이 불명료해졌다.

가만히 상태를 지켜보고 있자니 익숙한 프레이즈가 나왔다.

『—설마, 벌써 따라 잡힌 것인가!』

아무래도 유령선장은 같은 행동을 반복 재생하고 있는 것 같았다.

유령선장에게 몇 번 정도 말을 걸어봤지만 반응이 없었다.

"어쩐지, 성불하지 못하는 지박령 같아."

문에서 얼굴을 내민 동료들을 대표해서 아리사가 유령선장에 대해 말했다.

"그렇네. 성불시켜주자."

"주인님, 성비입니다."

루루가 허리에 차고 있던 마물 퇴치용 성비를 나한테 건넸다.

아무래도 침몰선 탐색에 필요할까 싶어 휴대하고 있었나 보다.

나는 루루에게 고맙다고 하면서, 성비에 마력을 흘려 유령선장을 정화해줬다.

『아아— 우리들의 손에 자유가—.』

사라져가는 유령선장이 한 순간, 중얼거리는 소리가 들렸다.

남자가 발생한 장소에 있던 뼈로 추정되는 하얀 덩어리가 무너지더니, 해류에 실려 창밖으로 흘러갔다.

마지막까지 이쪽을 돌아보지 않았지만 성불한 것 같으니 불만 없었다.

잠시 기다려도 유령선장이 부활하지 않는 것을 확인한 다음에 침몰선 탐색을 재개했다.

"마스터, 이쪽 그림 뒤가 수상하다고 고합니다."

"분명히 뒤에 금고가 있는 거예요!"

나나의 보고를 들은 포치가, 눈을 반짝거리며 회화에 손을 뻗었다.

분명히 세류 시의 지하미궁에서 비슷한 상황이 있었던 걸 떠올린 거겠지.

그런 포치의 꼬리를 타마가 붙잡아 막았다.

"여기 함정~?"

아무래도 금고에 성가신 함정이 있는 모양이다.

내 위기 감지 스킬이나 함정 발견 스킬도 타마와 마찬가지로 함정의 존재를 호소했다.

"풀 수 있어?"

"아마, 풀 수는 있겠지만—."

아리사의 질문에 고개를 끄덕이다가 중간에 말문이 막혔다.

만에 하나 함정을 풀다가 실패해서 동료들이 위험해지는 건 피하고 싶었다.

"—관두자. 더 간단한 방법이 있으니까 그 방법으로 알맹이를 꺼낼게."

내가 한 말이 동료들의 호기심을 자극해버렸는지 나머지 탐색은 대충 끝내고 실제로 보여주게 되어 버렸다.

모두 비행 범선으로 옮겨준 다음에 침몰선을 스토리지에 회수했다.

바닷속에 있는 상태에서 하면 침몰선이 있던 자리를 메우려는 해류에 휘말려서 물에 빠질 테니까.

〉칭호 「인양사」를 얻었다.

〉칭호 「트레져 헌터」를 얻었다.

〉칭호 「심해 탐험가」를 얻었다.

로그를 보니 침몰선을 회수할 때 몇 가지 칭호를 얻었다.

트레져 헌터란 것은 진작에 얻었을 만한 녀석이었지만, 일단 무슨 특수효과가 있는 것도 아니니까 그냥 넘어갈까.

"휘오오~옹?"

"배가 없어지고 빙글빙글 회오리인 거예요!"

타마와 포치가 배가 사라진 바다를 들여다보며 놀라 외쳤다.

"전에 보여준 적 있었지? 요정 가방 같은 마법이야."

엘프 마을을 출발하기 직전에 갓 만든 요리를 이것저것 수납하는 걸 보여준 적이 있어서 아리사 말고는 생각보다 간단히 납득했다.

"배 한 척이라니…… 여전히 치트 능력이네."

아리사가 기가 막힌단 기색으로 한 말에는 어깨를 으쓱거려 답을 대신했다.

동료들, 특히 타마와 포치 둘에게는 배를 수납한 것을「아무한테도 말하면 안 돼」라고 못을 박아두었다.

"입에 지퍼~?"

"포치는 조개가 되는 거예요."

두 사람이 입 앞에 지퍼를 닫는 동작을 한 다음에 무릎을 끌어안고 조개 포즈를 취했다.

어째 좀 낡은 동작이었다. 이럴 때는 대개 아리사가 범인이니까 굳이 추궁하지 말자.

"심연."

"아까 그 배는 해저에 있는 산꼭대기에 걸려 있었구나."

회오리가 잦아든 바닷속을 들여다보던 미아와 아리사가 그런 대화를 나눴다.

배가 없어지고서야 깨달았는데, 그 전함은 심해에 우뚝 선 산 위에 올라가 있었다.

산의 산자락은 내 밝은 눈 스킬로도 보이지 않았고, 맵으로도 다른 구역 취급이었다.

수압이 있으니까 심해에서 단숨에 부상하며 공격해오는 마물이 있을 것 같지는 않지만, 기습을 경계하는 것도 스트레스니까 좀 조사해볼까.

나는 애들을 배에 남겨두고 혼자서 심해까지 내려가「모든 맵 탐사」마법을 실행하고서 돌아왔다.

미아의 정령 마법 수비범위를 넘어 버렸는지 수압 때문에 조금 괴로웠다.

매번 이러는 것도 힘드니까, 심해 위는 되도록 항해하지 않도록 주의하자.

"다녀왔어."

"어서 와, 주인님."

아리사가 건네준 탄산수로 목을 축였다.

배의 갑판에서는 통로에서 주운 화폐와 장식품에 달라붙은, 조개와 때를 벗겨내는 작업을 시작하고 있었다.

"포치, 조금 더 살살하세요. 금화까지 깎아내고 있습니다."

"네, 인 거예요. 꽤 어려운 거예요."

리자와 포치는 조개를 떼어내는데 열중했고, 그 옆에서는 타마가 조개를 떼어낸 금화를 일사불란하게 닦아내고 있었다.

"쓱싹쓱싹~?"

타마는 깔끔하게 닦아낸 금화를 보더니 「우훔~?」 하면서 만족스레 한숨을 토했다.

"미아, 이 틈에 끼인 진흙이 안 떨어진다고 고합니다."

"응, 마법."

나나가 내민 장식품을 받은 미아가 정령 마법 영창을 시작했다.

루루는 다 닦아낸 금화를 햇볕에 펼친 천 위에 늘어놓아 말리는 역할이었다.

"그러면, 전리품을 한 번 보자."

나는 갑판에 보물 상자를 늘어놓고, 순서대로 개봉했다. 독이나 병원균이 없는 건 스토리지의 상세정보로 확인을 끝냈다.

빛에 약할 것 같은 미술품이나 악보는 돛이 만드는 그림자에 놓았다. 바람에 날려 가면 안 되니까 바닷바람을 다시 차단하고 「공조(에어컨)」 마법을 썼다.

"으앗하! 금화가 잔뜩!"

"보석 예뻐."

아리사와 미아가 보물을 들어 올리며 기뻐했다.

고정화 마법이 지키고 있던 덕분에 보물 상자 안의 화폐는 전혀 젖지 않았다.

"타마와 포치도 같이 가서 살펴봐."

타마와 포치가 이쪽을 올려다보기에 보내줬다. 아마 허가를 기다리는 거였겠지.

"와~아."

"아리사, 고기도 있는 거예요?"

"고기는 없지만, 이거 한 장이면 고기를 배부르게 먹을 수 있어."

"그레이트~?"

"그건 굉장히 굉장한 거예요!"

동료들이 화기애애하게 보물을 살펴보기 시작했다.

"악보?"

"옛날 악곡인가 보다."

내가 말하자, 미아가 진지한 표정으로 악보를 읽기 시작했다.

악보 기호는 엘프들이 사람들에게 전파한 거라서 나라가 달라도 악보는 공통이었다.

"근사한 목걸이네요."

루루가 커다란 진주를 꿰어놓은 목걸이를 보고 황홀한 표정으로 중얼거렸다.

"그보다도 귀여운 것을 찾아야 한다고 제안합니다."

나나는 보석 상자 안을 뒤져서 비싼 것보다 귀여운 걸 찾고 있었다.

"주인님, 이 상자 안에는 무기가 있습니다."

"활이랑 세검이 많구나. —화살은 없었니?"

"네, 모든 상자를 확인했지만 하나도 없었습니다."

—리자, 재빠르네.

혹시 현도 없는 건가?

나는 현이 안 걸린 활을 손에 들어봤다.

"앗."

마법총 트리거를 당겼을 때처럼 미약한 마력이 활에 빨려 들어가는 감촉이 들더니 자동적으로 활이 변형하며 투명한 현이 걸렸다. 마법의 활이다.

현을 당기자, 또 한 번 마력이 활에 빨려 들어가는 감촉이 느껴지고, 현과 마찬가지로 투명한 화살이 나타났다.

질감을 봐서는 아마도 술리 마법으로 만드는 의사 물질의 한 종류 같았다.

"어머? 현을 당기는데 거의 힘이 필요 없네?"

이 마법의 활은 힘이 없는 아리사라도 여유롭게 쓸 수 있었다.

"중력의 영향은 없는 것 같지만, 반드시 명중하는 건 아니네. 그리고 소비 마력도 제법 커."

시험 사격을 마친 아리사가 감상을 말했다.

"위력은 나나가 쓰는 이력의 창쯤 되는구나."

"예스, 마스터."

나나가 쓰는 이력의 창과 비슷하다면 불 지팡이나 벼락 지팡이보다는 강할 거다.

같은 종류의 마법의 활이 50개 정도 있기에 일단 미아와 아리사에게 하나씩 건네줬다.

"이건 뭐지?"

세검도 마법 물품이었지만, 마력을 주입해도 반짝반짝 빛나기만 하고 의미를 알 수 없었다. 실용적인 무기는 아닌 것 같다.

가볍게 휘둘러보니, 부웅부웅하는 SF틱한 소리가 울리면서

액션 게임 같은 참격 이펙트 잔상이 표시되었다.

"특촬물 장난감 같네."

"멋져~?"

"그레이트인 거예요!"

아이들은 참 좋아했다. 이상한 포즈를 취하면서 붕붕 휘둘렀다.

이 장난감 검도 잔뜩 있으니 공유 요정 가방에 몇 개 넣어둘까.

"이 장식품은 뭘까?"

마력을 주입하면 기동하는 마법 반지 같았다.

"우와앗, 이 반지 뭐야!"

황옥(토파즈)이 달린 반지에 마력을 주입한 아리사가 놀라서 소리쳤다.

반지 앞에 나타난 마법진에서 거대한 석순이 쏘아져 나갔는데, 표적으로 삼은 내 자유 방패(플렉시블 실드)에 꽂힐 정도의 위력이었다.

"하지만 마력을 전부 써 버리니까 간단히 쓸 수가 없겠어."

아리사에게 반지를 받아 확인했다.

아무래도 미리 마력을 충전해두고, 발사할 때 방아쇠가 되는 양의 마력을 술자한테서 빼앗는 구조 같았다.

보통보다 마력량이 많은 아리사조차 방아쇠만큼의 마력을 주입하는 게 한계니까 꽤 연비가 나쁜 마법 도구였다.

애들 레벨이 더욱 오르면 긴급용 호신 도구로 쓸 수 있을지도 모르겠다.

다른 애들도 여러 가지 반지를 끼우고 검증을 도와주었다.

"우왓?! 방패가 나왔어요!"

"이건 돌 창이군요."

"마스터, 얼음 창이 나타났다고 고합니다."

루루의 마노 반지에서는 술리 마법 「방패(실드)」가, 리자의 오닉스 반지에서는 흑요석 같은 돌 창이, 나나의 아쿠아마린 반지에서는 공중에 떠 있는 얼음 창이 나타났다.

마지막 얼음 창은 나나가 손가락으로 가리키자 그쪽으로 날아갔다. 사정 거리는 50미터 정도, 보통 「얼음 기둥(아이시클)」 마법이랑 비슷한 성능이었다.

몇 개의 반지를 동시에 끼우면 서로 간섭을 해서 효과가 잘 발동되지 않는 것 같다. 나처럼 열손가락에 끼운 반지를 전부 동시에 발동하려면 마력 조작 스킬이 필요한 것 같네.

그 밖에도 비슷한 반지가 잔뜩 있었지만, 수중 활동을 보조하는 거나 번역 반지 같은 건 없었다.

"마법서는 없어?"

아리사가 기대를 담아 질문했지만 고개를 저었다.

"해도나 지도, 그리고 마법 도구 감정서 같은 건 있어."

내가 가진 지도보다 광범위 지도였지만, 지형이 겹치는 지역의 지명이 거의 달랐다.

같은 것은 「용의 계곡」이나 보르에난 숲을 비롯한 엘프들의 영역 정도였다.

"이 바다 위에 색이 다른 점선은 뭘까?"

"누누리에나 네네리에라고 적혀 있네."

그 유령선장의 말이 사실이라면 「부유성」의 궤도가 아닐까 싶었다.

“네네리에라면 공도 어둠의 옥션에서 얻은 고문서의 그거?”

아리사 말을 듣고 생각났다. 공도에서는 고문서를 해독할 수 있는 사람이 없어서 엘프 마을에서 물어보려고 했었는데 완전히 잊고 있었다.

이번 일로 고대어를 익혔으니 나중에 고문서를 읽어볼까.

그때 아리사의 배에서 꼬르르륵~ 귀여운 소리가 들렸다.

이제 슬슬 점심 먹어야겠는걸—.

“후이~ 타코야키 맛있었어.”

“문어의 신선도가 좋았으니까.”

아리사가 절찬하자 루루가 부끄러운 듯 볼을 붉혔다.

오늘 점심은 포치가 잡은 문어를 사용한 타코야키였다.

다른 애들도 만족스레 배를 쓰다듬으면서 갑판에 깔아둔 매트 위에서 뒹굴고 있었다. 미아가 남긴 문어는 타마와 포치가 먹어준 모양이다.

“생선도 맛있었어요.”

루루가 미소를 흘리면서 만족스런 한숨을 내쉬었다.

타코야키만 가지고는 양이 부족하기에 침몰선에서 붙잡은 쏨뱅이나 쥐노래미 비슷한 생선의 소금구이와 찜도 추가했다.

“네, 소금 간이 절묘했습니다.”

“찜도 맛있었다고 보고합니다.”

리자와 나나도 마음에 들었나 보다.

“다음에는 회나 초밥도 만들어보자.”

"네! 너무 기대돼요."

루루가 통통 튀는 목소리로 대답하자 다른 애들의 환영의 말도 이어졌다.

초밥이란 단어는 아리사 말고는 이해하지 못했지만, 뭔가 맛있는 요리라고 해석한 모양이다.

—그러면, 배도 부르니까 소화도 시킬 겸 움직여볼까.

"주인님, 뭐 하려고?"

"그래. 아까 배의 선창에 있던 녀석들 시험 사격을 해보려고."

나는 아리사의 질문에 답하고서 「소형 마포」를 안고 천구로 바다 위에 나섰다.

소형이라지만 1회용 바주카보다 한 사이즈 크다. 고정화 덕분에 상태가 좋아서 간단한 점검만 했다.

배에서 수십 미터 정도 떨어진 장소에서 소형 마포의 표적을 준비했다.

내게서 120미터쯤 떨어진 장소에, 자유 방패를 8장 정도 겹쳐서 놓았다. 이 정도면 흑룡 헤일롱의 용의 숨결도 막을 수 있으니 표적으로 충분할 거야.

"쏜다."

나는 배에 있는 동료들에게 말하고 소형 마포에 마력을 넣었다.

소형 마포의 연장선상에 빨간 빛의 도선이 뻗더니, 그 도선을 중심으로 마법진이 몇 개씩 생겼다.

"어쩐지, 판타지 게임 PV 영상 같군."

빛의 도선이랑 마법진 위에 스파크 같은 불안정한 빛이 떠올랐다.

—아, 위험해.

위기 감지를 얻은 나는 방아쇠를 당기는 것과 동시에 내 앞에도 자유 방패를 전개했다.

다음 순간에 섬광이 바다 위를 하얗게 물들였다.

폭음이 울려 퍼지자 소리가 몸을 때리는 느낌마저 들었다.

잠시 뒤에 섬광이 사라지고, 「광량 조절」 스킬이 시야를 복원해 주었다.

자유 방패는 절반 넘게 남아 있었지만, 소형 마포의 과잉 에너지는 해면을 1킬로미터 앞까지 커다랗게 갈라놓고 있었다.

증발한 바닷물이 폭발적인 기세로 사방팔방에서 뿜어져 나오고, 갈라진 해면을 수복하려고 주위에서 바닷물이 흘러들었다.

"앗뜨—."

이쪽으로 오는 열 증기를 바람 마법으로 날려 버렸다.

나는 녹아 내려 잔해가 되어버린 소형 마포를 스토리지에 수납한 다음, 거친 바다와 솟아오르는 증기로 만들어진 안개를 등지고 배로 돌아왔다.

"마력을 좀 너무 주입했나 봐."

구조적으로는 내가 마왕을 쓰러뜨렸을 때 애용한 마력 과잉 충전 성시랑 비슷하며, 마핵으로 만든 탄환에 마력을 포화시켜서 강대한 파괴력을 얻는 병기 같았다.

「성스러운 무구」하고는 달리 그냥 만들면 붕괴 현상이 발생하지 않을 텐데, 뭔가 내가 모르는 기술로 그걸 성공시킨 거겠지.

다행히 연구에 쓸 수 있는 소형 마포가 31문이나 남아 있으니 한가할 때 연구용으로 하나 해체해서 구조를 연구해볼까.

나도 모르겠으면 연구를 좋아하는 엘프 브라이난 씨족이나 베리우난 씨족에게 협력을 청하는 것도 좋을 것 같다.

"무모한 짓 좀 하지 마."

"응, 반성."

"아하하, 미안."

배로 돌아가자, 아리사와 미아한테 혼났다.

좀 가슴 설레는 광경에 정신이 팔려서 마력 공급을 조절하는 걸 잊고 있었으니 변명의 여지가 없군.

다시 한 번 마력량을 조절해서 소형 마포를 사격해봤더니, 붉은 도선이나 마법진은 똑같았지만 수상한 스파크가 발생하지 않고 안정된 포격을 할 수 있었다.

연속으로 사용하면 포가 과열되기 때문에 몇 발 쏜 다음에 냉각 시간이 필요했다.

마력 과잉 충전일 때는 흑룡 헤일롱이 쏘는 브레스의 절반 정도, 통상 충전일 때는 그보다 10분의 1정도 위력이었다. 어느 쪽이든 위력이 너무 강해서 쓰기 어렵군.

내 중급 빛 마법인「광선(레이저)」이 집속해서 효과 범위를 좁힐 수 있으니 더 사용하기 편하겠다.

또한 바다에서 떠올린 바닷물에「정수」마법을 써서 민물을 만들 수 있는가 하는 실험은, 소금끼가 전혀 없는 물과 미네랄이 가득한 소금 결정으로 분리되는 결과를 얻었다. 게다가 커다란 통 하나 분량을 한 번에 처리할 수 있다.

예상 이상의 결과가 나왔지만, 민물이 필요하다면 「나락의 물주머니」를 사용하거나 물 광석에 마력을 주입해서 만드는 게 더 빠르니까 쓸 기회는 없겠다.

마법서에 따르면, 어느 정도 베테랑 생활 마법 사용자가 똑같은 일을 해도 어렴풋이 소금맛이 나는 물밖에 못 만든다고 쓰여 있었다.

◆

"마스터, 전방 해상에 미확인 물체를 발견했다고 보고합니다."

"뭔데뭔데? UMA야?"

나나가 가리키는 곳에 번들거리는 등판 3개가 연속해서 떠올라 있었다. AR표시를 보니 시 서펜트라는 바다 마물이었다.

소형 마포를 검증하는 물소리에 이끌려 온 걸까?

"시 서펜트 같은데."

"커다랗네~. 레벨 50쯤 되는 거야?"

"아니, 눈앞에 있는 건 레벨 31이야."

아리사와 대화하는 도중에, 바다 너머에서 고개를 치켜든 시 서펜트가 입에서 물 포탄을 쏘았다.

생각보다 사정거리가 긴 모양이군.

100미터 이상이나 되는 거리까지 닿을 줄은 몰랐다.

"마스터, 이건 제가!"

나나가 이마에 마법진을 빛내면서 눈앞에 투명한 방패 2장을 만들어냈다. 내가 자주 쓰는 중급 술리 마법인 「자유 방패」와 같은 종류였다.

나나의 「자유 방패」는 훌륭하게 물 포탄을 막아냈지만, 물이 방패에 부딪히는 것과 동시에 하얀 연기를 내면서 부서져 버렸다.

나는 선체 아래쪽에 몰래 「자유 방패」를 준비했다.

"저 포탄은 그냥 물이 아니라 산인가 봐."

"으엑, 산은 싫어."

나도 산에 타는 동료들을 보는 건 싫어.

"쏠 거야."

미아가 고향에서 가져온 요정궁을 쏘았지만, 시 서펜트 주위에 나타난 물의 벽에 막혀 버렸다.

"우웅."

미아가 기분이 틀어져 버렸다.

"마스터, 방패가 부서집니다라고 구원을 요청합니다."

"알았어, 교대하자."

나는 나나와 방어 역할을 교대하고, 멀리서 일방적으로 공격하는 시 서펜트에게 빛 마법 「광선」을 쏘았다.

광선은 시 서펜트의 물 방어벽을 한 순간에 꿰뚫고 전혀 막힘없이 시 서펜트를 터뜨려 버렸다. 시 서펜트 상대로 중급 공격마법은 과했나 보군.

시 서펜트의 피가 바다를 붉게 물들였다.

맵에 비친 시 서펜트들 과반수가 이쪽을 향해 이동하기 시작했다. 상어처럼 피에 대한 후각이 강한가 보다.

그래도 구역 남쪽 끝 부근을 돌고 있는 시 서펜트 무리는 반응이 없었다.

"허수아비, 배를 300미터 후퇴. 최대고도에서 대기. 회피행동은 위임한다."

나는 조선용 선수상형 골렘에게 지시를 내렸다.

유감이지만 음성을 통한 응답 기능이 없기 때문에 메뉴의 로그에 표시되는 텍스트로 반응을 확인하는 수밖에 없었다. 다음에 마력으로 작동하는 기적(汽笛)이라도 달아둘까.

"피에 이끌린 시 서펜트 무리가 모여드는 것 같아. 내가 바다 위에서 유인할 테니까 위에서 마법궁으로 공격해서 레벨이라도 올릴래?"

"안돼~?"

"스승님이 **파~리**는 안 된다고 한 거예요."

스승은 엘프 스승들이겠지만 파리란 건 뭘 잘못 말한 거지?

"주인님한테 말 안 했었나? 히야랑 다른 엘프 스승들한테 파워 레벨링은 스킬이 몸에 익숙해지지 못해서 레벨에 맞는 강함을 얻지 못하니까 하면 안 된다고 엄명을 받았어."

아리사가 자세히 가르쳐주었다.

그렇구나— 아인 소녀들도 처음에는 내가 지원해서 파워 레벨링을 했었지만 같은 레벨의 전사들보다 강했던 것 같은데…….

뭐 괜찮겠지. 개인차가 있기는 하겠지만, 장수하는 엘프 스승들 말이라면 들어두는 편이 좋겠다.

조바심 내지 않아도 미궁도시까지 가면 적이 얼마든지 있으니까.

"그러면, 아리사, 나나, 미아. 배의 방어를 맡긴다. 루루는 조타석에서 조선을 보조하고, 타마는 파수대, 리자와 포치는 뱃머리랑 배꼬리에서 경계를 부탁한다!"

내가 지시하자 동료들이 힘차게 긍정의 대답을 했다. 안심하고 배에서 떨어질 수 있겠네.

천구로 배에서 떨어져, 방금 전 처치한 시 서펜트의 시체가 떠 있는 바다에 마법약 등의 소재로 쓸 수 없는 종류의 마물 피를 떨어뜨렸다.

시속 150킬로미터 가까운 이상한 속도로 접근한 시 서펜트들이 바다에 떠 있는 동족의 시체를 물어뜯었다.

시 서펜트는 동족 포식에 대한 기피감이 없나 보군.

모여든 시 서펜트들은 하늘에 떠 있는 나를 무시하고 동족 포식에 열중했다.

시 서펜트를 자세히 보니까, 뱀이라기보다는 장어에 가까운 머리를 갖고 있었다. 입 안쪽에 보이는 날카로운 이빨이 없다면 뱀장어로 착각할지도 모르겠군.

틀림없이 맛있을 거야. 되도록 고기가 상하지 않게 잡자.

나는 적당한 개체를 「이력의 손」으로 붙잡아 공중에 던진 다음 마인을 두른 요정검으로 목을 베어 스토리지에 수납했다.

반 정도 줄어들 때까지 그 작업이 이어졌지만, 동족 포식할 고기가 없어진 것을 깨달은 시 서펜트들이 나를 향해 일제히 산의 탄환을 뿜었다.

나는 천구와 섬구를 나눠 쓰면서 공격을 회피하고, 아크로바틱한 움직임으로 시 서펜트의 무리에 돌진했다.

처음에는 요정검으로 시 서펜트의 목을 절단했지만, 중간부터 난전을 하며 간격 조정하는 게 귀찮아져서 수도에 직접 마인을 만들어 싸우는 스타일로 바꿨다.

마력 효율이 조금 안 좋지만 미약한 소비량이니 문제없었다.

쓱삭쓱쓱 해치운 시 서펜트의 시체는 동족 포식을 하기 전에 재빨리 스토리지로 수납했다.

"—오. 다음은 거물이네."

레벨 50의 딥 시 서펜트가 바닷속에서 커다란 입을 벌리고 공격해왔다.

나를 삼킬 셈인 것 같기에 그대로 입 안에 뛰어들어 내부에서 빙글 돌아 회전 베기를 하여 안쪽에서 목을 베어 쓰러뜨렸다.

그 다음에도 연속으로 공격해오는 딥 시 서펜트를 모두 사냥한 다음, 시 서펜트 몇 마리가 도망친 참에 싸움이 끝났다.

피로 물든 바다를 방치하는 게 마음에 걸려서 적색이 짙은 바닷물을 스토리지에 회수하여 문제없는 수준까지 정화한 다음에 배로 돌아왔다.

"여전히 무지막지하게 강하네."

아리사가 기가 막힌 기색으로 말했지만 어깨만 으쓱거리고, 전투 중에 피를 뽑아둔 시 서펜트의 살을 루루에게 건넸다.

전투 중에 정령광을 모두 개방했으니, 살에 남은 독기도 무해한 수준까지 흐려졌을 거다.

"독은 없는 것 같으니까 조금 맛볼까?"

"네! 양념장을 발라 구우면 될까요?"

한 손에 미스릴 합금제 식칼을 든 루루가 물었다.

"그래. 맛을 확인하고 싶으니까 한 조각만 양념장 없이 부탁해."

나는 루루에게 부탁하고서 옷을 갈아입으러 선미루에 있는 선장실로 갔다.

전투 때문에 생긴 얼룩이나 바닷물은 생활 마법으로 닦아냈지만, 역시 새 옷으로 갈아입고 개운해지고 싶었다.

"냄새가 좋아."

"네잉~."

"이 향기를 맡고 있으면 둥실둥실하는 거예요."

옷을 갈아입고 돌아오자, 화로 마법 도구로 조리하는 루루 앞에 타마와 포치가 침을 흘릴 것처럼 서 있었다. 다른 애들도 더는 못 기다리는 기색이었다.

"주인님, 맛보기를 부탁 드려요."

"고마워, 루루."

일단 양념장 없이 먹어봤다.

소금만 찍어서 한입…… 응, 맛있다. 살이 좀 크지만 붕장어구이랑 비슷한 맛이었다. 가시도 잘 발라내서 먹기도 참 편하다.

이어서 레몬즙을 뿌려 한입.

으흠. 이건 쌉쌀한 일본주가 당기는 맛이군.

마지막으로 양념을 발라 구운 걸 먹었다. 달콤한 양념이 담백

한 살의 맛과 어우러져 참으로 근사하다. 하얀 쌀과 함께 먹으면 분명히 움직이지 못할 때까지 먹어 버리겠군.

"맛있다, 루루."

"감사합니다!"

내가 칭찬하자, 루루는 꽃이 피는 것처럼 웃으며 기뻐했다.

"다들 맛 보렴."

내가 말하자 동료들이 앞다투어 맛보기용 장어구이에 혀를 내둘렀다.

고기의 지방을 싫어하는 미아도 양념장 없이 레몬을 뿌리면 입에 맞는 모양이다.

오늘 저녁은 시 서펜트 잔치를 하자.

시 서펜트는 먹을 수 있는 부분이 많으니까 장어구이 삼매경에 빠져 지내도 한 마리 소비하는데 보름 정도는 걸릴 것 같았다. 머리 부분도 구워서 먹을 수 있을 것 같으니 시도해 볼까.

"열두 척~?"

"열세 척인 거예요."

"그랬었나~?"

마스트 위의 파수대에서 타마와 포치의 대화가 들렸다. 내가 지금 회수한 침몰선을 세는 거겠지.

우리는 군도를 따라 침몰선을 회수하면서 북상하고 있었다.

첫 침몰선에서 마음껏 탐험을 즐겼기 때문에 중간에 발견한 침몰선은 묻지도 따지지도 않고 스토리지에 수납했다.

이 근처에는 몇 킬로미터에 한 척씩 있지만, 이 앞에 있는 군도 주변에는 더 잔뜩 배가 가라앉아 있었다.

"또 목조선이네."

아리사의 말에 나나가 통계를 보고했다.

"금속제 배는 20퍼센트 전후라고 보고합니다."

처음 아다만타이트 전함을 빼면 미스릴 합금으로 만든 프루제국의 마도구축함 두 척뿐이었다.

그것 말고는 모두 목제였고, 대부분은 시가 왕국의 캐럭선이나 삼각돛이 달린 캐러벨 범선이었다. 가끔 소속이 불명인 갤리선도 섞여 있었다.

모두 배수량 300톤에서 500톤 정도 되는 대형선인데, 크고 작은 다양한 마력포나 이력의 창 투사포로 무장을 했고 절반 정도는 소형 마력로를 탑재하고 있었다.

대부분의 마력로는 오버홀을 하면 쓸 수 있겠지만, 성수석을 사용한 마력원과 비교하면 출력도 낮고 대형이라서 이대로 사장될 것 같다.

"좋아, 이제 쓸만하려나?"

기왕 얻었으니 고정화로 보관되어 있던 예비 중에서 소형 마력포를 재사용 가능한 상태까지 정비해봤다.

포경용 작살포처럼 생긴 이력의 창 투사포는 고정화되어 있던 것이 없어서 다음에 제대로 정비를 한 다음에 시험해볼 생각이었다.

"시험 사격을 희망한다고 고합니다."

"좋아. 저 바위를 노려볼래?"

나는 배를 정선시키고 나나에게 마력포 시험 사격을 시켜봤다.

이 마력포는 세류 시의 항룡탑에도 있었던, 시가 왕국의 거점에서 흔히 채용하는 메이저한 대포다. 불 지팡이나 벼락 지팡이의 병기판이라고 보면 되겠다.

보통은 도시 핵(시티 코어)이나 마력로에서 마력포에 마력을 공급하지만, 이 배의 성수석 기관은 잉여출력이 거의 없기 때문에 내가 직접 단자로 마력을 충전시켰다. 충전량은 조정했으니 적정량이었다.

이 배에서 병기를 운용할 거면 성수석 기관을 대출력으로 바꾸는 편이 좋을지도 모르겠군.

"쏩니다, 라고 보고합니다."

나나가 대포의 방아쇠를 당겼다.

포구에서 일반적인 마법사의 화염구(파이어 볼)를 커다랗게 만든 포탄이 쏘아져 나가더니 바위 근처에 떨어져 불기둥이 솟았다.

마력포랑 마포는 이름이 비슷하지만, 마력포가 위력이 훨씬 낫군.

"헤~ 생각보다 강하네."

"불 지팡이의 5배쯤 되는 걸까?"

"조금 더."

미아의 말이 맞는 것 같다.

아마 보통 불 지팡이의 7배쯤 되는 위력이다.

"연속 발사가 가능하다고 보고합니다."

나나가 말하더니, 5연발한 뒤에 포신이 뜨거워져서 사격을 중지했다.

"가면서 마물 퇴치에 쓸만할까?"

나나가 사격하는 동안, 예비 한 대에 마력을 주입하던 아리사가 항복을 선언했다.

"……이, 이기는 무리대이. 배에서 마력 공급이 있으면 될 것 같지만."

아무래도 보통은 개인으로 운용하는 무기가 아닌가 보다.

마력로를 싣지 않은 배에는 엘프 마을에서 배운 것과 비슷한 구조의 마력저장 장치가 실려 있었다.

그리고 무기 말고도 생물을 운반할 수 있는 특수한 「마법의 가방」이나 용사 일행도 가지고 있는 「비상 신발(플라잉 부츠)」, 「비상 목마」 등의 귀중한 마법 도구도 이것저것 건져냈다.

생물용 마법 가방은 엘프 마을에서 배운 문제점을 극복하지 못한 것 같으니까 사용할 때 주의해야겠다. 본래 애완동물 운반용이었는지 안에서 작은 동물의 뼈가 나왔다.

◆

"바위~?"

"저건 섬인 거에요!"

파수대에서 망원경을 들여다본 포치가, 타마의 말을 정정했다.

아무래도 해룡 제도 최대의 섬이 파수대에서 보이는 모양이다.

그대로 배로 나아가자 갑판에서도 육안으로 섬이 보였다.

"있잖아, 저거 말이야, 바위라기보다 옆으로 삐딱하게 꽂혀 있는 도시 아냐?"

아리사 말처럼 섬 중앙부를 점유한 거대 암석은 하늘에서 추락한 도시처럼 보였다.

그것도 꽤나 스펙터클한 광경이지만, 그 이상으로 나를 놀라게 한 것이 있었는데―.

"긴급 정선!"

내 지령에 선수상형 골렘이 배에 제동을 걸었다.

―놀랍게도, 도시암은 **맵에 나타나지 않았다**.

다시 말해서 저 도시암을 내 맵에서 숨기는 어떤 힘이 있다는 것이다.

"왜, 왜 그래?"

"이 앞은 조금 위험해."

내 갑작스런 행동에 놀란 동료들의 시선이 모이자, 아리사가 대표로 물었지만 나도 구체적으로 위험성을 말해줄 수는 없었다.

"섬을 좀, 보고 올게. 일몰까지 내가 돌아오지 않으면 보르에난 숲으로 돌아가서 아제 씨한테 협력을 요청해."

나는 만일에 대비하여 마법궁과 사용자 제한이 없는 수제 성검과 성창을 갑판에 놓았다.

마력포나 소형 마포를 운용하기에는 마력이 부족하니까 안 꺼냈다.

"기, 기다려! 굳이 위험한 일은 안 해도 되잖아! 섬은 무시하고 지나쳐버리면 되는 거 아냐!"

나를 걱정한 아리사가 필사적으로 막으려 했다.

물론 아리사뿐 아니라 다른 애들도 걱정스러워 보였다.

그렇지만 「섬 위의 도시암이 내 맵에 안 나타나는 이유」를 방치하면 안심하고 안전한 바다 여행을 즐기는데 지장이 생긴다.

"괜찮아. 원인을 알게 되면 돌아올 거야."

"원인이라니, 무슨 원인인데~!"

펄펄 화를 내는 아리사에게 손을 흔들어주고 천구로 섬을 향했다.

섬 주변은 수심이 얕아서 해저가 잘 보였다.

"이 근처에도 배가 잔뜩 침몰해 있네……."

해저에는 산호초와 뒤섞여서 대형선이 듬성듬성 해저에 누워 있었다.

조금씩 고도를 올리면서 섬을 향해 다가가다가—.

"주, 주인니이이이임!"

—엿듣기 스킬로 들리는 동료들의 외침을 등 뒤로 받으며 해면으로 추락했다.

다이빙대에서 뛰어내렸을 때처럼 코와 입에 느껴지는 위화감과 귀가 아픈 느낌을 맛보며, 해저 바위에 격돌했다.

—아야야야.

하얀 거품 너머로 컬러풀한 바다 생물들이 황급히 도망쳤다.

그 모습을 보아도 AR표시에 상세정보가 뜨지 않았다.

나는 해저를 차고 해면으로 떠올랐다. 어째선지 천구를 쓸 수 없었다.

"괜찮아~?"

"그래, 괜찮아."

걱정하며 외치는 동료들에게 손을 흔들어 무사한 것을 어필했다.

나는 그 동안에도 검증을 진행했다. 메뉴 표시는 정상이고, 적당한 아이템을 스토리지에서 꺼냈다 넣어봤는데 문제없었다. 맵도 언뜻 정상처럼 보이지만 정보 갱신이 멎어 있었다.

이어서 메뉴에서 마법을 골랐지만 천구와 마찬가지로 쓸 수 없었다.

아무래도 섬 주변은 마법이나 마법 계열 스킬을 못 쓰는 모양이군.

유니크 스킬은 평소처럼 쓸 수 있는 모양이지만, 메뉴나 레이더처럼 마법으로 정보를 갱신하는 능력에는 제한이 걸렸다.

나는 마법을 쓸 수 있는 장소로 돌아가서 맵을 열어 효과 범위를 좁혀봤다.

특정한 종류의 회유어를 마킹해서 움직임을 쫓아봤더니 대략적인 범위를 알 수 있었다. 도시암 가까운 바닷속을 중심으로 반경 3킬로미터 정도 범위가 마법 무효 공간이었다.

뭔가 있다면 마법 무효 공간의 중심지점에 있겠지.

나는 올림픽 선수 같은 속도로 중심지점을 향해 이동하기 시작했다.

헤엄치는 법이 서툴러서 그런지 몸이 물 위로 튀어 올라버리기에 중간부터 해면을 고속으로 달렸다.

"시 서펜트 무리가 마중을 나왔군."

스토리지에서 꺼낸 작살을 바닷속으로 던져서 진로상에 거슬리는 시 서펜트를 쓰러뜨렸다. 가끔 거대한 딥 시 서펜트나 모사사우루스처럼 생긴 고해수(古海獸)가 섞여 있었다.

레벨 차이가 있으니 마법이나 마법 계열 스킬이 없어도 덤벼드는 마물을 쓰러뜨리는 건 어렵지 않았다.

다만 「이력의 손」을 못 쓰니까 시체를 스토리지에 수납하는 게 아주 귀찮았다.

방치한 탓에 바닷물이 붉게 물들어버렸지만, 그건 나중에 처리하자.

"—여기가 문제의 중심지점이군……. 응? 바닷속에 뭔가 있네?"

해저에 돌기둥에 둘러싸인 그리스풍 해저 신전 같은 것이 보였다.

덤벼드는 마물을 얼추 정리한 다음에 바닷속으로 잠수했다.

나는 스토리지에서 입 안으로 신선한 산소를 보충하면서 해저 신전을 탐색했다.

벽에 무슨 문자가 새겨져 있었다. 고대어였다.

"우리들이 만든 식마(蝕魔)의 함정에 걸려, 부유성 노노리에가 추락했다. 노노리에의 심장을 사용한 제2, 제3의 함정을 만들자. 부유선도 부유도도— 그리고 마지막으로 천공인의 도읍— 라라키에도 땅에 떨어뜨리리라. 자유를 우리들 손에."

마지막에 「자유를 우리들 손에」만 휘갈겨 쓴 것 같았다. 문자가 새겨진 홈에도 빨간 도료를 써서 그런지 어째 광기 같은 것이 느껴졌다.

아무래도 유령선장의 동류가 만든 태고의 함정인 것 같다.

이 주변에 침몰선이 많은 건 마력 무효 공간의 함정에 걸렸기 때문이겠군. 마법의 방어도 없이 목조선이 시 서펜트의 공격을 버틸 리가 없었다.

마법 금속인 배라면 괜찮을 것 같지만, 딥 시 서펜트를 비롯한 대형 마물이 상대라면 목조선과 같은 결과가 기다린다.

지하로 가는 계단을 발견하여, 그 앞으로 나아가자 넓은 지하 공동이 있었다.

석관 같은 하얀 돌 침대가 늘어선 경사를 따라 헤엄쳤다.

어쩐지 묘지에 발을 들인 것 같아.

—응? 하얀 머리칼?

시야 구석에 있는 침대에 누워있는 여성의 모습이 보였다.

나는 등줄기에 얼음을 넣은 것처럼 한기를 느끼면서 침대 쪽으로 몸을 획 돌렸다.

"……기분 탓인가?"

당연하지만 침대에는 아무도 없었다.

애당초 침대에 누군가 누워 있었다면 바로 옆까지 오기 전에 시야에 들어왔을 거다.

이쪽 세계로 와서 「불사의 왕」이나 「유령」을 만나 호러 쪽에 익숙해졌다고 생각했지만, 이렇게 「죽음」을 연상시키는 분위기는 여전히 거북하구나.

경사를 다 올라가자 광장의 중앙에 칠흑의 거대한 바위 덩어리가 묻혀 있는 게 보였다.

그 바위를 중심으로 마법진이 새겨져 있었다.

아마도 저게 마법 무효 공간을 만들고 있는 거겠지.

마법도 없이 칠흑의 바위를 들어내는 건 힘들 것 같지만, 방치하면 이 해역이 버뮤다 삼각지대처럼 배의 묘지가 되어 방치될 것 같았다.

나는 스토리지 안에서 코볼트들에게 받은 청강 공구를 꺼내 부지런히 칠흑의 바위를 파냈다.

칠흑의 바위를 스토리지에 수납하니까 마법 무효 공간이 해제되어 본래대로 마법을 쓸 수 있게 됐다.

만약을 위해 확인했지만 스토리지 안의 아이템에서 마력이 사라지진 않았다.

"이걸로 한 건 해결인가?"

맵을 열어서 정보 갱신이 부활한 걸 확인했다.

역시 저 도시는 노노리에라는 도시의 유적인 모양이다.

나는 섬 주변의 강한 마물을 소탕한 다음 동료들에게 돌아갔다.

◆

"도차~악."

"인 거예요!"

도시암 섬의 후미진 곳에 있는 모래사장 위까지 범선으로 나아가 거기서 닻 대신「차원 앵커」를 기동하여 배를 고정했다.

모래사장에 트랩을 내려주자, 아이들을 선두로 동료들이 활기차게 뛰쳐나갔다.

“숲이나 벼랑 너머에는 마물이나 위험한 생물이 있으니까 가면 안 된다.”

나도 모래사장에 발을 디디면서 애들한테 주의를 주었다.

해안의 만조 라인이나 파도치는 곳에 침몰선의 표류물이 대량으로 흘러와 있었다.

나는 그것들을 바라보면서 리자와 루루가 깔아둔 시트 근처에 비치파라솔을 꽂았다.

햇살이 강해서 모래사장이 반사하는 빛 때문에 눈이 아플 지경이다.

열사병 예방을 위해서 물통을 하나씩 들려줘야겠군.

“우와~ 엄청 차갑네.”

“사이다~?”

“탄산 주스인 거에요!”

“응, 황등 과실.”

아이들이 나한테 감사합니다 하고서는 화기애애하게 파도치는 곳으로 향했다.

나도 연장자 팀을 데리고 아이들 뒤를 쫓았다.

“에헤헤~ 역시 조금은 바다에 들어가고 싶단 말이야.”

“응, 체험.”

"사락사락해~?"

"굉장한 거예요, 주인님! 발가락 사이에서 모래가 움직이는 거예요!"

신발을 벗은 아리사에 이어서 아이들이 그걸 흉내 내며 파도와 노닐었다.

"모래 속에 이물질이 있다고 보고합니다."

"조개야?"

"아니, 이건 녹슬었지만 장식품 같습니다."

연장자 팀은 모래사장에 묻혀 있던 침몰선의 표류물 하나를 주웠다.

"금화 발견~?"

"예쁜 돌도 있는 거예요."

"응, 아쿠아마린."

잠시 간조 수집 타임을 즐긴 다음에 해안의 표류물을 검토하기 시작했다.

아리사가 루루를 데리고 해안에 굴러다니는 술통 앞에 걸어갔다.

"토옹~."

아리사는 술통 앞에서 묘하게 귀여운 목소리로 「토옹~」[#1]이라고 하더니, 몇 번이고 혼자서 웃어댔다. 분명히 무슨 유명한 게임이나 애니메이션 패러디겠지.

#1 토옹~ 연금술 RPG 아틀리에 시리즈의 패러디. 시리즈 대대로 나무통과의 상호작용으로 통이라는 뜻의 「다~루(た～る)」란 대사가 나온다.

“여기서는 술 냄새가 납니다.”

표류물 중에서도 튼튼한 술통은 원형을 유지하고 있는 게 많았다. 내용물은 다양했지만 술이나 식료품 중에는 먹을 수 있는 게 약간이나마 남아 있었다.

물론 개중에는—.

“꺄아아아아, 버, 벌레!”

틈새로 들어갔던 갯강구나 파리가 대량 발생한 것도 있으니 방심할 수 없었다.

나는 겁먹고 안겨오는 루루를 달래주면서 리자한테 말했다.

“리자, 잠깐 도시암을 확인하고 올게. 이쪽은 맡겨도 되겠니?”

“네, 맡겨 주십시오.”

리자가 대답하면서도 뭔가 말하고 싶은 분위기를 풍겼다.

그걸 나나가 대신 말해줬다.

“마스터. 도시암 탐색을 한다면 호위를 지원한다고 고합니다.”

아하, 혼자서 가지 말라는 거구나.

“괜찮아. 섬 주변을 날아서 침몰선의 재보를 회수하는 김에 잠깐 보고 오는 것뿐이야.”

나는 걱정스런 기색의 연장자 팀에게 되도록 마음 편한 어조를 의식하면서 말했다.

마물처럼 사전에 감지할 수 있는 위험이라면 모를까, 벼랑이 무너지거나 도시암이 붕괴되기라도 하면 대응이 늦어질까 무섭거든.

“그리고 귀환전이용 각인판을 여기에 둘 테니까 금세 돌아올 수 있어."

그래도 걱정하는 세 사람에게 각인판을 보여주면서 말하자, 그제야 안심하고 웃어주었다.

"보물 인양은 이 정도로 해둘까—."

나는 천구로 섬을 한 바퀴 돌아 침몰선의 재보 회수를 했다.

그리고 재보와 유골을 회수한 침몰선의 대다수는 부패가 심해서 어초(魚礁) 용으로 되돌려놨다.

개중에는 선체의 부패가 너무 심해서 원형을 잃고 폐자재가 된 거나 밸러스트 사이에 재보가 가라앉아 있는 것도 많았다. 마력 무효 공간 때문에 「고정화」도 해제된 탓에 녹에 강한 귀금속이나 바닷물에 지지 않는 종류의 보석들 말고는 가치 있는 것이 남아있지 않았다.

비교적 최근의 침몰선 가운데는 공도에서 알게 된 에므린 자작의 선단으로 보이는 것도 있기에, 다소의 유품과 **유골**, 그리고 바닷물에 상하긴 했지만 재정비가 가능한 마력로와 마력포를 회수했다.

그러고 보니 가라앉은 에므린 자작의 선단 수가 실종됐다고 들은 것보다 한 척 적었다. 흔적도 없이 부서진 건지 다른 맵인 심해에 가라앉은 건지는 모르겠지만 신경 쓰이네.

연고지를 알 수 있는 유골 말고는 바깥 바다에 나가면 제대로 해장(海葬)을 해줄 생각이었다.

마력 무효화 공간에 붙잡혀서 시 서펜트 무리에 압살당한 해변에서는 차분하게 성불하지도 못할 것 같으니까.

"그러면, 이번에는 도시암을 조사해볼까."

나는 해면에서 하늘로 날아올라 도시암이 내려다보이는 상공으로 이동했다.

뒤쪽은 다 드러난 암석이었지만 옆면으로 오면 기이할 정도의 스케일을 잘 알 수 있었다.

수백수천의 건축물이 수평으로 빽빽하게 서 있는 모습은 영상작품 같은 곳에서나 볼 수 있는 비현실감을 주었다.

현대 일본 정도의 고층건축은 없지만 수평까지 기울어져서도 흔들리지 않고 직립하는 건축물은 꽤 대단한 거 아닐까?

도시암 가까이 내려가 보니 조금 신경 쓰이는 게 있었다.

"어디서 본 문장인데—."

도시암 외벽에 4개의 문장이 그려져 있고, 그 중에서 빨간 돌로 만들어진 문장이 낯익었다.

"—아아, 방화마 귀족이구나."

무슨 연관이 있는지는 모르지만, 엘프 마을에 가기 전에 조금 인연이 있던 방화마 귀족의 문장과 비슷했다.

"역시 홍련 지팡이의 보주에 떠오르는 문장과 같구나."

나는 스토리지에서 꺼낸 보주와 외벽의 문장을 비교해보고 그것들이 일치하는 걸 확인했다.

물론 확인했다고 뭐가 바뀌는 것도 아니었다.

나는 스토리지에 보주를 수납하고 건축물 하나로 다가갔다.

창문 하나로 안을 들여다보자 아래쪽 벽이 커다랗게 패여 있고, 망가진 가구의 잔해 같은 것들이 쌓여 있었다.

그 중 하나에서 퍼득퍼득 날갯짓 소리가 들렸다.

"—새구나."

나라는 침입자에 놀란 새들이 날아올랐다.

이 건조물 폐허들은 새들의 낙원인지, 어느 정도 고도가 낮은 장소에 새 둥지가 잔뜩 있었다.

새를 포식하는 거대 거미가 만든 거미줄 사이를 빠져나가서 지상에 내려섰다.

"맨 아래쪽에서 올려다보면, 하늘에서 볼 때하고는 다른 박력이 있네."

나는 도시암 가까운 곳에 있는 기념비 비슷한 것 근처에 착지했다.

"여기도『자유를 우리들 손에』로군……."

사악한 인상을 받은 일그러진 석비 기념물에 그 문장이 새겨져 있었다.

해저 신전과 같은, 광기가 느껴지는 필적이었다.

"이쪽은 뭐지?"

기념비 앞에 커다란 세로 굴이 있었다.

"—으엑."

굴에 쌓여 있던 나뭇잎을「풍압」마법으로 제거하자 숨겨져 있던 것들이 햇살 아래 드러났다.

"생존자가 없는 건 알고 있었지만—."

발치의 굴에는 시멘트 같은 것으로 굳혀놓은 대량의 인골이 잡동사니와 함께 묻혀 있었다.

무덤이라기보다 쓰레기장 같은 느낌이었다.

"살아남은 사람들도 처참하게 살해당한 모양이네."

내 뇌리에 그때의 광경이 선명하게 떠올랐다—.

마법 무효 함정에 걸린 도시 노노리에가 추락하고, 어떻게 살아남은 몇 안 되는 사람들도 잠복하고 있던 자들에게 붙잡혀 몰살당한 거겠지.

광기를 느끼지 않을 수 없는 기념비의 존재를 보니 노노리에 사람들이 어떤 비극을 겪었는지 쉽사리 상상할 수 있었다.

분명히 중세 유럽의 마녀 사냥에 못지않은 잔학하고 무도한 일이 있었을 거야.

—정말이지, 크리에이터의 상상력이 원망스럽군.

먼 옛날에 있었던 만행이라지만 이건 너무나 심하다.

문득 올려다본 시야에 방금 전의 일그러진 석비가 보였다.

이런 만행의 흔적을 본 다음이라 「자유」라는 단어에서 마왕신봉자 집단인 「자유의 날개」가 연상되어 버린다.

"일단 제대로 매장을 해줘야겠지—."

그저 자기만족이라는 건 알고 있지만, 쓰레기랑 같이 버려진 인골이란 건 망자에 대한 모독인 것 같단 말이지.

나는 「이력의 손」을 가로세로로 뻗어서, 인골과 잡동사니를 한꺼번에 스토리지로 수납하여 인골과 분리했다.

스토리지의 상세정보에 따르면, 시멘트 같은 것은 유골을 태운 재가 굳어진 것이었다.

도시암에서 조금 벗어나, 해저 신전에서 가장 먼 섬의 언덕에 흙 마법 「함정 파기」로 무덤을 파고 대량의 인골과 재를 매장했다.

하나로는 부족하기에 거대한 구멍을 몇 개 만들었다— 도시암 안에 남아 있던 백골도 같이 묻었다.

가능할까? 하면서 도시암에 손을 대고 수납을 골랐더니 그대로 스토리지에 들어가기에 백골도 간단히 회수했다.

또한 도시암은 역사적 가치와 새들의 집이란 것을 생각해서 본래 장소에 되돌려 놓았다. 일부 희생이 된 생물들은 앞으로 식재료로 삼아 낭비하지 않을 셈이다.

뿌리 부분을 흙 마법 「벽」으로 보강해뒀으니 넘어지진 않을 거다.

"조금 쓸쓸한가—."

솟아오른 흙 위에 엘프 마을에서 받은 꽃의 씨를 뿌리고, 늙은 나무거인(엘더 트렌트)에게 받은 수령주로 꽃의 생장을 촉진시켜 그 자리를 꽃밭으로 바꾸었다.

그리고 스토리지에서 꺼낸 「유성우의 운석」을 구멍 근처에 두고 거기에 마인으로 「노노리에의 백성, 여기에 잠들다」라고 새겼다.

나는 매장한 사람들의 명복을 빌고 그 자리에서 날아올랐다.

문득 뇌리에 묘지 폴더의 「용의 계곡」에 있는 시체들이 떠올랐지만, 함께 묻는 건 관두자.

용의 몸은 소재로서 가치가 높아서 어설프게 묻어둔 게 알려지면 대소동이 일어날 것이 빤하고, 하이 엘프 아제 씨한테 들은 말에 따르면 「용신님이 되살아나면, 다른 권속들도 용신님의 신력으로 되살아난다」라고 했다.

스토리지 안이면 썩지도 않을 거고, 때가 될 때까지 묘지 폴더에 보관해두자.

“어서 와, 주인님!”

모래사장의 파라솔로 돌아오자, 선글래스를 쓴 아리사가 비치 체어에서 쉬고 있었다. 다른 애들은 표류물 탐색을 계속하고 있었다.

맵 정보를 보니 아이들은 북쪽의 해안 끝에 있는 아치형 바위지대 방향으로, 연장자 팀은 남쪽의 해안 끝에 있는 벼랑 쪽으로 갔다.

아리사 옆에 펼쳐둔 돗자리 위에는 꽃다발이 놓여 있었다.

“다녀왔어— 이 근처에 꽃이 피어 있었나?”

“이건 표류물 중에 있던 조화야. 나중에 저 유적에 공양할까 해서 물로 씻어놨어.”

아리사가 선글래스를 살짝 내리면서 말했다.

이런 배려는 역시 아리사니까 가능한 거지.

괜한 것을 물어보지 않는 아리사 옆에 앉아서 파도 소리와 멀리서 들리는 타마와 포치의 즐거운 목소리에 귀를 기울였다. 유적에서 본 만행의 흔적 때문에 흐려진 마음이 치유되는군.

내 머리칼을 쓰다듬는 아리사의 따스한 손길을 느끼며 침몰선의 유품과 유골을 정리했다.

신원을 알 수 있는 상대는 침몰선 인양사들에게 입수한 것으로 하고 편지와 함께 현물을 보내면 되겠지.

신원불명인 유품은 유족의 눈에 띌 기회가 생길만한 방법을 뭔가 생각해봐야겠다.

아리사가 문득 하늘을 올려다보았다.

"비가 내리나?"

손바닥을 펼친 아리사가 중얼거렸다.

시선을 돌리자 도시암 너머에 먹구름이 퍼지고 있었다.

뚝뚝 커다란 빗방울이 모래사장을 물들이기 시작하고 파라솔을 후두둑 때렸다.

이윽고 비가 스콜 같은 호우로 변했다.

연장자 팀은 피를 피할 수 있는 장소를 발견한 것 같지만, 아이들은 흠뻑 젖으며 빗속을 달려왔다.

—위기 감지.

미약한 위험 감지 스킬의 통지와 동시에 무수한 빨간 광점이 레이더에 **나타났다**.

동료들 바로 옆에는 없군.

"적이다! 모두 배로 집합해!"

나는 확성 스킬의 도움을 빌어 동료들에게 경고의 말을 외쳤다.

"적이라니 뭐가 나왔는데?"

스콜 같은 호우 때문에 시야가 나쁘다.

"잠깐 기다려."

나는 맵을 열어 정보를 확인했다.

비가 내리기 전까지는 존재하지 않던 수십 개의 커다란 빨간 광점이 도시암을 둘러싸듯 출현했다.

"—유령선?"

커다란 빨간 광점은 「유령선」이란 「불사의 마물(언데드)」이었다.

레벨 30대 전반부터 레벨 40대 후반까지 다양하고, 「부유」나 「유계 건너기」 같은 스킬을 가졌다.

그런 식으로 도시암 주변에 나타난 유령선을 감시하고 있는데, 나랑 동료들 근처에 새로운 광점이 나타났다.

빨간 광점은 몇 척의 유령선이고, 거기서 작은 빨간 광점이 차례차례 나타났다.

아무래도 잡다한 스켈레톤들을 방출한 것 같다.

그것이 끝나자, 그 유령선들은 이제 용건 없다는 듯 부상하여 도시암 주위를 돌고 있는 동료 유령선단에 합류하러 갔다.

나는 스켈레톤들을 레벨로 선별하여 동료들이 당해낼 수 없는 강한 마물이 없는 것을 확인했다.

동료들에게 위협이 되는 레벨 20 이상의 마물은 유령선단 근처에만 있었다.

나는 그쪽을 중점적으로 경계하면서, 동료들의 성장을 확인하기 위해서도 철저하게 지원만 하기로 했다.

"주인님, 비 너머에서 스켈레톤이 왔어!"

아리사가 외치며, 요정 가방에서 꺼낸 불 지팡이로 몸길이 3

미터쯤 되는 자이언트 스켈레톤의 머리를 깨부쉈다.

증기와 폭연 너머에서 두개골이 그을린 자이언트 스켈레톤이 모습을 드러내더니, 그 뒤에서 해적풍 넝마를 두른 스켈레톤들이 뛰쳐나왔다. 손에는 녹슨 커틀러스 같은 검을 쥐고 있었다.

"수가 좀 많네."

나는 마법란에서 「유도 화살」을 골라 잔챙이 스켈레톤들을 일소했다.

"에이, 아리사가 활약할 부분도 좀 남겨줘."

"괜찮아. 적당한 걸로 다섯 정도 남겨놨다."

"역시나, 주인님! 잘 안다니까~."

음표가 나올 정도로 기분이 들뜬 아리사가 무영창 공간 마법을 뿌렸다.

영창이 없어서 무슨 주문을 썼는지는 모르겠지만, 대형 스켈레톤 다섯의 정강이가 부서져서 땅에 쓰러졌다.

"주인님~."

조금씩 약해지는 빛줄기 너머에서 타마의 목소리가 들렸다.

타마가 마검을 붉게 빛내면서 진행 방향을 막으려는 스켈레톤들을 때려눕혔다.

아무래도 칼날에 대한 내구성이 높은 스켈레톤에게 「부드러운 타격」 효과를 사용한 모양이다.

타마 뒤에서 미아를 업은 포치가 이어서 달렸다.

"……■■■■ 바닥 없는 늪(크리에이트 스웜프)."

포치에게 안긴 미아가 지팡이를 한 번 휘둘렀다.

모래사장을 흐르는 비가 소용돌이치더니, 바닥 없는 늪이 되어 세 사람을 쫓아오던 스켈레톤들을 집어삼켰다.

"도착~?"

"열심히 싸웠네. 잘했어."

나는 아이들을 순서대로 칭찬하면서 메뉴의 마법란을 조작했다.

"뒷일은 나한테 맡겨."

내가 사용한 「유도 기절탄」이 바닥없는 늪을 우회하는 스켈레톤 들에게 쏟아져 내려 뼈와 녹슨 커틀러스를 산산이 부숴 버렸다. 일단 대인 제압용 마법이지만 보통 병사가 메이스로 때리는 정도의 위력이 있어서 타격 내성이 약한 뼈에는 효과적인 모양이다.

"미아, 물의 속박을 부탁해!"

아리사가 빗줄기 너머에서 팔로 기어 오는 대형 스켈레톤들을 가리키며 외쳤다.

"응."

미아가 고개를 끄덕이고 영창을 시작했다.

"타마, 포치! 미아가 묶지 않은 녀석을 해치우자!"

"네잉!"

"네, 인 거예요."

아리사의 지령에 타마와 포치가 마검을 척 겨누고서 대형 스켈레톤들을 노려보았다.

오늘은 방어구를 안 입었으니 「물리 방어 부여」 마법을 아이들에게 걸어뒀다.

좋아, 이쪽은 애들한테 맡겨도 되겠다.

"마스터! 지원 공격을 요청합니다!"

빗줄기 너머에서 나나가 외치는 게 들렸다.

리자와 나나가 있으면 여유롭게 이길 수 있는 적밖에 없었을 텐데? 의문과 함께 돌아보자 뼈로 조립된 거대한 뱀이 연장자 팀 셋을 쫓아오고 있었다. 저건 레벨 30의 「본 스네이크」다.

최후미의 나나가 이술로 「본 스네이크」를 견제하고, 중앙의 루루를 지키며 리자가 선두의 적을 해치우고 있었다.

루루도 보호를 받기만 하는 건 아닌지, 비명을 지르면서도 리자의 틈을 찔러 공격해오는 「스켈레톤 호퍼」라는 캥거루 비슷한 스켈레톤을 마법총으로 쏴서 쓰러뜨리고 있었다.

달리면서도 꽤 잘 맞는다.

나는 마법란에서 「짧은 기절탄」을 골라 「본 스네이크」를 비롯한 스켈레톤들을 해치웠다. 쓰러뜨릴 셈은 없었는데 산산이 부숴져 버렸다.

나는 달려오는 나나가 깨닫도록 스토리지에서 꺼낸 대형 방패를 들어올렸다.

"주인님, 수고를 끼쳐 죄송합니다."

"마스터, 대형 방패 감사하다고 고합니다."

리자와 나나는 나한테 루루를 맡기고 대형 스켈레톤들과 싸우는 데 합류하려고 달려갔다.

나는 살짝 패닉에 빠진 루루를 끌어안고, 선수상형 골렘에게 출항 준비를 하도록 지시했다.

"뼈다귀 주제에 합체하다니 주제넘다고 고합니다!"

대형 방패를 든 나나가 도발 스킬로 마물의 공격을 자신에게 모았다.

어느샌가 대형 스켈레톤 다섯이 합체하여 하나의 본 스네이크로 변화했다. 합체하면 레벨도 오르는지 레벨 10대 후반에서 레벨 30이 되었다.

다치면 위험하니까 연장자 팀에도 물리 방어 부여 마법을 걸어주고, 만에 하나의 경우 개입할 수 있도록 준비했다.

"자유 방패!"

나나가 이술의 방패와 실체 방패를 복합해서 본 스네이크의 공격을 받아냈다.

거기에 미아가 물 마법을 쏘았다.

"…… ■ ■ ■ 물의 속박."

본 스네이크의 몸 바깥에 있던 비가 모여서 촉수처럼 꿈틀대더니, 본 스네이크에 얽혀서 붙들었다.

"한 번 더! 차원 말뚝!"

미아의 마법으로 움직임이 멎은 본 스네이크를 아리사의 마법으로 나타난 보이지 않는 말뚝이 푹푹 꿰뚫어 그 자리에 붙들어 버렸다.

"잘했습니다! 타마와 포치는 좌우에서 마핵을 노리세요."

"아이아이 서(Aye Aye Sir)~."

"라져(Roger)인 거예요."

리자가 미아와 아리사의 협력기를 칭찬하고서, 자신도 본 스네이크의 정면으로 나서서 공격에 참가했다.

뼈다귀 틈에서 검붉게 빛나는 마핵을 노린 타마와 포치의 공격을, 변형한 뼈가 막아내더니 뼈의 산탄을 쏘아냈다.

"하늘하늘~."

"우와와왓. 이렇게 잔뜩 공격하면 안 되는 거예요."

타마는 재주 좋게 뼈의 산탄을 피했지만, 포치는 빠르게 도망치지 못해서 가까운 바위 뒤로 미끄러져 들어갔다.

포치의 물리 방어 부여의 효과가 다 떨어져 가기에 이 틈에 다시 걸어뒀다.

"둘로 갈라지다니 비겁하다고 고합니다!"

본 스네이크의 머리가 두 갈래로 갈라져서 하나는 나나를 또 하나는 리자를 공격했다.

리자가 몸을 비틀며 본 스네이크의 박치기를 피하고 모래사장을 굴렀다.

"에잇! 에잇!"

몰래 접근했던 본 스네이크의 꼬리 부분을 루루의 마법총이 저격했다.

아리사와 미아 마법사 페어는 본 스네이크를 속박하는 마법을 유지하는데 필사적이라서 손대지 못하고 있었다.

"마소여. 내 뜨거운 핏줄을 돌아라—."

모래를 떨치고 일어선 리자가 마창을 겨누고 중2병 같은 말을 중얼거렸다.

"—내 팔을 지나 마창의 끝에 모이라."

리자의 몸이 어렴풋이 붉은 빛을 띠더니, 마창의 붉은색 무늬가 맥동하듯 붉은 빛을 뿜기 시작했다.

"나와라, 마인!"

리자가 박력 있는 기합과 함께 외치자 마창의 빛이 창끝에 모여 붉게 빛나는 마인이 생겼다.

붉은 빛을 끌면서 한줄기 유성처럼 본 스네이크에게 달려간다.

순동과 신체 강화 스킬의 보조를 받은 리자는 본 스네이크가 쏘아내는 산탄보다 빠르게, 등 뒤에 모래 기둥을 만들어내며 본 스네이크의 품으로 뛰어들었다.

본 스네이크가 카운터로 박치기를 하려고 했지만—.

"그렇겐 못해!"

기합이 담긴 아리사의 공간 마법이 그것을 막았다.

"파멸하라, 해골 마물이여!"

리자의 마인이 파고드는 기세를 살려 본 스네이크의 두개골을 꿰뚫더니, 흘러넘친 잉여 마력이 두개골을 가로세로로 잘라버렸다.

"과연, 전설의 기술이야!"

"응, 필살."

아리사와 미아가 리자의 마인을 칭찬했다.

아까 그 리자의 중2병 같은 영창은 엘프 스승인 구르가포야씨가 가르쳐준 정신 집중의 주문이었다.

마인은 익숙해질 때까지는 의식적으로 발동하기가 어려워서, 주문 같은 걸 키워드 삼아 자기암시를 걸면 좋다고 했다.

"리자 씨, 위험해!"

본 스네이크의 나머지 머리 하나가 리자를 향하는 걸 보고 루루가 비명을 질렀다.

"산만하게 굴면 안 된다고 경고합니다."

나나가 이술「이력의 창」을 본 스네이크에게 쏘고, 이어서「도발」스킬을 발동하여 리자에게 향했던 본 스네이크의 공격을 자신에게 다시 끌어왔다.

"포치~."

자신들한테서 주의가 벗어난 것을 깨달은 타마가 포치를 불렀다.

"돌격인 거예요!"

본 스네이크의 사각에서 신체 강화 스킬과 순동 스킬의 도움을 빌린 포치가 심장부를 지키는 뼈의 방어를 어마어마한 속도로 쳐부쉈다.

부숴진 뼈가 흩어지는 모래사장을 타마가 그림자처럼 따라서 달렸다.

"타마, 지금인 거예요!"

본 스네이크 근처에서 돌진력을 잃은 포치가 외쳤다.

"난쿠루나이사~."

포치의 등을 차고 뛰어오른 타마가 본 스네이크의 틈으로 미끄러져 들어가서 마핵의 코앞에 도달했다.

"성비다냥."

익살스런 말꼬리를 붙인 타마가 성비에 마력을 주입하자 파란 빛의 기둥이 검붉게 빛나는 마핵을 감쌌다.

—SHWEEEENEEEEEWN.

갑자기 급소 공격을 받은 본 스네이크가 원망스런 포효를 질렀다.

“목이 무방비하다고 고합니다.”

나나의 대형 방패가 본 스네이크의 턱을 어퍼컷처럼 쳐올리고, 리자의 마인이 본 스네이크의 경골을 쓸어 베었다.

머리를 잃고 심장부가 정화된 본 스네이크가 작은 스켈레톤으로 분해되었다.

“마무리야!”

“■ 얼음.”

아리사의 공간 마법과 미아의 정령 마법이 스켈레톤들에게 결정타를 날렸다.

“다들 수고했어! 휴식은 배에 탄 다음에 하자.”

나는 일행을 배로 유도하면서 모두의 연계를 칭찬했다.

“주인님, 유령선이 이쪽을 향해 돌고 있습니다.”

이변을 감지한 리자가 경고했다.

본 스네이크를 쓰러뜨려서 유령선들의 주의가 우리에게 쏠린 모양이다.

“괜찮아, 리자.”

먼 바다로 나가면 내 중급 공격 마법으로 일망타진할 셈이었다.

여기서 쓰면 도시암이나 노노리에 시민의 묘지도 같이 불태울 것 같단 말이지.

"마스터, 출항 준비 완료라고 고합니다."

"좋아, 출항!"

2중 반전식 공력 기관이 으르렁대면서 범선을 하늘에 띄웠다.

스콜에서 보통 호우 정도로 빗줄기가 약해진 대신 바람이 강해져서 폭풍우 같은 모습이었다.

"돔, 폐쇄!"

조타석과 동료들 좌석 위를 투명한 돔이 감쌌다.

대괴어 토부케제라의 각막으로 만든 방어력 발군의 돔이다. 내 「화염구」나, 단발이라면 「광선」조차 막아낸다.

"배 왔어~?"

"잔뜩, 잔뜩 오는 거예요!"

갑옷으로 갈아입고 안전벨트를 멘 타마와 포치가 도시암 쪽을 가리키며 외쳤다.

호우의 커튼 너머에서 검은 안개를 두른 배가 다가온다. 비 때문에 잘 안 보이지만 배의 실루엣은 갤리선부터 범선까지 다양했다.

"커다래."

"빠, 빨라요."

점점 다가오는 유령선을 보고 미아와 루루가 겁에 질려 말했다.

"마스터, 『자유 방패』를 만들까요라고 묻습니다."

"한 척이라면 묶어둘 수 있어."

"괜찮아."

나나와 아리사가 그렇게 제안했지만, 이 상태로도 충분히 안전권까지 대피할 수 있으니 마음만 받기로 했다.

"주인님, 제가 선미루에서 뒤쪽을—."

갑옷으로 갈아입은 리자의 말에도 고개를 옆으로 저었다.

"떨어지면 위험하니까 안 돼."

아까 내린 스콜의 영향인지 유령선이 출현한 영향인지 모르겠지만 평온했던 바다가 거칠고 파도가 높았다.

저런 곳에 떨어지면 눈 깜빡 할 사이에 빠질 거야.

그리고—.

"이제부터는 내가 나설 차례야. 다들 여기서 보고 있어라."

나는 일행에게 웃으며 말하고 선미루에서 천구로 날아올랐다.

배를 모는건 선수상형 골렘에게 맡겨두면 괜찮을 거야.

"이름 그대로의 모습이네—."

점점 유령선의 모습이 드러나기 시작했다.

아무래도 배의 형식뿐 아니라 시대도 제각각인 모양이다.

가까워져서 잘 보이게 된 유령선단은 모든 배가 돛이 너덜너덜하고, 개중에는 돛대가 부러지거나 선체 옆에 커다란 구멍이 뚫린 것도 있었다.

모든 배가 검은 안개 같은 것을 끌고 있어서 포탄 직격을 맞은 배가 타오르고 있는 듯한 착각을 일으켰다.

공통되는 건 하늘을 날고 있다는 것과, 갑판 위에 녹슨 커틀러스를 든 해골 수부나 원령 선장이 있다는 것이었다.

실로 판타지하지만, 호러 방면은 자신이 없으니 사양하고 싶어.

『오콰베이투가!』

바람 소리와 천둥 너머에서 피부가 **오싹오싹**해지는 무시무시한 목소리가 울렸다.

〉「신화시대어」 스킬을 얻었다.

고대어랑 비슷한 어조의 말이었지만 다른 언어인가 보군.

나는 재빨리 「신화시대어」 스킬에 포인트를 분배하고 유효화했다.

맵에 표시되는 동료들 상태가 「공포」로 변해 있었다. 아까 그 목소리에 흑룡의 포효 같은 추가 효과가 있었나 보군.

가엾지만, 상태 이상 해제는 사태가 수습된 다음에 해야겠다.

『신의 부유도 라라키에를 노리는 탐욕스런 아랫것아! 이 해골왕 님이 시퍼렇게 살아있는 동안에는 그 누구에게도 라라키에의 열쇠는 넘기지 않는다!』

한층 커다란 유령선의 뱃머리에 선 수염 해골 선장이 외쳤다.

아니, 당신 죽었잖아?

『오해하지마! 우리는 라라키에의 열쇠 같은 거 용건 없어.』

만약을 위해 스토리지 안의 아이템 검색과 맵 검색을 해봤지만 열쇠는 존재하지 않았다.

『도둑은 다들 그리 말하는 법. 라라키에 마지막 여왕의 반려인 해골왕 님이 직접 벌을 내려주마!』

해골왕이 검붉은 세검을 휘두르자 유령선단이 일제히 뱃머리를 돌려서 측면을 보였다.

『쏴라아아아!』

유령선이 **퍼펑퍼펑** 둔중한 소리와 검은 연기를 토해냈다.

이쪽으로 검은 불꽃을 두른 포탄이 날아왔다.

자유 방패나 배의 방어로 막을 수 있겠지만, 괜한 위험에 몸을 던질 필요는 없겠지.

칭호를 용사로 바꾸고 성검 클라우 솔라스를 스토리지에서 꺼냈다.

"《춤춰라》, 클라우 솔라스!"

내가 명하자, 성검이 13장의 칼날로 변해 검은 포탄을 요격하기 시작했다.

『이놈, 도둑 주제에 잔재주를! 가거라, 「망자의 군단」이여! 너희들의 동료를 사후의 세계로 끌고 가거라!』

해골왕의 말을 듣고서 납득이 갔다.

유령선단의 선종이 서로 다른 건 해골왕이 죽인 사람들의 말로였기 때문이군. 그리고 해골 수부들의 복장도 말단 해적풍의 옷부터 해군 같은 옷까지 천차만별이었다.

해골왕의 명령에 따라 유령선이 돌격했다.

뱃머리에 충각이 달린 해적선이 선두였다.

비행 능력이 있는 망령들이 함재기처럼 날아오르고, 총이나 활을 가진 스켈레톤 아처들이 일제히 공격을 시작했다.

—PWUOOOOONWEEEEE.

해골 수부들의 원한에 찬 곡소리가 거칠게 울렸다. 의미가 있는 말이 아니었다.

나는 그들에게 잠시 묵도를 바치고, 들어올린 손을 휘둘러 내렸다.

"《춤춰라》, 클라우 솔라스— 망자들에게 안식을."

살짝 멋부린 대사는 폭풍에 휩쓸려 사라졌다.

쏘아져 나간 성검 클라우 솔라스의 칼날들이 파란 빛을 끌면서 애니메이션의 공대공 미사일 같은 움직임으로 날아갔다. 마치 모 서커스[#2]의 유도탄 같았다.

—PWUOOONWEE.

성검 클라우 솔라스의 칼날 하나가 유령선 하나에 닿았다.

유령선의 검은 안개와 성검 클라우 솔라스의 파란 빛이 아주 짧은 순간 힘을 겨루다가 순식간에 파란 빛으로 물들었다.

빛이 사라지자 유령선의 모습은 사라지고, 하얀 재만 비와 폭풍 속에서 흩어졌다.

거칠어진 하늘에서 같은 광경이 차례차례 펼쳐졌다.

하나 둘 유령선이 승무원인 해골들과 함께 하얀 재가 되어 사라져갔다.

기분 탓일지도 모르지만, 성검에 스러지는 해골들이 평온한 미소를 짓는 것 같았다.

성검 클라우 솔라스가 소멸시키는 유령선단 너머에서 해골왕

#2 모 서커스 이타노 서커스. 일본의 애니메이터 이타노 이치로가 고안한 연출 기법. 특히 유도미사일이 나오는 메카닉물에 자주 나온다.

이 외쳤다.

『말도 안 된다! 본관의 정예병을 이토록 간단히 멸하다니!』

어쩐지 해골왕의 1인칭을 들으니까 세류 시에서 마주친 칠흑의 상급 마족이 떠올랐다.

『조금만 더 기다려, 순서가 밀렸거든.』

『그 역겨운 여유는— 설마, 「구두(狗頭)」의 권속인가! 신의 은총인 부유도와 부유성을 차례차례 떨어뜨린 걸로 모자라, 바다에 숨겨진 라라키에까지 손을 대려는 것이구나!』

해골왕이 영문 모를 이야기를 해댔다.

『그렇게는 못한다! 라라키에는 언젠가 하늘로 돌아가 지상에 만연한 가짜 왕들을 박멸하고 다시 세계를 수중에 넣어야 한다. 그것이야말로, 죽음에 이르던 처와 한 약속—.』

어째선지 해골왕이 소용돌이치는 먹구름을 노려보았다. 나랑 이야기하는 건가 했더니 놈의 기억 속에 있는 다른 누군가를 향해 외치는 것 같았다.

『—무엇을 희생시키더라도, 누구를 제물로 바치더라도 이루고 말리라.』

장엄한 이야기지만 이야기 내용이 미묘하게 어수선하다.

세계정복을 노리는 악은 어린이용 이야기 속에서만 나와주세요.

마음속으로 불평하는 내 곁으로 유령선 무리를 쓸어버린 성검이 돌아왔다.

남은 건 해골왕이 탄 기함뿐이다.

『그런 야망은 생전에 하라구.』

어쩐지 불길한 예감이 들어서 해골왕과 유령선에 마커를 달았다.

되도록 대화가 가능한 상대는 사투가 아니라 대화로 정리하고 싶었는데—.

『이놈, 우민아. 신이 내린 마포의 위력을 맛보도록 해라.』

유령선의 뱃머리가 열리더니 거대한 마포가 모습을 드러냈다.

거대 마포에 빨간 빛의 입자가 모였다.

—상대는 이쪽을 죽일 생각이 가득한 모양이야.

모여든 입자가 마포의 연장선상에 빨간 빛의 도선을 뻗었다.

아무래도 저 마포도 사격 시퀀스는 소형 마포랑 같은가 보다.

『땅을 기는 아랫것들아, 공포에 떨어라!』

빨간 빛의 도선을 중심으로 마법진이 몇 개 생겼다.

—발사까지 기다려줄 의리는 없지.

무해한 상대라면 격퇴만 해도 되겠지만, 이쪽에 적의를 가진 신출귀몰한 원령을 방치하는 건 정신 위생에 좋지 않았다.

나는 손바닥 위에 꺼낸 「마력 과잉 충전 상태의 성탄」을 마포를 향해 전력으로 투척했다.

파란 섬광이 호우를 헤치면서 직진하여 마포와 함께 유령선까지 간단히 꿰뚫었다.

유령선은 검은 고리를 몇 개 남기고 사라져 버렸다.

"단발로 마왕을 쓰러뜨리는 성탄을 쓰는 건 좀 아까운가?"

저 해골왕이 폭풍의 원인이었는지, 빗줄기가 차츰 약해지고 구름도 걷히기 시작했다.

어두운 바다 너머에서 어두운 목소리가 울렸다.

『우민이여— 아니, 유계에 몸을 감춘 나에게 상처를 낼 수 있는 악마여! 설령 네놈이 막아서더라도, 본관은 반드시 라라키에를 하늘로 되돌리리라. 무엇을 희생시키더라도—.』

역시 이런 녀석은 명줄이 질기단 말이지.

마커 일람에 표시되는 놈의 현재 위치가 「유계」였다. 해골왕과 유령선이 가지고 있던 「유계 건너기」란 스킬의 힘이겠지.

놈의 남은 체력은 제로에 가깝다. 쓰러지기 직전에 유계란 곳으로 도망친 모양이다.

유령선은 마커가 사라졌으니 제대로 쓰러뜨린 것 같군.

나는 목소리가 나는 곳을 찾았다. 목소리가 닿는다면 어딘가에 유계로 이어지는 게이트가 있을 테니까.

『—언젠가 시간 너머에서 다시 만나자꾸나.』

해골왕은 일방적으로 말을 마치고 웃음소리를 남긴 채 완전히 기척이 사라졌다.

게이트를 발견하지는 못했지만, 위기 감지로 포착할 수 있으니 다음에 만나면 묻지도 따지지도 않고 퇴치해 버리자.

성가신 상대의 악연은 얼른 끊어 버리는 게 좋아.

기억상실 소녀

"사토입니다. 페리나 낚싯배는 탄 적이 있지만 범선은 타본 적이 없었어요. 친구 집에서 범선 모형을 보고는 로프가 엄청 많아서 놀랐습니다."

"—라라키에?"

"그래, 유령선에 타고 있던 해골왕이 그러더라."

나는 「공포」가 되어 있던 동료들의 상태 이상을 해제해주고 일의 전말을 가르쳐 주었다.

"어디서 들어본 이름이네—. 어, 분명히 파란 침몰선의 유령 선장도 그런 이름을 말했다 그러지 않았어?"

아리사의 말에 수긍하고 내 추측을 들려줬다.

"마력 무효 공간을 해제했으니까 그 노노리에 유적에『라라키에의 열쇠』란 것이 없나 찾으러 왔을지도 모르지."

영체와 마력의 관계는 잘 모르겠지만, 어쩐지 그게 진상인 것 같다.

"그래서 가지고 있어?"

"아니, 없어."

게임도 아닌데 키 아이템이 그렇게 형편에 맞춰 굴러다닐 리가 없지.

"그러고 보니 유령선장도 열쇠가 어떻고 관이 어떻고 하지 않았어?"

아리사가 말한 단어를 들어본 것 같아서 기억을 더듬어봤다.

분명히—.

『—라라키에의 열쇠인— 빼앗았다. 이제 라라키에는— 날아오를 수 없다. 이제 관을「진실의 방」에 계시는 성상 곁으로 보내기만 하면—』

—이런 느낌의 혼잣말을 했었지.

그걸로 추측해보면, 유령선장의 진영이 해골왕한테서 라라키에가 비행하는데 필요한「라라키에의 열쇠」를 빼앗고, 마찬가지로 빼앗은 관을 성상이란 자에게 보내려고 했었다는 얘긴데.

"먼 옛날이야기니까, 벌써 성상이란 사람한테 전해준 다음 아닐까?"

"그렇네~."

내 설명을 들은 아리사도 같은 의견인지, 라라키에 이야기는 거기서 끝났다.

그때, 루루가 해변을 가리키며 외쳤다.

"주인님! 해변에 사람이!"

여기서는 얼굴까지 알아볼 수는 없었지만, 하얗고 긴 머리칼의 여성이었다.

끝 부분이 파란 건 염색한 건가?

"큰일이야! 얼른 구해야지!"

—아차, 아리사 말이 맞군.

괜한 생각을 하기 전에 조난자를 구해야지.

거리가 100미터도 안 되기에 「이력의 손」을 뻗어서 조난자를 회수했다.

갑판에 옮긴 조난자는 갈색 피부의 아름다운 여성이었다.

안색이 파랗고, 조금 괴로워 보이는 느낌이었다.

루루가 요정 가방에서 꺼낸 모포를 덮어줬다.

"주인님, 이 사람!"

"그래—."

진지한 표정의 아리사에게 수긍했다.

—마유 카리나 양과 비견될 정도의 스타일이, 같은 시대에 둘이나 있을 줄이야.

"에잇."

아리사의 작은 주먹이 내 머리에 떨어졌다.

"그 표정을 보니까 모르는 거지."

아리사가 허리에 손을 대고 여성 옆에 무릎을 짚은 나를 내려다보았다.

「뭐가?」라고 물으려다가, 금세 아리사가 하고 싶은 말을 이해했다.

하프 고스트
—반유령?

AR표시에 나타난 그녀의 종족이 「반유령」이었다.

사람과 엘프 사이에서 하프 엘프가 태어나지 못하는, 유전자에 엄격한 판타지 세계에서 유령이랑 하프라고?

나는 이 세계의 법칙을 정한 신에게, 뭐라 말하기 어려운 대충 넘어가기 어려운 그런 것을 느꼈다.

"게다가, 기억상실이야."

내심 느끼는 울분을 무표정 스킬의 도움을 빌어 억누르고 아리사의 확인에 고개를 끄덕였다.

상태가 「기억상실」인 탓인지 비고란이나 이름 등 많은 것이 공란이었고, 레벨 1에 스킬이 「가창」이라고 하얀 문자로 표시된 옆에, 회색 문자로 레벨 27, 스킬 「흙 마법」, 「소환 마법」, 「가창 마법」, 「명상」, 「사교: 라라키에」 등으로 AR표시가 떴다.

"스킬도 하나밖에 없고 레벨도 1인 것 같으니까 종족에 대해서는 태클 걸지 않아도 될까?"

아리사가 하는 말에 의문이 생겨서 메뉴 표시를 OFF로 바꾸고 감정 스킬로 그녀의 스테이터스를 확인했다.

아무래도 보통 감정 스킬로 보이는 건 하얀 문자쪽인가 보다.

그러면 회색 문자로 쓰인 「라라키에 **마지막** 왕녀」나 「산 제물의 성녀」 같은 칭호는 안 보이고, 하얀 문자인 「기억상실자」라는 칭호만 표시되는 거겠지.

종족 고유 능력인 「마력 흡수: 약」, 「체력 흡수: 약」, 「유계 건너기」도 회색으로 표시됐다.

어쩐지 동료들 스킬이 정착되기 전 표시랑 비슷하군.

"타마, 왜 그러는 거예요?"

포치의 목소리에 시선을 돌리자 타마가 돛대 뒤에서 미녀를 노려보고 있었다.

꼬리 털이 부풀어 올랐고, 돛대에 손톱을 박으며 으르렁거렸다.

아마 반유령 미녀를 경계하고 있는 거겠지.

"사토."

"성희롱 금지야!"

미아와 아리사가 미녀의 손목을 잡은 나를 탓했다.

"맥박을 확인하는 것뿐이야."

—뭐지?

미녀의 손을 놓았을 때 위화감이 느껴졌다.

미녀의 가슴 쪽으로 손을 움직이자, 닿을까 말까한 위치에서 뭔가 느껴졌다.

"우음, 길티."

"어디가 맥박이야!"

강제적으로 내 손을 떼어내려는 두 사람을 나나와 루루에게 맡겼다.

—뭐가 있는 거지?

눈에 힘을 줘도 아무것도 안 보였다.

정령시로 보니, 미녀 가까운 곳이 정령의 공백 지대가 되어 있었다.

마력시로 보면, 보통 사람보다 상당히 많은 마력이 그녀 주위에 방출되는 게 보였다.

그러나 이 감촉은 마력이 아니다.

굳이 따지자면, 「불사의 왕」 젠의 그림자를 만졌을 때 같은—.

〉「독기시」 스킬을 얻었다.

미녀 주위에 검은 오오라 같은 그림자가 희미하게 보였다.

정령을 처음 봤을 때처럼 눈에 힘을 주면 안 보이고, 오히려 초점을 흐리면 보이는 느낌이었다.

나는 「독기시」 스킬에 포인트를 분배하고 유효화했다.

시야가 흑백이 되더니, 필름을 반전시켜 현상한 것 같은 세계가 눈앞에 펼쳐졌다.

"—으엑."

아까보다 명확하게, 미녀 주위에 만화의 **그물 명암** 같은 질척질척한 독기의 오오라가 보였다.

등줄기에 오한이 일었다.

『……우, 우응.』

독기의 오오라가 미녀를 옥죄는 것처럼 움직이자 미녀가 괴로운 신음을 흘렸다.

무의식적으로 뻗은 내 손가락이 독기를 붙잡았다.

독기를 풀어내듯 움직이자, 미녀가 아주 약간 표정을 풀었다.

엉망진창으로 얽힌 낚싯줄을 푸는 것처럼, 미녀를 괴롭히는 독기를 풀어냈다.

—꽤 귀찮은걸.

그래도 독기가 **뒤엉킨** 부분만 보일 정도로 집중하자, 점점 풀어내는 속도가 올라갔다.

손이나 다리의 족쇄 같은 독기가 조금 만만찮았지만 더욱 집중하면 풀 수 있겠다.

족쇄에서 뻗은 사슬 같은 독기가 중간에 끊어져 있으니 별로 신경 쓰지 않아도 되겠지.

"아앗!"

의식 구석에서 아리사가 기성을 지르는 게 들렸지만 목소리의 상태로 봐서 중요한 건 아닌 것 같기에 그대로 독기를 푸는 작업을 계속했다.

"후우, 완료— 근데, 이거 뭐야?"

"마스터, 유생체를 목욕시키고 새로운 옷을 입혀야 한다고 고합니다."

나나가 미녀— 아니, 전에는 미녀였지만 현재는 어려진 소녀를 안아 들고 계단 아래로 데려갔다.

"무슨 일이 있었지?"

내 질문에 루루가 대답했다.

"주인님이 뭔가 손가락으로 더듬는 것처럼 움직이기 시작하고 얼마 안 가서, 그 여자가 점점 줄어들기— 아니, 어려지기 시작했어요."

독기를 푸는데 너무 집중한 탓에 주변 상황을 보지 못하고 있었군.

"주인님, 뭘 한 거야?"

아리사의 캐묻는 시선에 독기를 풀어냈다고 대답했다.

"그런데, 어째서 어려지는데?"

"나도 모르지. 괴로워 보이기에 원흉인 독기를 풀어주려고 한 것뿐이니까."

독기를 풀어준 것과 미녀가 미취학 연령 정도의 소녀가 된 인과관계는 불명이다.

"저주 같은 거였을까?"

"가능성 있는데."

상태란에는 안 나타났지만, 그 꿈틀거리는 독기는 범상치 않았다.

적어도 좋은 거였다고 생각하긴 어렵다.

그리고 그 애의 칭호에 있던 「산 제물의 성녀」란 것도 신경 쓰인다.

해골왕의 말이 진실이라면 그 애는 해골왕의 딸일 텐데, 칭호나 아까 그 독기를 보니 그 애를 제물로 바쳐서 라라키에란 것을 부활시키려는 게 아닌가 하는 생각을 떨쳐낼 수가 없었다.

혹시나 그 해저 신전의 석관 같은 침대에 누워있던 것처럼 보인 것이 그녀가 아니었을까?

그런 식으로 생각에 빠진 나에게 아리사가 다음 화제를 건넸다.

"그보다 말야, 그 애가 가지고 있던 열쇠 모양 머리장식이 신경 쓰이지 않아?"

"그런 게 있었나?"

"이 가슴 성인 놈! 카리나 같은 가슴에 넋이 나갔었겠지!"

완전히 사실이지만 나는 마지막 저항을 시도했다.

"오해야. 독기가 신경 쓰여서 그럴 때가 아니었다니까."

먹구름 사이로 비치는 햇빛이 갑판을 비추었다.

그 부드러운 빛 속에서 성인군자처럼 미소 짓자, 아리사 말고 다른 동료들은 순순히 믿어주었다.

아리사만 귓속말로 「오늘은 속아 넘어가 줄게!」라고 남편의 거짓말을 용서해주는 아내 같은 말을 했다.

◆

"마스터!"

계단 아래에서 날 부르는 나나의 목소리를 엿듣기 스킬이 포착했다.

"나나!"

나는 축지를 거듭해서 나나가 있는 중앙선실로 뛰어들어갔다.

"무슨—."

열려 있는 문으로 들어가자, 알몸인 나나의 모습과 나나에게 손을 뻗고 있는 어린 소녀의 모습이 보였다.

내가 입구로 들어온 걸 깨달은 나나가 몸을 가리지도 않고 이쪽을 돌아보았다.

아마, 소녀를 목욕탕에서 씻겨줄 셈이었겠지.

"마스터, 유생체가 마력 공급을 의뢰했습니다. 허가하시겠습니까?"

갸웃. 고개를 기울이며 묻는 나나에게는 수치심이 한 조각도 없었다.

“허가 안 해. 그보다도, 일단 좀 가려라.”

나는 발치에 떨어진 나나의 옷을 주워 내밀었다.

AR표시를 보니 소녀의 마력 잔량이 제로였다.

“마력이라면 내가 줄게.”

마사지 침대 위에서 무릎을 짚고 선 소녀에게 손을 뻗었다.

그러고 보니 얘도 알몸이네.

소녀의 머리에는 아리사가 말했던 열쇠 모양 머리 장식이 있었다. 금색 열쇠에는 색이 다른 보석 6개가 끼워져 있었다.

의식이 혼탁한 건지, 붉은 눈동자가 초점이 안 맞고 망양한 느낌이었다.

내가 손을 뻗자 작은 양손으로 붙잡더니, 내 검지를 입에 물고서 약한 힘으로 빨았다.

AR표시되는 내 마력(MP) 게이지가 1포인트 줄어들고 자연 회복하는 상태를 반복했다.

종족 고유 능력인 「마력 흡수: 약」이 그레이 아웃된 상태에다가, 본래 「약」이었으니 흡인력도 낮은 거겠지. 이 정도라면 동료들한테 해가 될 가능성도 낮았다.

마력을 계속 빨더니, 어린 소녀의 외견이 조금씩 성장하여 아리사보다 약간 위 정도의 모습이 되었다.

새파랗던 낯빛이 조금 좋아졌고, 싸늘하게 식었던 손도 약간 온기가 돌아왔다.

『예쁜, 마력.』

만족했는지, 신화시대어로 중얼거린 소녀가 내 손가락에서 입을 떼고 마사지 침대에 누워 그대로 잠들어 버렸다.

천천히 위 아래로 움직이는 가슴이 살짝 부풀어 있어서 미묘하게 배덕감이 느껴지기에, 스토리지에서 꺼낸 천을 덮어주었다.

돌아보자, 나나를 비롯한 동료들의 시선이 나에게 모였다.

"그럼 실례하겠사와요—."

"뭔 짓이니."

찬찬히 내 손을 잡은 아리사가 손가락을 입에 넣으려고 하기에 이마를 밀어내며 의도를 물었다.

"에헤헤~. 어쩐지 재가 행복한 기색으로 빨고 있기에."

미안한 기색도 없는 아리사의 말에 주위 아이들이 고개를 끄덕였다.

아이들이나 나나라면 모를까, 루루와 리자까지 분위기에 휩쓸리고 있군.

결국 애들 열의에 져서 내 손가락을 바치게 되었다.

리자, 루루, 미아 세 사람은 손가락 끝에 가볍게 입을 맞추고, 포치랑 타마는 할짝할짝 작은 동물처럼 손가락을 핥았다.

갑판에서 그 소녀를 향해 으르렁대던 타마도 지금은 차분했다. 아마 그 독기를 느끼고 경계했던 거겠지.

"다음은, 내 차례네."

"두 손은 안 된다고 아리사를 타이릅니다."

"그럼 오른손은 나나한테 양보할게."

괴상한 대화를 나눈 나나와 아리사가 내 손가락을 튜브 아이스크림처럼 빨았다.

어쩐지 아리사가 빠는 방식이 성희롱 같기에 중간에 말렸다.

"조, 조금만 더!"

필사적으로 외치며 매달렸지만, 아이들 교육에 안 좋으니까 기각했다.

"마스터, 마력이 안 나온다고 고합니다."

"아아 그래."

나는 나나의 요청에 따라 손가락 끝에서 마력을 흘려주었다.

"역시 등으로 받는 편이 좋다고 요청합니다."

가슴에 옷을 대고 가리기만 한 나나가 매끄러운 등을 이쪽으로 향했다.

그러고 보니 요즘에는 마력 공급을 해주지 않았었군. 나나의 요청에 따라 해주기로 했다.

"주인님, 이 애는 목욕탕에서 씻겨줄게요."

"루루! 유생체 보살피는 건 제가 한다고 고합니다."

루루의 말에 나나가 빙글 돌아서서, 내가 뻗은 손이 타이밍 안 좋게 성장한 나나의 F컵에 파묻혔다.

행운과 에로스 신의 가호를 느끼면서 행복한 감촉을 주무르지 않고 떼었다.

아무리 그래도 피보호자를 상대로 그럴 수는 없지.

아리사와 미아가 「길티」 선언을 했지만, 지금 그건 완전히 사고였기 때문에 유죄 판정은 벗어났다.

등 뒤에서 루루에게 소녀를 압수한 나나가 의기양양하게 목욕탕에 데리고 가는 모습이 보였다.

리자가 바닥에 흩어진 나나의 옷을 주우면서 주위를 보았다.

“어라? 아까 그 애 옷이 없습니다.”

마사지 침대 위나 바닥에도 소녀의 옷 같은 것은 없었다.

아이들 애들도 같이 두리번거리며 세탁 바구니나 마사지 침대 뒤를 찾아봤지만 떨어져 있지도 않았다.

다른 옷에 섞여 있는 건가 싶었지만, 구출했을 때 소녀의 옷은 실크 같은 광택이 있는 특징적인 것이라 헷갈릴 일은 없을 텐데…….

“확인.”

미아가 욕실 문을 힘차게 열고 안에 들어갔다.

“꺄앗— 아이참, 미아. 목욕탕 들어올 때는 문을 다 열지 말라고 언제나 말했잖니.”

“응, 반성.”

루루는 목욕한 뒤 스트레치용 숏팬츠와 T셔츠 차림이어서 문제없었지만, 나는 예의 바르게 욕실에서 시선을 돌렸다.

“안에는 없는 모양이야.”

아리사가 욕실 안에 고개를 집어넣고 확인했다.

“옷, 어디?”

“벗겼을 때 흐려져서 사라졌다고 보고합니다.”

엿듣기 스킬이 미아와 나나의 대화를 포착했다.

혹시 저 애 옷도 유령이었을지도 모르겠군.

◆

“—바람이 좋군.”

나는 별빛이 비추는 갑판에서 희미한 빛을 띠는 섬을 보고 있었다.

낮에 추도한 사람들의 잠이 방해 받거나 언데드가 되지 않도록 섬 전체를 성비와 같은 정화 마법진과 룬으로 묶어두었다.

빛 마법인「광선」은 위력이 너무 강해서「집광」마법을 반전시켜 확산 효과로 위력을 줄여 마법진을 그렸다.

처음 그려보는 대형 마법진이었지만 맵 위에 성비의 마법진을 겹쳐서 보며 그렸기 때문에 오차는 거의 없었다.

또한 엘프 마을에서 배운 기술을 활용하여 마법진의 마력 공급 라인을 섬의 원천에 연결했으니 섬 안에는 언제나 미약한 정화작용이 작동할 거다.

해룡 제도를 방문하는 사람이 나타나는 시대에는 관광 명소가 될지도 모르겠다.

그런 생각을 하면서 메뉴 안에서 열어둔「해저도시 네네리에의 비밀」이란 고문서를 이어서 읽어나갔다.

여기에는 해저도시 네네리에 이야기뿐 아니라 고대 라라키에 문명의 **종언**에 대해서도 쓰여 있었다.

—어라?

레이더가 선내의 하얀 광점이 움직이는 걸 가르쳐 주었다.

작은 발소리가 내 등 뒤에서 멈췄다.

『배고파서 깼니?』

『마력, 주세요.』

『좋아.』

내가 손을 내밀자, 펑퍼짐한 T셔츠를 입은 어린 소녀가 내 손가락에 입을 대고 마력을 빨기 시작했다.

잠들기 전에는 좀 더 큰 소녀의 모습이었는데 또 굉장히 어린 모습으로 돌아와 있었다.

다만 그때와 달리, 소녀의 눈동자에는 의지의 빛이 깃들어 있었다.

조금 더듬거리는 말투는 의식이 몽롱한 탓인가 싶었는데 아니었나 보군.

잠시 마력을 주고 있자니 조금씩 키가 커지고 몸의 곡선이 생겼다.

마치 성장기록을 빠르게 재생하는 걸 보는 기분이었다.

푸하. 입을 뗀 소녀가 숨을 고르고 나서 『감사, 합니다』라고 인사했다.

『천만에. 그런데 네 이름을 물어봐도 될까?』

기억상실인 건 알고 있지만 본인에게 확인하는 순서를 생략하면 안 될 것 같아 물어봤다.

『이름?』

눈을 내리깔고, 기억을 더듬듯 눈썹을 찌푸렸다.

『—모르겠어요.』

소녀는 분한 듯 입술을 깨물고서 고개를 옆으로 저었다.

그러고 보니 그녀의 하얀 머리칼도 마력 공급량에 따라 길이가 보브에서 롱으로 변해 있었다.

『파도에 밀려서 해변에 쓰러져 있었으니까 조난의 충격으로 기억이 흐릿한 걸 거야.』

내가 그리 쉽게 믿을 거라고 생각을 못했는지, 소녀가 신기하단 표정으로 나를 올려다보았다.

『이름이 없으면 불편하니까 생각날 때까지 이름이 필요하네. 어떤 이름이 좋을까?』

네이밍 센스가 없는 내가 붙이면「라라키에」의「라라」나,「반유령」의「하프」같은 게 될 거야.

『이름—.』

소녀가 난처한 듯 주위를 둘러보았다.

그녀의 시선이 도시암— 노노리에의 유적에 멎었다.

『예쁜, 진혼의 빛.』

울어 버리는 게 아닐까 했던 내 예상을 벗어나서, 소녀는 도시암 섬을 상냥한 눈동자로 바라보며 말했다.

그녀의 시선 끝에는 파란 빛에 라이트업된 도시암이 장엄한 분위기를 풍기고 있었다.

『진혼의 빛, 처음을 따서— 레이.』

한 순간 무슨 뜻인지 몰랐지만, 신화시대어의『진혼의 빛』이란 단어의 앞 두 글자의 발음이 레이이기 때문인 것 같다.

『잘 부탁해, 레이. 나는 사토야.』

『잘 부탁해요, 사토 씨.』

우리는 우호의 악수를 나누고 서로에게 미소를 지었다.

『구해, 줘서, 고마워요.』

『천만에요.』

더듬거리면서도 인사하는 레이에게 귀족풍의 태도로 대답했다.

―그렇지.

또 한 가지 물어보자.

『라라키에, 란 거 알고 있니?』

『라라키에―.』

레이가 중얼거리며 숨을 삼켰다.

『―돌아가고 싶어.』

눈물을 뚝뚝 흘리면서 중얼거렸다.

나는 손수건으로 그녀의 눈물을 닦아줬다.

『나, 울고 있어?』

자기 볼에 흐르는 눈물을 만진 레이가 놀랐다.

아무래도 자기가 우는 이유를 모르는 모양이다.

『너에게 라라키에는 소중한 거구나.』

『네, 아마. 가슴 속, 에서, 돌아가고 싶은, 마음이, 넘쳐, 흘러요.』

레이가 품은 망향의 상념은 기억상실로도 지울 수 없을 정도로 강한가 보다.

그녀가 매달리듯 내 무릎에 작은 손을 올렸다.

『그렇구나―.』

이미 멸망한 문명이라고 말하기가 어렵군.

고문서에는 표제의 『해저도시 네네리에』에 대한 이야기가 대부분이었지만 라라키에가 대해로 가라앉았을 때 살아남은 주민들이 남해 어딘가 섬에 숨겨진 마을을 만들었다는 소문도 실려 있었다.

조금 빙 돌아가게 되지만, 레이를 라라키에의 후예들과 만나게 해줄 수 있을지도 모른다.

물론 동료들과 상담을 한 다음에—.

『저기, 사토 씨.』

레이가 생각에 잠긴 내 손을 끌면서 올려다보았다.

어쩐지 좀 부끄러워 보였다.

『조금만 더, 마력, 주세요.』

『좋아, 하지만 그 전에—.』

밤바람이 쌀쌀하니 소녀를 무릎 위에 올리고 담요를 덮어주었다.

덤으로 구출한 다음 아무것도 못 먹은 그녀에게 달콤한 맛의 「영양 보급」 마법약을 먹였다. 엘프 마을 일부에서 대인기였던 드링크제다.

문득, 레이의 머리칼 움직임에 맞춰 흔들리는 열쇠 모양 머리장식이 눈에 들어왔다.

『잠깐, 보여줄 수 있니?』

『안 돼!』

내가 머리 장식을 만지려고만 해도, 레이가 과장되게 반응하여 양손으로 머리장식을 감추었다.

그녀가 놓은 마법약 병이 쏟아지기 전에 잡았다.

『이건, 안, 돼요.』

레이가 갈라진 목소리로 말하며 고개를 옆으로 저었다.

『이유는, 모르지만, 그래도. 마음, 속에서, 호소하고, 있어요.』

아무래도 레이도 열쇠의 의미나 만지면 안 되는 이유는 모르나 보다.

『아차 미안. 섬세함이 부족했구나. 억지로 빼앗지 않을 거니까 안심하고 마셔.』

꿀꺽꿀꺽 마법약을 들이킨 그녀에게 텅 빈 병을 받은 다음 그녀의 바람대로 마력 공급을 해주었다.

◆

—말랑, 말랑말랑.

오른팔을 감싸는 부드러운 감촉에 눈을 뜨자, 미녀— 어른의 모습으로 돌아온 레이가 눈앞에서 잠들어 있었다.

시선을 조금 내리자 레이가 내 오른팔을 가슴 사이에 끌어안고 있는 게 보였다.

그러고 보니 어젯밤에 레이를 무릎 위에 올린 채 마력을 주고 있었지.

레이가 밤바람에 감기 걸리지 않도록 꺼낸 담요가 그녀의 머리와 내 오른손을 변변찮게 덮고 있었다.

어째선지 왼손 손가락이 따뜻한 **뭔가**에 닿았다— 위험해.

"마스터, 유생체가 없어졌다고 고합니다!"

나는 나나를 부르려다가 왼팔의 긴급 사태를 떠올렸다.

미녀를 안고 있던 탓에, 자는 동안 자연스럽게 그녀의 하반신에 닿아 있던 모양이다.

나는 스르륵 좌우의 손을 멋진 공간에서 탈출시키고, 유죄 판정을 받지 않도록 꾸몄다.

"나나, 이쪽이야."

"마스터…… 유생체가 자라났다고 물어 봅니다."

"밤중에 마력 공급을 부탁 받았는데 좀 너무 준 모양이야."

무표정한 채 아연해진 나나에게 어젯밤 일을 이야기해줬다.

일단 내 마력 잔량을 확인해 보니 최대치까지 회복되어 있었다.

레이의 「마력 흡수: 약」의 흡수량은 내 자연 회복량과 같거나 적은 모양이다.

그 다음 다른 애들도 모여들어서 한바탕 소동이 일어났지만, 레이의 옷이 흐트러지지 않아서 무사히 넘어갔다.

"—있지, 그 애 어쩐지 줄어들지 않았어?"

"마스터, 조금만 더 줄어들면 된다고 고합니다."

아까 전부터 레이에게서 유출되는 마력을 느끼고 있었는데, 미녀 모드일 때 가장 유출량이 많고 소녀 모드쯤에서부터 유출량이 줄어드는 것 같다. 잔량 제로가 되면 유녀 모드가 되는 거겠지.

이윽고 소녀 모드까지 줄어든 레이가 살며시 눈을 떴다.

동료들이 들여다보는 걸 보고 움찔 떨었다.

『아, 안녕, 하세요.』

“응, 안녕.”

레이가 조심조심 『신화시대어』로 아침 인사를 하자, 미아가 아무렇지도 않게 대답했다.

“사토, 반지.”

미아가 손가락에 낀 번역 반지를 나와 동료들에게 보여줬다.

엘프 마을에 있을 때는 미아가 다른 동료들과 함께 끼고 있을 뿐인 반지였다.

아무래도 엘프 마을에서 받은 번역 반지는 레이가 쓰는 「신화시대어」도 지원하는 모양이군.

“미아, 제법이네.”

아리사가 미아를 칭찬하자, 나나가 자기도 있다고 주장하듯 번역 반지를 낀 손가락을 눈앞으로 들었다.

과연, 그래서 처음에 「유생체가 마력 공급을 의뢰했습니다」라고 했었구나.

나는 아마 분위기로 그렇게 판단한 줄 알았는데.

“장비~?”

“포치도 얘기하는 거예요.”

동료들이 자신의 요정 가방에서 번역 반지를 꺼내 끼우고 입을 모아 자기소개를 했다.

모두 자기소개가 끝나자, 시선이 레이에게 모였다.

『처음 뵙겠습니다. 레이에요.』

주목 받은 레이가 조금 부끄러운 듯 말했다.

“이름이 생각난 거야?”

『아뇨, 어제, 사토 씨가, 붙여, 주셨, 어요.』

호러 영화 같은 기세로 목만 뒤로 돌아본 아리사가 「어느 틈에!」라고 외치며 캐물을 것 같은 표정이기에 「없으면 불편하잖아」라고 가벼운 어조로 흘렸다.

그건 그렇고 이름은 레이 자신이 생각해 낸 건데.

혹시 기억을 못하나?

“어디, 그러면 헌화하고 나서 출발하자.”

레이도 깨어났으니 배를 섬 반대편에 있는 노노리에 주민들 묘로 이동시켰다.

섬의 정화 결계가 레이에게 악영향을 주지 않을까 걱정했지만, 독기를 제거한 레이에게는 아무런 영향도 없었다.

그리고 가만 생각해 보니 배의 마물 퇴치 결계가 더 위력이 높잖아.

섬으로 이동은 비상 신발을 신은 내가 왕복했다.

인양품 가운데 있던 비상 신발은 사이즈 자동 보정이 있어서 누가 신어도 발에 딱 맞지만, 사용이 어려웠다.

평소부터 천구로 날아다니는 나밖에 쓰질 못했다.

타마는 한 걸음 모자란 느낌이니까 곧 쓸 수 있을 것 같다.

“장송곡.”

헌화를 마치고, 묵도한 다음에 미아가 류트로 상냥한 곡을 연주하기 시작했다.

세류 백작령의 전장 터에서 쥐 수인족의 전사자들을 추도할 때가 떠올랐다.

『잠들라, 착한 아이, 잠들라, 잠들라—.』

미아의 곡에 맞춰 레이가 진혼가를 읊조렸다.

어쩐지 자장가처럼 마음이 차분해지는 노래였다.

잠시 진혼가와 곡에 귀를 기울였다.

"사토, 씨앗."

류트를 요정 가방에 넣은 미아가 햇살 좋은 곳을 가리켰다.

"여기에 씨앗을 심으란 거니?"

미아의 고향에서 하이 엘프 아제 씨한테 트렌트의 씨앗을 여행지에 심어 달라고 의뢰를 받았다.

"응, 최고."

분명히 햇살도 좋고, 정화 결계가 언제나 작용하고 있어서 독기도 발생하기 어렵다.

미아 말처럼 트렌트의 씨앗을 심기에 적합한 장소였다.

"다들 트렌트 씨앗을 심을 거니까 도와줄래?"

"네잉~."

"네, 인 거예요!"

동료들과 함께 트렌트 씨앗을 열 알갱이 정도 심었다.

"주인님, 비료 구슬은 하나면 되겠습니까?"

"그래, 조금 떨어진 곳에 묻어둬."

씨앗이 들어 있던 「황금의 과실」은 마법약의 재료용으로 제거해 버렸기 때문에 그 대신 발육보조를 하기 위해 비료 구슬을 물었다.

이건 엘프의 원예원 지아 씨한테 필요한 만큼 받았다.

“유생체, 흙을 다시 덮을 때는 굳히면 안 된다고 충고합니다.”

『죄송, 해요. 흙을, 만지는 거, 처음, 이에요.』

“응, 경험 중요.”

나나와 미아가 레이를 보살펴주는 모양이다.

생각보다 훨씬 빨리 친해졌네.

씨앗을 다 심은 아리사가 나이에 걸맞지 않은 표정으로 나한테 속삭였다.

“혹시, 저 애 처우 때문에 망설여?”

“그래, 조금.”

레이의 「라라키에 마지막 왕녀」란 칭호나 해골왕의 「라라키에 마지막 여왕의 반려」라는 말로 생각해 보면 레이가 해골왕의 딸일 가능성이 높았다.

타당하게 생각해 보면 아버지인 해골왕에게 레이를 돌려주는 게 보통이지만, 레이가 가진 「산 제물의 성녀」란 칭호나 광기 어린 해골왕의 「반드시 라라키에를 하늘로 되돌리리라. 무엇을 희생시키더라도」란 말 때문에 결단을 망설이고 있었다.

해골왕의 망집에 희생될 가능성을 생각하면 레이 자신의 기억이 돌아올 때까지 보호해주고 싶었다.

다만, 침몰선의 유령선장이 말했던 「라라키에의 열쇠가 없으면 날아오를 수 없다」는 말과 레이의 열쇠 모양 머리 장식이 묘하게 부합된다.

라라키에를 하늘로 되돌리고 싶은 해골왕이 레이의 머리장식을 노리는 건 아닐까— 그런 걱정도 든다.

동료들의 안전을 생각하면 신출귀몰한 해골왕이 노릴 가능성이 있는 레이를 선불리 보호하는 걸 망설이게 된다.

"그렇단 말이지—."

내 생각을 들은 아리사가 팔짱을 끼고 고개를 끄덕끄덕했다.

"정화 결계에 수호 받는 이 섬이라면 그 해골도 손을 댈 수 없을 거라고 생각하지만, 계속 혼자였던 저 애를 이런 곳에 방치하는 건 반대야."

"계속 혼자였다는 건 어떻게 아는데?"

"그거야, 굉장히 사람을 잘 따르잖아. 대부분 누군가 곁에 있고, 나나와 미아가 저렇게 들러붙는데도 싫어하기는커녕 기뻐 보여."

인간 관찰은 아리사가 더 잘하는 것 같다.

"고마워, 아리사."

나는 등을 밀어준 아리사에게 웃었다.

"얘들아, 의논할 게 있는데—."

레이의 기억이 돌아올 때까지 같이 여행한다는 제안은 만장일치로 채택되었다.

『감사, 합니다. 여러분.』

좀 격식을 차리는 레이에게 타마와 포치가 얼굴 앞에 손가락을 흔드는 포즈를 취하며 정정하게 했다.

"쯧쯧쯧~?"

"그럴 때는, 『다들』인 거예요!"

『네, 다들 고마워요.』

타마는 혀를 차는 게 어려운지 글자 그대로 「쯧쯧」이라고 발음했다.

그리고 문제의 해골왕의 동향은—.

맵의 마커 일람에 있는 해골왕의 스테이터스를 어제부터 감시했는데, 내 공격이 생각보다 효과적이었는지 체력 게이지의 회복속도가 꽤 미세했다.

스태미나 게이지나 마력 게이지는 둘 다 고갈된 상태였다.

장소도 유계에서 이동하지 않았다.

당분간은 정기적으로 감시하자.

◆

『사토 씨, 안녕, 하세요?』

『안녕? 레이.』

현측에 앉아서 아침놀을 보고 있는데, 일찍 일어난 레이가 나타났다. 유녀 모습이었다.

그녀는 비행하는 범선을 보고도 딱히 별다른 반응이 없었다.

라라키에와 적대하는 유령선장이 『부유선』이란 단어를 꺼냈으니, 그녀가 아는 배는 보통 날아다녔던 거겠지.

『마실래?』

『네, 마실래요.』

나는 아이템 박스를 열어서 얼음이 들어간 황등 과실 주스가 든 잔을 레이에게 건넸다.

얼음은 얼음 마법인 「빙결」로 주스를 큐브형으로 얼린 것이었다.

『맛있어요.』

레이가 꿀꺽꿀꺽 목을 울리며 단숨에 주스를 들이키더니 만족스런 숨을 토했다.

자는 동안 땀을 흘린 탓에 목이 말랐나 보다.

『마력 사탕 필요하니?』

『네, 주세요.』

사탕을 레이에게 건네자, 금세 입 안으로 넣어 데굴데굴 굴리기 시작했다.

이 마력 사탕은 엘프 마을에서 배운 마력 회복약의 일종으로, 입에 넣고 있는 동안에 계속해서 마력이 회복되는 물건이었다.

오리지널 마력 사탕은 매 분 6포인트의 마력이 회복되지만, 레이가 먹고 있는 건 전용으로 조합한 것이라 분당 1포인트 정도만 마력이 회복된다.

이 사탕이면 전부 다 먹어도 유녀 타입이 유지된다.

섣불리 성장하거나 유녀 타입으로 돌아가거나 하면 보통 옷이 벗겨지거나 찢어지니까 이런 걸 만들었다.

마력을 안 주면 되는 것이 아닌가 생각했지만, 마력이 완전히 고갈된 상태에서는 「굶주림」을 느끼나 보다.

그 상태가 이어지면 만났던 날처럼 트랜스 상태에서 마력을 갈망하기 때문에 이런 사탕을 준비했다.

사탕을 빨던 레이가 바다를 바라보며 내 몸에 머리를 기댔다.

『안 좋은 꿈이라도 꿨니?』

『네, 꿈에서, 그림자 같은 애가, 쫓아, 왔어요.』

그림자 같은 애—라고?

『너무, 너무, 무서, 웠어요.』

보통은 그냥 꿈자리가 사나웠다고 넘어갈 이야기지만, 레이의 경우는 어떤 조짐이 아닐까 싶었다.

되도록 신경을 써줘야겠다.

"마스터! 유생체를 독점하면 안 된다고 호소합니다."

『나나 씨, 안녕?』

"안녕, 레이라고 고합니다."

계단에서 나타난 나나가 입을 열자마자 레이를 끌어안고 볼을 비벼댔다.

처음에는 레이도 당황했지만 이제는 익숙해졌나 보다.

"우웅, 너무 달라붙어."

나나에 이어 나타난 미아가 쓴 소리를 했다.

"귀여워는 정의라고 호소합니다."

물론 나나는 그걸 받아들일 생각이 없어 보였다.

『안녕, 미아.』

"응, —녕."

레이가 나나에게 쓴웃음을 지으며 아침인사를 하자, 미아도 포기한 듯 나나에게서 시선을 돌린 뒤에 짧은 인사를 하고 내 무릎 위에 진을 쳤다.

"안녕~."

"안녕인 거예요!"

타마와 포치가 아리사의 양팔을 끌어안고 갑판에 나타났다.

보르에난 숲을 나온 뒤의 아리사는 여름방학이 끝난 학생처럼 늦잠을 자기 시작했다.

"일어나~?"

"아침 체조인 거예요."

"네이~."

타마와 포치가 재촉했지만 아리사는 졸린 듯 갑판에 주저앉아 버렸다.

"첫째."

미아가 말하면서 류트용으로 어레인지한 아침 체조 곡을 연주하기 시작했다.

타마와 포치에 이어 나나의 포옹에서 벗어난 레이도 아침 체조를 시작했다.

레이는 이 체조가 마음에 들었나 보다.

"주인님도~?"

"같이 하는 거예요."

가능하면 레이와 함께 아침 체조를 시작한 나나의 다이나믹한 움직임을 보고 싶었지만, 타마와 포치에게 이끌려 체조하는 쪽으로 가게 됐다.

기왕 이렇게 된 거 아리사도 일으켜서 참가시켰다.

"우~ 아침은 괴로워~."

아리사는 불평을 토했지만 첫 번째 아침 체조가 끝날 즈음에는 평소의 활기를 되찾았다.

두 번째 아침 체조가 끝날 무렵에 맛있어 보이는 향이 주방의 굴뚝에서 흘러와 동료들의 건강한 배가 꼬르르르륵 소리를 냈다.

계단 아래에서 커다란 냄비를 든 리자가 나타나자 다들 주의가 그쪽으로 모였다.

"아침 식사 다 됐어요."

아침 식사를 알리는 루루의 말에 모두 환성을 지르며 달려갔다.

"아침 식사는 중요하다고 고합니다."

"응, 가자."

『네.』

그 중에는 레이의 손을 이끌고 달리는 나나와 미아도 있었다.

◆

"주인님, 좌초된 배를 발견했습니다."

선창에서 해골왕 대책용 마법 도구를 만드는 나에게 리자가 보고하러 왔다.

"알았어. 금방 올라갈게."

리자에게 말하고 일어섰다.

메뉴를 열고 시간을 확인하자 생각보다 시간이 지나 있었다. 이 시간이면 슬슬『해룡 제도』구역을 벗어날 무렵이었다.

이 근처에 다음 각인판을 설치하지 않으면 「귀환전이」 마법만 가지고 도시암으로 못 가게 된다.

"사토, 저거."

갑판으로 나오자 미아가 전방에 보이는 섬을 가리켰다.

희미하게 보이는 섬 앞의 암초지대에 범선 같은 모양이 보였다.

나는 「망원」 스킬과 「멀리 보기」 스킬의 도움을 빌어서 그 형체를 자세히 살폈다.

마스트 3개는 모두 무사했지만, 선체가 여기저기 패여 있었다. 산 공격을 받은 흔적이 거의 없는 걸 보니 시 서펜트의 공격은 잘 피한 모양이다.

"저거, 시가 왕국의 깃발이지?"

"그래, 그 아래에 오유고크 공작령— 에므린 자작 가문의 깃발이야."

행방을 몰랐던 선단 마지막 한 척이 여기에 좌초해 있었군.

이 앞 구역은 미탐색 지대라서 섬이 어떤지 알 수 없었다.

그쪽에서 보면 설명이 귀찮으니까 배를 착수시켜서 보통 배로 위장하여 섬으로 갔다.

섬까지 몇 킬로미터를 가는 동안, 날치처럼 나는 가오리나 해룡 제도에서도 봤던 모사사우루스 같은 고해수의 습격을 받았다.

하늘을 나는 가오리는 리자의 작살과 미아의 활로 대항했지만, 바닷속에서 배 바닥을 공격하는 고해수는 유효타를 먹일 수가 없어서 내 유도 화살로 처리했다.

수중에서는 위력이 반감되지만, 본래 위력이 오버 킬 수준이라서 문제없었다.

미아의 정령 마법 스킬이 조금 숙달되어 「물 정령 창조」를 사용할 수 있게 되면 조금 싸울 수 있겠지.

"—다행이다, 생존자가 있어."

구역이 바뀌자마자 「모든 맵 탐사」 마법을 사용했더니 꽤 커다란 섬의 반대편에 37명의 생존자가 있었다. 모두 좌초한 배의 선원들이었다.

"그럼 얼른 가서 구조하자."

아리사의 말에 수긍하려고 했지만, 이 소형 범선에 37명이나 되는 남자를 태우자니 영 비좁았다.

저 좌초된 배를 수리해서 그들을 운반하는데 쓰도록 하자.

"그 전에 준비를 해야겠다."

그렇게 말하고 암초 지대 앞에 정선시킨 배에서 비상 신발을 신고 날아올라 좌초된 배로 이동했다. 비상 신발은 레이한테 변명하는 용도다.

"생각보다 많이 상했네."

4층 구조의 아래 두 층이 침수됐고, 바닷속의 배 바닥에도 커다란 구멍이 뚫려 있었다.

평범하게 수리하려고 하면 전용 공작선이 필요할 것 같았다.

『아리사, 부탁해.』

『오케이!』

나는 공간 마법 「원거리 통화」로 아리사에게 연락하여 레이의 시선을 돌리는 미션을 실행하도록 지시했다.

『이제 됐어.』

아리사의 대답을 듣고서, 좌초선을 스토리지에 수납하여 바닷물과 분리했다.

이어서 빙결로 바다를 얼리고, 그 위에 좌초선을 꺼내 배 바닥의 구멍을 바깥에서 널빤지로 막았다. 이 널빤지는 해룡 제도에 침몰해 있던 같은 형식의 배에서 조달했다.

어느 정도 막은 다음에 늙은 나무거인에게 받은 수령주로 널빤지를 선체에 유착시켰다.

항해만 가능해지면 되는 거니까 선체의 패인 부분은 가볍게 무시했다.

수리가 끝난 배를 스토리지 경유로 안전한 해역에 내려놓고, 받침대로 삼았던 얼음산을 회수했다.

이어서 같은 형식의 배 선창에 있던 예비 돛을 걸면 완성이다. 어째선지 좌초선 내부에 예비 돛조차 남아 있지 않았다.

좌초선— 대형 캐럭선을 「이력의 손」으로 끌면서 우리 배로 돌아왔다.

"다녀왔어."

"어서 오십시오, 주인님."

마중해준 리자 말고는 선실에서 레이를 인형 삼아 옷을 갈아입히며 놀고 있었다.

"이 틈에 준비하자."

나는 중얼거린 다음에 대형 요정 가방 하나를 열었다.

『1번부터 10번, 기동. 각자 열 걸음 전진한 다음 리모트 모드로 대기.』

내가 엘프어로 **명하자**, 요정 가방 입구에서 브라우니쯤 되는 크기의 목제 리빙 돌들이 나왔다. 그 밖에도 정찰용으로 손에 올라가는 사이즈의 가고일이 몇 개 있었다.

엘프의 공방에서 만든 습작이라 리빙 돌들의 움직임이 모두 좀 어색했다.

모두 노움처럼 살짝 통통한 체형이고, 펑퍼짐한 다갈색 후드가 달린 클록을 입고 있었다. 이 더운 지역에서는 미스매치지만, 한 눈에 리빙 돌이란 걸 알 수 있는 것보단 낫다.

성수석을 사용하지 않은 로우 코스트 타입이지만, 엘프의 비술을 이것저것 응용했으니 도둑맞으면 곤란하단 말이다.

『허수아비에게 지령, 리빙 돌들을 선원 프리셋에 맞춰 제어하라.』

조선을 담당하는 선수상형 골렘 「허수아비」에게 지령을 내리자, 리빙 돌들이 몰라보게 재빨리 움직이며 뱃사람처럼 작업을 시작했다.

허수아비는 제어장치 만들기에 숙달된 다음 만든 거라 고성능이란 말이지.

계단 아래에서 리빙 돌들의 발소리를 깨달은 동료들이 올라왔다.

놀라는 동료들에게 선원 행세를 시키기 위한 더미라고 설명해줬다.

아무리 소형 갈레온선이라지만 어린애를 포함한 9명이 배를 모는 것은 리얼리티가 없거든.

◆

"마스터, 모래사장에 사람이 있다고 보고합니다."

"그래, 이 배를 보고 모인 거겠지."

"주인님, 모래사장 너머 숲 속에도 사람이 있는 것 같습니다."

나나와 리자의 말에 수긍했다.

나는 좌초된 대형선을 타고 조난자들이 생활하는 해안가로 향했다.

다른 동료들이 탄 갈레온선도 함께지만, 해안에서 공격해도 닿지 않을 장소에 정선시켰다.

물론 화려한 마물 퇴치 마법진은 스텔스 모드로 바꿔뒀다.

암초가 없는 안전권에서 대형선의 닻을 내리고, 선원들을 조각배에 태워 동료들 배로 이동시켰다. 이 선원들은 빛 마법「환영」으로 인간족의 모습을 겹쳐둔 리빙 돌들이었다.

실제로는 내가「이력의 손」으로 조선하고 있었지만, 공개적으로는 마법을 못 쓴다는 설정이라 이런 식으로 위장했다.

선원 대피가 끝난 다음에 동행하고 있던 나나와 리자를 데리고 조각배로 상륙했다.

"나는 시가 왕국 오유고크 공작령의 귀족, 마물과 격전을 거쳐 적화(赤火) 훈장을 수여 받은 지트베르트 남작이다!"

양손검을 지팡이처럼 모래사장에 꽂은 중년 남성이 잘 울리는 소리로 이름을 밝혔다. 그의 왼쪽 팔에 장식된 붉은 보석이 달린 훈장이 「적화 훈장」이겠지.

내가 귀족복을 입은 탓인지 먼저 이름을 밝혀준 모양이다.

"남작 각하는 이미 이름을 밝혔다. 다음은 귀공 차례다!"

남작 곁에 대기하고 있던 마법사풍 로브를 입은 작은 남자가 외쳤다.

그 밖에도 커다란 방패를 든 몇 명의 남자들이 대기하며 언제든지 남작 일행을 가드할 수 있는 장소에 있었다. 본래 배의 선원이었던 사람들이라 그런지 무거운 금속 갑옷을 입은 사람은 없는 것 같았다.

"나는 시가 왕국 무노 남작령의 귀족, 구를리안 시에서 하급 마족을 물리치고 창염(蒼炎)훈장을 수여 받은 사토 펜드래건 명예사작이라 합니다."

기왕 이렇게 된 거 남작의 자기소개에 맞춰봤다.

덤으로 그를 흉내 내어 주머니를 거쳐서 꺼낸 창염 훈장을 왼쪽 가슴에 장식했다.

"—창염 훈장, 이라고?"

남작이 눈을 부릅뜨고 내 창염 훈장을 보았다.

부들부들 떨리는 손이 그의 동요를 잘 보여준다.

주변의 기사나 마법사들도 소란스러워졌다.

그러고 보니 창염 훈장을 수여 받을 때도 근위 기사인 후작 자제 이파사 로이드 경이 놀랐었지.

개중에는 「무노 남작령은 그 저주 받은 영지잖아」라고 말하는 자도 있었지만, 대부분은 창염 훈장을 보며 놀라고 있었다.

모두 놀라움을 감추지 못했지만 남작이 가장 먼저 제정신을 차렸다.

"펜드래건 경, 우리들을 귀하의 배로 오유고크 공작의 무역도시 수트안델까지 보내주지 않겠는가? 우리들은 에므린 자작 무역선단의 생존자들이다. 물론 귀공이 바란다면 어떤 대가라도 준비하도록 하지."

"네, 물론입니다—."

나는 그의 부탁을 흔쾌히 수락했다.

지인의 식구를 구하는 것뿐이니까 대가를 요구할 생각도 없었다.

"—표류하고 있던 저 배를 발견한 것도 무슨 인연이겠죠."

"표류, 라고?"

수리했다고 말하면 소동이 일어날 것 같아서 우연히 발견한 걸로 했다.

지어낸 이야기를 믿어줄지 미묘했지만, 사실대로 말해도 역시 믿지 않을 것 같으니까.

"네, 에므린 자작의 문장기를 걸고 있기에, 이 부근 해역에 생존자가 있는 게 아닌가 생각하여 수색하고 있었습니다. 마지막 섬에 생존자가 있어서 안심했어요."

나는 사기 스킬의 도움을 빌어 적당한 이야기를 꾸며냈다.

물론 맵 안의 다른 섬에 사람이 없는 것도 사실이었다.

다른 섬 수색이 끝났다고 하지 않으면 괜한 주변 탐색을 하게 될지도 모르니까.

“그러면, 펜드래건 경. 신속하게 출항 준비를 할 테니 잠시 기다려주게.”

남작이 부하를 불러들여 물을 며칠 만에 준비할 수 있는지 확인하고 있었다.

“닷새, 아니 『보물 창고』 스킬 가진 자를 총동원해서 사흘 만에 준비해내겠습니다.”

그의 부하가 결사의 표정으로 말했다.

“남작 각하, 주제넘지만 배에는 수트안델까지 항해하는데 충분한 물을 탑재하고 있습니다.”

“그, 그것이 정말인가!”

놀라는 남작에게 긍정하고 그의 부하인 항해사에게 구체적인 양을 말해줬다.

“충분하고 남습니다. 그만큼 있으면 여기가 해룡 제도의 끝자락이라도 수트안델까지 왕복할 수 있습니다.”

나는 격납 가방에서 꺼낸 해도를 펼쳐 현재 위치를 알려줬다.

이 해도는 공개용이라서 내가 여기까지 오던 항로에 설치한 각인판의 위치는 기록되지 않았다.

“이, 이토록 정교한 지도를…….”

“그리고 섬들의 물가와, 마물의 분포까지 적혀 있군.”

항해사들이 내 해도를 절찬했다.

“이 정도 지도를 그릴 정도로 섬들을 탐색해준 것인가…….”

감격에 약한 선원들이 사나이의 눈물을 흘리면서 나에게 존

경의 마음을 담은 눈빛을 향했다.

여기 오는 동안 30분 정도 걸려 그린 거라고 말할 수 없는 분위기다.

"남작 각하, 여기서라면 열흘도 안 걸려 수트안델에 도착할 수 있습니다."

항해사의 말에 남자들이 얼싸안고 기쁨의 함성을 질렀다.

숲 속에 잠복해 있던 사수들도 숨어 있던 것을 잊고 주위에 있는 자들의 어깨를 두드리며 기뻐하고 있었다.

결국 출항은 다음날 아침으로 정해졌다.

남작 일행이 거점에 숨겨둔 물건들을 배에 싣는 것만으로 해가 지고 말았다.

오늘밤은 출항을 기념하는 연회를 연다고 하기에 대형선 갑판에서 남작과 같은 테이블에 앉았다.

리자와 나나는 먼저 동료들 배로 돌려보냈다. 젊은 수부들이 나나를 보는 눈이 욕망에 가득 차 있기에 피난시켰다.

"■ ■ ■ 등불."

뱃머리와 배꼬리에 피워둔 모기 유인등 같은 마물 퇴치 랜턴만 가지고는 어두워서, 선원들 가운데 있던 생활 마법 사용자들이 배 여기저기에 마법의 불빛을 밝혔다.

"호오, 맛있는 냄새로군. 소금이 아닌 것으로 맛을 낸 음식을 얼마 만에 먹는 건지……."

"펜드래건 사작님이 조미료를 나눠주셨으니 오늘은 실력을 발휘했습니다!"

날라온 요리에 남작과 항해사들이 눈웃음을 지었다.

섬에서 잡은 어패류 중심으로 남자들의 요리가 올라왔다. 더욱이 섬을 탈출하는 기념으로 잔에 한가득 에일이 나왔고, 하급 선원들한테도 공평하게 나눠줬다.

"펜드래건 사작. 자네의 선원들은 여성도 있는 모양인데, 장기 항해에서는 여성을 태우지 않는 게 좋다네."

에일을 마시면서 남작이 말했다.

"애첩이나 창부를 태우는 선장도 있지만, 그런 배는 선원이 반란을 일으키는 경우가 많아."

과연, 흔해빠진 「바다의 신이 분노한다」가 아니라 「배의 질서가 흐트러지기 쉽다」는 충고구나.

"남작 각하의 충고를 고맙게 듣겠습니다."

우리 배의 경우는 가족 같은 느낌이니 문제없다. 남자는 나밖에 없기도 하고.

"닻을 올려라!"

"닻 올려어어."

""""닻 올려어어.""""

항해사가 명하자 수부들이 복창하고, 이어서 수부들이 커다란 도르레를 돌렸다.

강력(剛力) 스킬을 가진 자가 많지만 그래도 꽤 힘들어 보였다.

보통 배의 출항 풍경을 구경하고 싶어서 남작에게 억지를 부려 승선했다. 또한 우리들 배는 「원거리 통화」 마법으로 선수상형 골렘에게 지시를 내렸으니 괜찮다.

"앞 돛대, 돛을 펴라."

"돛 펴라아아."

""""돛 펴라아아.""""

돛대의 가로목 위에 나란히 올라간 수부들이 구명 밧줄도 없이 돛을 묶어둔 끈을 풀었다.

바람을 받은 돛이 배를 천천히 선회시켰다.

"우현 밧줄, 당겨라."

"우현, 밧줄, 당겨~."

""""밧줄~ 당겨~.""""

몇 명의 수부들이 얼굴이 새빨개져서 밧줄— 로프를 당겼다.

배의 선회가 끝나자, 이번에는 밧줄을 조정해서 똑바로 나아가게 만들었다.

분명히 키도 있겠지만 동력원은 어디까지나 돛이니까.

선수 돛대 담당자를 조금 남기고, 나머지 수부들은 후미를 보조하러 갔다. 표준보다 수부의 수가 적어서 보통보다 일이 많은 모양이다.

후미 돛대에 도착한 수부들이 사다리 밧줄을 붙여놓은 슈라우드를 솜씨 좋게 재빨리 올라갔다.

"주 돛대, 돛을 펴라."

"돛 펴라아아아~."

""""돛 펴라아아아~.""""

중앙의 돛을 펼치자 배의 속도가 올라갔다.

역할을 마친 주 돛대의 수부들이 로프를 따라 내려와서 조정 밧줄 담당 장소로 이동했다.

"후미 돛대, 돛을 펴라."

"돛 펴라아아아~."

""""돛 펴라아아아~.""""

뒤쪽 돛을 펴자, 수부들이 일정 수만 남고 갑판으로 내려와 항해사의 지시로 밧줄을 조작해서 돛의 방향을 조정했다.

이런 작업은 주로 인력으로 하기 때문에 배에 탑재된 마력로는 사용하지 않는다.

마핵을 태우는 마력로는 평소부터 쓰기에는 코스트가 너무 높은가 보군.

그러고 보니 드워프 마을에서도 마력로는 연비가 안 좋아서 마연탄(魔煉炭)로를 쓰고 있었지.

"펜드래건 경, 자네 배의 수부들은 대단하군. 저렇게 어엿한 선회와 물 흐르듯 조용한 발진은 흔히 볼 수 없지."

"과찬이십니다."

엘프들의 자동 조선 라이브러리에서 빌린 거라 남작이 칭찬해줘도 뽐낼 수가 없네.

"그런데, 자네 배는 어째서 시가 왕국이나 무노 남작의 깃발을 걸지 않은 건가?"

"죄송합니다. 지난번 폭풍 때문에 깃대째로 날아가 버리고 말아서……."

사기 스킬로 남작의 질문에 변명했다.

소속을 나타내는 깃발의 존재를 완전히 잊고 있었거든.

항해사에게 슬그머니 말을 걸어 잡학 같은 대화로 얻은 정보에 따르면, 국기, 영지기, 선장기 셋과 군함인지 민간선인지를 나타내는 깃발을 거는 게 규칙이었다.

무노 남작의 깃발은 어렴풋이 기억하고 있고, 국기는 이 배를 견본 삼으면 되겠지.

민간선을 나타내는 깃발은 침몰선에서 회수한 게 있으니까 어느 정도는 안다.

"선장님, 해류를 탔습니다."

"그래. 마력로를 기동하고 주변 감시를 강화하라."

"마력로 기동, 저출력."

남작의 명령을 받은 선원이 전성관을 향해서 외쳤다.

잠시 지나자 「기동 완료」 보고가 전달되고, 마법사가 바람 마법인 「광역 탐색 바람」을 사용했다. 아무래도 그가 기동한 탐색 마법을 마력로에서 공급되는 마력으로 유지하는 모양이다.

탐색 결과는 조타석 앞의 거울에 차례대로 나타났다.

이 광역 탐색 유지는 마력 소비가 심해서, 마력로가 저출력 모드일 때는 방어벽과 동시에 사용할 수 없다고 한다.

또한 현재 저장된 연료를 고려하면 전투용 고출력 모드는 30분이 한계였다.

"으~ 지리겠구만~."

"바보 자식! 손님 앞이다!"

수부가 혼나면서도 현측에 있는 수수께끼 오브제를 향해 달려갔다.

차일드 시트 비슷하게 튀어나와 있었는데.

—화장실이었나!

소변을 마친 수부가 이쪽으로 꾸벅꾸벅 머리를 숙이면서 담당 부서로 돌아갔다.

"이 틈에 갑판을 닦아라!"

수부장이 명하자, 말단 수부들이 바닷물을 끌어올려 갑판에 뿌렸다.

살균을 위해서일지도 모르지만 오히려 갑판이 소금 때문에 상할 것 같은데…….

그래서 수부장에게 「수부들이 갑판에 바닷물을 뿌리는 의미를 알고 있는가」라고 물어봤더니, 갑판을 적셔서 팽창시켜 갑판의 틈을 없애 침수를 막는 게 목적이란 것을 알았다.

과연, 그런 이치가 있었구나.

우리들 배는 수지로 코팅했으니 필요 없는 작업이었다. 엘프 마을에서 산출되는 아르아라는 수지를 사용했다.

나무 가옥에서 애용하던 고블렛 잔의 소재로 쓰이던 녀석이었다.

투명하고 가벼우며 내열성도 뛰어나다. 아크릴처럼 떨어뜨려도 깨지지 않기 때문에 아이들의 식기 등으로도 쓰고 있었다.

"급사도 없는 간소한 식사라 미안하군."

남작의 초청으로 점심을 같이 먹게 되었는데 그의 말처럼 소박한 느낌이었다.

딱딱하게 구운 비스킷 몇 개에 소금으로만 간을 한 콩과 육포 수프, 그리고 사우어크라우트 같은 절임과 말린 황등 과실뿐이다.

말린 과실 말고 다른 식재료는 도시암 섬 해안에 밀려와 있던 식량 통을 제공했다. 그들이 마시고 있는 에일 통도 마찬가지다.

가능하면 신품을 공급하고 싶었지만, 우리들이 가진 것 중에서 항해에 적합한 보존식이 말린 과실에 없어서 다른 선택지가 없었다.

물론 상하지 않은 것을 감정 스킬로 확인했다.

"이 과실은 참 맛있군요. 이건 어떤 과실입니까?"

"그건 산수의 황등 과실을 말린 겁니다."

젊은 부항해사의 질문에 대답하자 주위의 공기가 얼어붙었다.

"화, 황등 과실?"

"사, 산수라면, 그 엘프의 숲에만 자란다는 전설의?"

항해사들이 입을 모아 물었다.

산수는 무노 남작령에 있는 거인 마을에도 있는데요?

"요, 요리장! 말린 과실 배급을 중지하라!"

남작이 다급한 어조로 주방으로 통하는 전성관을 열고 명령했다.

"무슨 일이시죠?"

"페, 펜드래건 경, 귀공은 황등 과실의 가치를 알고 있는 건가?"

—글쎄요?

하나에 1톤이나 되는 거대한 과실이니까 마음껏 먹을 수 있고, 대단히 맛있다는 건 알고 있는데요.

하지만 시장에서 본 적이 없어서 시세 스킬을 쓸 기회가 없었단 말이지.

말린 과실을 가만 보고 있으니, 한 조각에 은화 1닢에서 3닢 정도의 가격이었다. 다섯 조각에 금화 1닢 이상이라― 희소가치가 있다고 해도 너무 바가진데.

점심식사를 하는 김에, 동석한 선장과 항해사들에게 라라키에에 대한 정보를 아는지 물어봤다.

"라라키에? 어디서 들어본 것 같군."

남작이 수염 없는 턱을 쓰다듬으며 생각에 잠겼다.

"……생각났네. 설탕 항로의 중간쯤에 있는 마도왕국 라라기의 축제에서 들어본 적이 있군."

남작 말에 따르면 마도왕국 라라기의 왕족은 천공인의 후예라고 주장하고 있으며, 「천상제(天想祭)」라고 불리는 축제에서 「라라키에의 상자」라고 불리는 비보(아티팩트)를 공개한다고 했다.

분명히 천공인은 라라키에의 주민들을 가리키는 말이었지?

마도왕국 라라기라는 곳에는 라라키에의 후예가 조용히 살고 있을 것 같았다.

"감사합니다, 남작 각하."

"뭘 이런 걸로. 조금은 도움이 된 것 같아 다행일세."

남작 각하에게 인사를 하고서, 한가해 보이는 항해사에게 설탕 항로와 마도왕국 라라기의 장소에 대해 배웠다.

미궁도시에 도착하는 게 조금 늦어지겠지만, 비행 범선으로 전력을 내면 샛길로 빠져도 1주일 정도밖에 안 늦는다.

그런 이야기를 하는 와중에, 운 나쁘게 마물과 마주쳤다.

"선장님! 우현에 『어뢰 오징어(토피도 스퀴드)』를 발견! 아직 이쪽을 눈치 못 챘습니다."

"좋아, 좌현으로 선회!"

배의 침로가 왼쪽으로 틀어졌다.

마물과 전투는 피하는 방침인가 보다.

그리고 어뢰 오징어는 레벨 10 전후지만 수가 많았다. 30부터 50쯤 되는 녀석도 있으니 일제히 덤비면 대처가 귀찮겠군.

"마력로, 출력을 올려라. 올라가면 곧장 방어벽을 전개!"

1분쯤 지나서 배가 술리 마법 계열 방어벽에 휩싸이고, 배의 속도가 조금 빨라졌다.

아마 바닷속의 방어벽이 물의 저항을 줄이는 거겠지.

"저, 전방의 섬 뒤에 『바위머리 날치(록헤드 배스)』로 추정되는 반응을 확인!"

탐색 거울을 감시하던 선원이 공포 섞인 보고를 외쳤다.

맵에 따르면 바위머리 날치의 수는 10마리 정도, 레벨도 10대 전반이었다.

겁먹을 정도의 적인가?

"마력로 최대 출력. 조선에 필요한 최소한의 인원을 남기고 마력포를 준비하라! 섬의 우측을 빠져나간다! 준비는 좌현만 해도 상관없다!"

남작이 큰 소리로 선원들에게 지시를 내렸다.

나도 갑판에서 마력포 이동을 도왔다.

"왔습니다!"

“놈들의 바위머리는 마력포를 튕겨낸다! 머리 중심이나 몸통을 노려라!”

““““예엡!””””

과연, 방어력이 머리 부분에 집중된 타입의 마물인가 보다.

“쏴라아아.”

선장의 신호에 맞춰 마력포에서 벼락의 포탄이 쏘아져 나갔다. 해면 부근의 적이라면 벼락, 얼음, 바위의 세 종류를 쓰는 모양이다. 불꽃은 해적선 등을 상대할 때 쓴다고 했다.

포격수가 부족하기에 나도 남아 있는 포를 쐈다.

마력 공급량이 부족해서 위력이 변변찮다. 게다가 마력로 하나로 다수의 마력포에 마력을 공급하기 때문에 재충전 시간이 긴 모양이다.

회피행동을 하느라 속도가 떨어진 바위머리 날치가 바닷속에서 다시 기세를 올리는 가운데, 한 마리만 회피도 안 하고 돌진한 녀석이 있었다.

가까이 다가온 바위머리 날치가 튀어올라 갑판의 선원을 노리고 날아왔다.

경자동차쯤 되는 질량은 될 법한 거체다.

아무래도 바다의 마물은 레벨에 비해서 거대한 녀석이 많군.

“우와아아아아.”

표적이 된 선원이 공포에 질린 나머지 비명을 질렀다.

선장이 양손검을 칼집에서 뽑는 것이 보였지만 때맞춰 가긴 어렵다.

나는 스토리지에서 꺼낸 무거운 돌 창을 바위머리 날치에게 던졌다.

생각보다 기세가 강했는지, 돌 창이 바위머리 날치를 선수루 벽에 꿰어 버렸다.

“감사한다, 펜드래건 경! 제2사 서둘러라!”

남작은 갑자기 내 손에서 나타난 돌 창에 대해서는 언급하지 않고 전투 지휘를 우선했다.

나는 변명할 수 있도록 돌 창 반지를 끼웠다.

공개 레벨이 30이나 되니까 쓰러뜨린 것 자체는 문제없지만, 갑자기 나타난 돌 창을 신경 쓰는 자가 없을 거라고 장담할 수 없으니까.

“다음 공격으로 해치워라! 포수들은 조준 잘 해라! 포격한 뒤에 근접전투 준비.”

“““예엡!”””

선장이 승무원들에게 지시를 내렸다.

제1사로 쓰러뜨린 건 30퍼센트 정도였다. 이대로 두면 확실하게 돌파 당해서 동료들이 위험해질 것 같다.

나는 제2사의 준비가 아니라, 반대쪽 현측에서 아무도 안 보는 걸 확인하고 「유도 화살」을 바닷속으로 쏘았다.

되도록 크게 돌아가는 코스를 택했으니 제2사의 착탄과 동시 타이밍이 될 거다.

“전 포문 일제 사격!”

“““예엡!”””

포수들이 결사의 표정으로 발사 레버를 당겼다.

코앞까지 접근한 바위머리 날치에 마력포를 쏘았다.

해면에 스파크가 일어나면서 바닷속 마물들이 유도 화살에 맞아 가라앉았다.

"—후우, 간신히 격퇴를 했군."

남작이 한숨 돌리고, 전투 뒤의 지시를 내렸다.

갑판의 바위머리 날치는 마핵을 제거한 뒤에 바닷속에 버릴 뻔한 것을 통째로 받았다. 마핵은 마력로의 연료로 쓰기 위해 사고 싶다고 하기에 그쪽에서 제시하는 가격에 양보했다.

◆

"항구의 수문이다!"

전방에 있는 남작의 배에서 외치는 소리가 들렸다.

그 뒤로 이레 뒤, 우리들 선단은 무사히 수트안델에 도착했다.

바위머리 날치와 전투를 한 뒤에 내 배로 돌아가서, 그 뒤로는 항로를 의논할 때 말고는 남작의 배에 안 갔다.

목욕도 필요 없는 게 당연한 모양인지, 선원들 체취가 엄청났거든.

민물은 정말 최소한으로 쓰는 스타일인지, 조리나 세수 같은 생활용수도 바닷물을 쓰고 있었다.

어쩐지 나랑 항해사가 물 계산한 결과가 다르더라니…….

—맞다. 한 가지 주의를 해야지.

『레이, 사람들 앞에서는 노래하면 안 된다.』

『네, 사토 씨.』

도중에 심심풀이로 미아의 반주에 레이랑 동료들이 합창을 하곤 했는데, 거의 반드시 작은 물고기 무리나 바닷새들이 몰려들었다.

제법 판타지의 느낌이 들어서 좋았지만, 사람들 앞에서 하면 여러모로 문제가 일어날 것 같거든.

나는 즐거워 보이는 동료들 옆에서 항해하는 동안 몰래 배의 개수 작업을 하고 있었다.

주로 해골왕의 재습격에 대비하여 휴대용 성비를 한 사람당 하나씩 제작하고, 배의 성수석 기관을 대출력 타입으로 교환하는 작업을 했다.

나중에 추진 장치를 추가하거나 방어벽을 강화할까 생각 중이다.

"헤에, 커다란 수문이네."

"커다란 대포랑 탑이 잔뜩 있어요."

아리사와 루루가 수문과 대형 마력포를 갖춘 방어탑을 보고 놀랐다.

탑에는 새 수인 병사나 수많은 궁병과 마법사들도 배치되어 있었다. 방어가 꽤 엄중하네.

"만의 입구를 저 수문으로 막아서 마물의 침입을 막고 있나 보다."

수문 안팎에는 공도 앞 대하에서 본 마물 퇴치의 거대한 기둥이 서 있었다.

좁은 수문이라 물의 흐름이 하천처럼 빨랐다.

만 안에 대하의 물이 흘러오고 있어서 이런 식이 된 건가 보네.

일단 맵으로 확인했더니 배수용 수로나 수문은 달리 있다는 걸 알 수 있었다. 얕고 넓고 긴 수로는 해초 재배에도 이용하나 보다.

“주인님, 항만 경비선에서 가도 좋다는 지시가 왔습니다.”

“고마워, 리자. 그러면 입항하자.”

남작의 배에 선도 받아서 우리는 간단한 신분증 체크만 받고 만 안으로 들어갈 수 있었다.

보통은 대포의 봉인이나 반입 금지품 확인을 한 다음에야 들어갈 수 있다고 한다.

만 안에는 마물이 거의 없어서 수많은 조각배가 조업을 하고 있었다.

『커다란, 배, 잔뜩.』

레이가 만 안에 떠 있는 수많은 대형선을 가리키며 말했다.

『여러 나라의 배가 입항해 있나 봐.』

오유고크 공작령 소속의 대형 전열포함이 몇 척 있고, 다수의 중형 및 소형 군함이 만 안에 정박하고 있었다.

이 배는 같은 만 안에 정박하고 있는 외국선을 경계해서 배치된 것 같았다.

돛이 달린 외륜선 같은 사가 제국선이나 노가 달린 범선 같은 족제비 제국선이 눈에 띄지만, 남방 섬들 소속의 중형선도 몇 척 정도 입항해 있었다.

애들한테 배를 설명해주고 있는데, 아인 소녀들 방향에서 꼬르르르 배꼽시계가 울렸다.

"마침 시간 좋으니까 항구에 들어가면 뭐 먹으러 갈까?"

"고기~?"

"고기가 좋은 거예요!"

내 말에 타마와 포치가 폴짝폴짝 뛰뛰면서 주장했다.

뱃길에서는 어패류를 많이 먹었으니 육지의 짐승 고기가 부족한 모양이다.

"그러면, 맛있는 고기 요리 가게에 가보자."

내가 말하자 미아 말고 모두가 긍정의 대답을 했다.

"물론, 쌀이랑 야채 요리도 먹어야지."

내가 한 마디 덧붙이자, 미아가 웃으며 고개를 끄덕였다.

"응, 찬성."

무역도시 수트안델

"사토입니다. 「옷깃만 스쳐도 인연」이란 말이 있는 것처럼, 남녀를 떠나 누군가와 만나게 되는 건 신비로운 인연으로 이어져 있는 것 같아요. 특히 이세계에서는—."

"그러면 펜드래건 경, 새해 왕국 회의에서 만나지! 그 때는 귀공의 마음에 쏙 드는 물건을 가져와서 은혜를 갚도록 하겠네!"

오유고크 공작령의 무역도시 수트안델에 입항한 지트베르트 남작은 내 손을 굳게 붙잡으며 약속한 뒤 말을 타고 태수의 성으로 달려갔다.

태수에게 긴급 연락용 쾌속선을 빌려 서둘러 공도에 간다고 했다.

"흔들흔들~?"

"어쩐지, 아직 배에 타고 있는 것 같아."

타마랑 아리사가 말한 것처럼 며칠 동안 배에서 흔들린 탓에 단단한 지면에 위화감이 느껴졌다.

"금세 익숙해질 거야. 그보다 용건을 마치고 밥 먹자."

내가 재촉하자 다들 갑자기 빠릿빠릿하게 행동하기 시작했다. 어지간히도 고기 요리를 먹고 싶었나 보군.

우리는 배의 관리를 선수상형 골렘과 환영을 입힌 리빙 돌들에게 맡기고, 항만 시설 안에 있는 상공회의소에서 창고를 계약하여 출입 상인에게 발주를 의뢰했다.

엘프 마을에서 가지고 있던 조미료와 식재료를 대량으로 방출했기 때문에 여기서 재충전해둘 셈이었다.

그 용건을 마치고 찾아간 고기 요리점은 제법 잘 골랐다.

요즘 들어 해산물 요리가 이어져서 고기가 부족했던 탓인지, 미아와 레이 말고 다른 아이들이 하염없이 고기를 먹어 치웠다. 앞으로는 고기 요리도 조금 더 라인업에 넣을까.

배를 쓰다듬으며 가게를 나서는 발걸음이 가볍다.

"배 빵빵~?"

"역시 고기는 최고인 거예요."

"양의 힘줄 고기가 씹는 맛이 좋아 참 맛있었습니다."

아인 소녀들이 만족스럽게 숨을 내쉬었다.

리자의 감상은 조금 벡터가 이상하지만, 만족한 것 같으니 넘어가자.

"에~ 새끼 양 스테이크가 맛있지 않았어?"

"소스에 깊이가 있어서 참 많이 배웠어요."

아리사와 루루도 얼굴 옆에 음표가 표시될 정도로 즐거운 기색이었다.

"유생체, 무슨 일 있나요, 라고 묻습니다."

가게에서 나온 레이가 비틀거리자 나나가 지탱해 주었다.

『괜찮아요. 눈이 부신 것, 뿐이니까.』

가벼운 현기증이겠지만, 레이의 안색이 미묘하게 나쁜 것 같으니 얼른 숙소를 잡아서 휴식하는 편이 좋겠다.

"필라프, 맛있어."

『네, 필라프도, 샐러드도, 맛있었, 어요.』

마지막으로 가게에서 나온 미아의 말에 레이가 수긍했다.

필라프랑 샐러드가 정말로 마음에 들었는지, 아까 전의 분위기가 사라지고 활기찬 어조로 돌아왔다.

"유생체에게 동의합니다. 해초 샐러드도 맛있었다고 보고합니다."

응, 고기 요리 말고도 맛있었지.

나나가 칭찬한 해초 샐러드는 어떻게 그런 맛이 나는지 수수께끼다. 테이크아웃으로 포장을 해 왔으니, 엘프 마을에 갈 일이 있을 때 요리사 엘프 네아 씨한테 해명을 부탁해볼까.

공간 마법 「멀리 보기」를 사용하면 금세 알 수 있지만, 그건 반칙이잖아.

"이 도시에서 하루 묵을 거지? 이 다음엔 어떡할 거야?"

앞서 걷는 아리사가 돌아보며 묻기에 대답했다.

"마법 상점에서 사고 싶은 두루마리가 있으니까 노점가를 산책하면서 가자."

그건 그렇고 자유롭고 활달한 무역도시를 걷는 건 즐겁군.

공도의 항구 거리도 그랬지만 이국의 정서가 넘치는 사람들이 가득했다.

외국어 스킬도 이것저것 얻었지만 지금까지 익힌 언어의 사투리 같은 것이 대부분이라서 스킬 포인트는 분배하지 않았다.

이 항구의 마법 상점에서 술리 마법 「번역: 하급」 두루마리를 파는 것 같고 말이지.

바다 여행을 하는데 알맞은 두루마리랑 같이 살 생각이었다.

"그러면 평소에 쓸 수 있는 액세서리도 보고 싶어!"

아리사가 돌아보며 선언하자, 내 옆에서 걷던 미아도 고개를 끄덕였다.

"응, 작은 거."

아인 소녀들이나 루루는 식후인데도 음식 매대를 눈으로 쫓고 있었다.

"알겠는데, 뒤로 걸으면 위험하니까 돌아서 걸어."

"네~에— 어머? 뭐지?"

뒤를 보고 있던 아리사가 고개를 갸웃거렸다.

『언니, 찾았어!』

등줄기가 오싹 거리며 차가워지는 목소리가 뒤에서 들렸다.

묘한 에코가 걸린 목소리였다.

돌아보니 끝 부분이 붉은, 검은 롱 헤어의 미소녀가 씩씩대고 있었다.

하얀 옷에 녹아 버릴 것 같은, 날씬하고 하얀 소녀였다. 레이의 소녀 버전과 닮았다.

단, 눈이 무섭다. 필름을 반전해놓은 것처럼, 본래 하얀 부분이 검고 눈동자 부분이 하얗다.

『레이아네 언니, 나야! 아버님이 시켜서 마중 나왔어!』

그녀의 시선을 고려하면 레이아네란 것이 레이의 본명인가 보다.

그러나 소녀의 기쁜 기색과 반대로, 레이는 겁먹은 표정으로 내 뒤에 숨었다.

『무서운, 그림자 여자애.』

내 팔을 붙잡은 손가락이 떨리고 있었다.

레이가 꿈속에서 본 게 저 앤가?

"으르릉~."

"타마, 왜 그러는 거예요?"

타마가 흑발 소녀를 향해서 으르렁거렸다.

레이랑 처음 만났을 때 태도랑 똑같았다.

리자와 나나가 내 앞으로 나서려는 것을 손으로 막았다.

타마의 모습이 신경 쓰여서 독기시를 유효로 돌렸더니 어마어마한 모습이 눈에 들어왔다.

내 시야에 들어오는 소녀의 모습은 악령 그 자체였다.

검은 오오라 같은 것이 그녀에게 들러붙었고, 칠흑의 독기로 짠 사슬 같은 것이 뱀처럼 꿈틀거리며 온몸을 뒤덮고 있었다.

팔 다리에 족쇄 같은 독기도 보이고, 족쇄에 이어진 굵은 사슬은 어느샌가 주위에 가득 찬 안개 속으로 사라졌다.

이게 보인다면 레이가 겁을 먹는 것도 당연하지.

신화시대어로 이야기를 하고 있으니 해골왕 관계자인 건 확실하니까 얘한테도 마커를 달아두자.

『언니, 들어봐. 행방을 모르는 홍련 지팡이 말고 다른 신기는 다 모았어. 이제 홍련 지팡이 대신 화정주의 커다란 결정이랑 「상자」, 그리고 언니의 열쇠만 모이면 라라키에를 하늘로 되돌릴 수 있어!』

어쩐지 신이 나서 말하는 소녀가 잘라 말한 직후, 레이의 분위기가 변했다.

눈동자에서 빛이 사라지고, 초점이 안 맞는 눈동자로 소녀를 올려다보았다.

『라라키에를 하늘로 되돌려서는 안 된다. 영원히 바다 아래에서 잠드는 것이 여왕의 유지—.』

레이가 다른 사람처럼 유창하게 말했다.

어쩐지 녹음해둔 안내 방송을 재생하고 있는 것 같은 어조였다.

『언니? 왜 그래?』

그제야 레이가 조금 이상할 걸 깨달은 소녀가 의문스레 고개를 갸웃거리고, 레이 앞을 막아선 나를 보고 눈썹을 찌푸렸다.

『야아, 처음 보는구나. 너는 레이랑 아는 사이니?』

『비켜라, 이놈. 레이아네 언니와 재회를 방해하지 마.』

소녀가 편안하게 말을 건 나를 무시하고서 턱짓을 하며 명령했다.

AR표시의 정보에 따르면 그녀의 이름은 유네이아. 레벨은 30, 종족 고유 능력으로 「**이술**」을 가졌다. 스킬은 「사령 마법」,

「동조」, 「회피」, 「조교」의 4가지를 가졌다.

종족적으로 생각해 보면 레이의 육친일 수는 없었다. 아마 의붓 자매, 혹은 자매처럼 성장한 거겠지.

『—비키라고 한 게 들리지 않았어?』

문득 눈길을 올리자, 유네이아가 화를 내고 있었다.

아무래도 정보를 조사하는 동안에도 몇 번 비키라고 한 모양이다.

『아아, 미안해. 잠깐 생각에 잠겨서 듣질 못했어.』

내가 순순히 사과했지만 유네이아의 분노는 가라앉을 줄 몰랐다.

『계속 방해를 할 셈이구나…….』

이를 가는 그녀의 이마에 톱니바퀴 같은 윤곽의 빛나는 마법진이 떠올랐다.

아무래도 내가 선택지를 잘못 택했나 보다.

방금 전에는 사과하는 게 아니라 옆으로 비키는 게 정답이었나 보네.

—물론 알았어도 선택 안 하지만.

『그럼, 죽도록 해!』

—SHWNESHWNEEE.

유네이아의 목소리와 겹쳐서 어디선가 구관조 같은 울음소리가 들렸다.

나는 의문스레 생각하면서도 그녀의 이마에서 뿜어져 나온 마법의 산탄을 「마법 파괴」로 지웠다.

잠시 지나자, 유네이아의 그림자에서 20에 가까운 해골 해적이 기어 나왔다.

—사령 마법을 쓴 건가?

"우와아아아."

"괴물이다아아아아."

미지의 외국어로 소리치던 유네이아를 멀찌감치 보던 사람들이 그녀의 그림자에서 출현한 해골 해적을 보고 뿔뿔이 흩어져 도망쳤다.

"모두, 전투준비."

리자가 말하자, 동료들이 요정 가방에서 각자의 무기를 꺼냈다.

나나는 대형 방패를 우선한 모양이다.

해골 해적은 레벨 10 정도라서 다소 수가 많아도 동료들에게 맡기면 되겠다.

동료들이 다치지 않도록 「물리 방어 부여」, 「마법 방어 부여(인챈트 매직 프로텍션)」 마법을 걸었다.

"적은 레벨 10. 추가 효과에 마비를 가졌으니까 무기가 아닌 공격에도 주의!"

아리사가 외치자 동료들이 긍정의 대답을 했다.

『가능하면, 대화로 풀고 싶은데?』

『너를 죽이고 열쇠와 언니를 데리고 갈 거야. 그게 아버님의 명령.』

이마에 톱니바퀴 같은 마법진을 만들면서 유네이아가 선언했다.

역시 레이의 열쇠 모양 머리 장식이 무슨 키 아이템인 모양이군.

그리고— 명령, 이라.

그때 뒤늦게나마 유네이아의 상태가 「빙의」란 것을 깨달았다.

저 독기는 빙의 때문인가?

『지금, 구해줄게.』

나는 레이를 루루에게 맡기고 유네이아의 품에 축지로 파고들었다.

그녀가 쏘려던 「이력의 창」은 방금 전 마법의 산탄과 똑같이 「마법 파괴」로 지웠다.

『물러나라, 악령!』

나는 스토리지에서 꺼낸 성비에 적당한 마력을 주입했다.

유네이아의 **종족**이라면 빙의된 악령과 함께 정화될 일은 없을 거다.

—GHWEGHWEEE.

『꺄아아아아아아.』

파란 성광을 쐰 유네이아의 그림자에서 기이한 소리와 검은 안개가 뿜어져 나오고, 어째선지 유네이아도 비명을 질렀다.

다행히 상처는 없는 것 같지만, 유네이아의 하얀 옷이 속박된 것처럼 조여지고 있었다.

그냥 보자니 묘하게 배덕감이 있어서 독기시로 전환했더니 원인을 알 수 있었다.

그녀를 감싸고 있던 독기의 소용돌이는 떨쳐냈지만, 그녀의 몸에 달라붙은 독기의 사슬이 줄어들어 그녀를 조이고 있었다.
독기의 족쇄는 변화가 없었다.

나는 성비를 그만두고 일단 유네이아의 독기를 수작업으로 제거하는 방침으로 바꾸었다.

억지로 성비를 이용해 독기를 떨쳐내면, 그녀가 심하게 다칠 것 같았다.

빙의된 상대가 나오면 그때 쓰러뜨리면 되겠지.

『놔, 놔라!』

『금방 편하게 해줄 테니까 전부 나한테 맡겨.』

유네이아의 항의에 무리한 요구를 하고서, 이술로 저항하는 것을 막기 위해 그녀에게서 마력을 빼앗았다.

『마력을 빼앗은 정도로 굴복할까보냐!』

날뛰는 유네이아를 「이력의 손」으로 매단 다음 얽혀 있는 독기의 사슬을 풀어내기 시작했다.

『크우우우— 노, 놓으라고 했잖아.』

족쇄를 풀고 싶었지만 얽힌 모양을 보니 일단 사슬을 풀어야 될 것 같다.

필사적으로 버둥거리는 유네이아의 저항을 무시하고 작업을 계속했다.

『이, 이 냉혈한 같으니이이…… 크으아아아…… 크으으아아…… 앙.』

독기를 푸는 와중에 유네이아의 목소리에 고통뿐 아니라 뭔가 요염한 비명도 들렸지만, 분명히 기분 탓일 테니 손을 멈추지 않았다.

그 동안에도 동료들이 솜씨 좋게 해골 해적을 쓰러뜨렸다.

—SHWNESHWNEEE.

또 다시 아까 그 구관조 소리가 들렸다.

"주인님, 그림자가!"

구관조 소리에 이어서 아리사의 외침이 귀에 닿았다.

오른쪽 눈의 독기시를 해제하고, 유네이아의 그림자에 시선을 돌렸지만 아무것도 없었다.

—아니, 새의 그림자다.

유네이아의 그림자 어깨 부분에 새의 그림자가 앉아 있었다.

그녀의 본체에는 아무것도 없으니 그림자로만 존재하는 마물이겠지.

나는 기합을 넣어 새의 그림자를 짓밟았지만, 아무런 영향도 없이 유네이아한테서 날아올라 버렸다.

"뒤!"

『꺄.』

아리사의 목소리와 레이의 비명이 동시에 들렸다.

돌아보니, 레이의 그림자에서 「기어 오는 그림자(섀도우 스토커)」가 솟아 나왔다.

트랜스 상태가 되어 있던 레이가 본래대로 돌아와 있었다.

"에잇!"

루루가 두 손에 든 마법총을 쏘았다.

과거에 불사의 왕 젠이 사역했던 「기어 오는 그림자」보다는 약한지, 몇 발 맞고는 소멸해 버렸다.

—SHWNESHWNEEE.

구관조의 소리가 울리고, 나랑 레이의 발치에서 그림자가 늪지처럼 변했다.

이건 젠이 미아를 납치할 때 썼던 「그림자 건너기」 마법이다.

그러나 도통 발이 가라앉는 감촉이 없었다.

"공간 마법사 앞에서 간단히 공간 간섭을 할 수 있으리라 생각하지마!"

아리사가 이쪽으로 팔을 뻗고서 씨익 웃었다.

아무래도 아리사가 공간 마법으로 「그림자 건너기」의 발동을 방해하고 있나 보다.

그러나 그림자의 촉수는 남아 있었다—.

"에이!"

"타앗~인 거예요."

레이를 붙잡으려고 뻗은 그림자 촉수를 루루가 마법총으로 쏘고, 굉장한 속도로 달려온 포치가 마검으로 그림자 늪의 중앙을 찔렀다.

포치의 마검이 꽂힌 그림자가 파도치면서, 그림자 촉수가 굳은 것처럼 움직임을 멈추었다.

"싹둑싹둑~?"

레이의 발목을 붙잡고 있던 그림자 촉수를 타마의 마검이 베어 버렸다.

"유생체는 넘기지 않는다고 고합니다."

자유로워진 레이를 나나가 안아 들었다.

그리고, 마지막으로—.

"주인님의 마창 앞에서 사악한 그림자 따위 상대도 안 됩니다."

마인을 두른 리자의 마창이 꿈틀거리는 그림자를 증발시켰다.

동료들의 성장을 누군가에게 자랑하고 싶은 기분을 느끼면서, 내 발치에서 꿈틀거리는 그림자의 잔해를 「마법 파괴」로 없애고 유네이아에게 주의를 되돌렸다.

독기를 반 정도 풀어낸 영향인지, 유네이아의 필름 반전 눈이 오른쪽만 보통의 파란 눈동자로 돌아왔다.

나는 독기시를 유효화시키고, 또 다시 독기를 제거하려고 했다.

『이거 놔!』

유네이아가 필사적으로 「이력의 손」의 구속에서 벗어나려고 몸부림쳤지만, 그 정도로 풀릴 만큼 무르지 않았다.

『끄아아아, 치, 치비! 도와줘!』

자력으로는 무리라고 판단한 유네이아가 비명을 지르면서 허공에 도움을 요청했다.

—SHWNESHWNEEE.

그 순간을 기다린 듯 구관조의 소리가 울렸다.

그러나 그 순간을 기다린 건 놈뿐만이 아니었다.

유네이아 곁을 떨어져서 한 순간만 나타난 빨간 광점을 때렸다.

—GHWEGHWEEE.

『치, 치비이이이이이!』

구관조의 비명에 유네이아가 걱정스런 목소리로 외쳤다.

『이거 봐, 이 악마! 치비를 잘도!』

아무것도 안 보였지만 손맛은 있었다.

실제로 날개의 그림자가 흩어졌고, 로그에도—.

〉「사령조: 분체」를 쓰러뜨렸다.

아뿔싸. 무노 남작령에서 싸웠던 하급 마족이랑 같은 능력을 가졌구나.

『이 구속을 풀어! 치비의 원수를 갚아주겠어!』

유네이아는 해치운 것이 분체라는 건 모르는지, 방금 전보다 한층 격렬하게 구속을 풀려고 버둥거렸다.

—SHWNESHWNEEE.

『치비!』

어디선가 들린 사령조의 울음소리에 유네이아가 기쁨의 표정을 지었다.

—SHWNESHWNEEE.

이번에는 빨간 광점이 7군데 나타났다.

일제히 공격해오는 사령조를 동료들과 함께 요격했다.

"주인님, 그 애가!"

아리사의 목소리에 시선을 돌렸지만 유네이아는 이미 없었다. 마커 정보에 표시되는 그녀의 현재 위치가 「유계」로 변해 있었다.

아무래도 내 의식이 다른 데 쏠려서 「이력의 손」의 구속이 느슨해진 틈에 빠져나간 모양이다.

『기다려, 언니!』

어디선지 모를 곳에서 유네이아의 목소리가 들렸다.

나는「독기시」로 전환하여 주위를 둘러보았다.

『그 흑발의 악마한테서 반드시 구해줄게.』

섭섭해지는 호칭이지만 나중에 따지자.

—있다.

나는 방금 발견한 미약한 독기가 솟아나오는 장소에 관수를 찔렀다.

『꺄아아아! 올 거야! 흑발의 악마가 올 거야!』

억지로 비집은 유계로 이어지는 웜홀에서 유네이아의 공포에 물든 외침이 들렸다.

어쩐지 악당이 된 기분인걸.

조금 기분이 상했지만, 약한 입구를 천천히 손으로 벌렸다.

『치비, 도와줘! 얼른 접속 끊어!』

—SHWNESHWNEEE.

구관조의 울음 소리에 겹쳐서 웜홀의 입구에 썩어 문드러진 시체가 출현했다.

"—으엑."

기분 나쁜 냄새에 무심코 몸을 뺀 탓에 유계의 입구는 닫히고 그 자리에는 꿈틀거리는 썩은 시체— 불사의 마물인「좀비」만 남았다.

"유생체! 마스터, 유생체가 정신을 잃었다고 보고합니다. 지원을!”

그 목소리에 돌아보니, 나나가 기절한 레이를 안고 있었다.

레이의 상태가 「혼절」이었고, 독기시를 유효화한 시야에는 뱀 같은 독기가 레이의 발에 얽혀 있는 게 보였다.

불사의 마물— 언데드가 끌고 온 독기에 침식당한 모양이다.

“타마, 포치, 섬멸합니다.”

“아이아이 서(Aye Aye Sir)~.”

“맡겨줘, 인 거예요!”

좀비 처리는 아인 소녀들에게 맡기고, 나는 레이한테서 독기를 떼어내는 작업을 했다.

그 작업이 끝날 무렵 아인 소녀들이 좀비를 모두 쓰러뜨렸고, 그 자리에는 무수한 뼈와 썩어 문드러진 고깃덩이만 남았다.

“거기 너희들! 이건 무슨 일이냐!”

말발굽 소리와 함께 수트안델 시의 태수군 병사가 나타났다.

이거 참, 어떻게 변명을 한다—.

◆

“펜드래건 경, 귀공에게는 아무리 감사를 해도 부족하군.”

연행된 태수 저택에서 나는 태수 본인에게 극진한 대접을 받고 있었다.

동료들은 이 자리에 없지만 별실에서 제대로 된 환대를 받고 있었다.

“설마 **에므린 자작**께서 수트안델 시의 태수로 취임하셨을 줄은 몰랐습니다.”

공도의 상급 귀족인 커크 에므린 자작. 파산할 지경이던 그가 「루루 열매」라는 과실의 상품 가치를 높이는 조리법을 상담해 달라고 한 사건으로 알게 됐다.

그가 파산할뻔한 원인이 지트베르트 남작을 비롯한 무역선단의 괴멸 때문이었는데, 에므린 자작은 원망의 말이나 비꼬는 말도 하나 없이 순수하게 가신과 친구들이 무사한 것을 기뻐했다.

“그렇게 됐네. 본래 태수의 임무가 돌아오는 것은 조금 더 나중이었지만 예정이 조금 빨라진 게야.”

그러고 보니 수트안델 시의 전 태수였던 보비노 백작은 전 당주가 마왕신봉자 집단 「자유의 날개」를 지원했던 사건으로 실각했었지.

“그보다도 펜드래건 경, 그렇게 남처럼 굴지 말게. 나는 커크라고 불러도 된다고 하지 않았나?”

그렇게 말하면서도, 에므린 자작은 나를 사토가 아니라 「펜드래건 경」이라고 부른단 말이지.

—성격이 그런 거겠지만.

“귀공은 내 가신들을 절해의 고도에서 구출해준 은인이야. 더 편하게 있어도 되네.”

“그렇고말고요! 펜드래건 경이 좌초되었을 배를 타고 나타났을 때는 신의 사도가 나타난 것 아닌가 생각했을 정도입니다.”

에므린 자작 옆에 동석한 것은 항구에서 헤어졌던 지트베르트 남작이었다.

여기는 에므린 자작의 가족도 동석하고 있었다.

다만, 공도의 무도회에서 함께 춤을 춘 차녀 리나 양은 없었다.

듣자니, 왕도의 용건을 마치고 무노 남작령으로 돌아가는 카리나 양과 동행하여 무노 성의 수습 시녀가 되어 수행을 하고 있다고 한다.

아직 중학생 정도인데 장하네.

하지만 수습 시녀가 될 거라면 먼 무노 남작령이 아니라 오유고크 공작성이라도 될 것 같은데…….

사춘기 아가씨니까 부모님과 떨어져서 자기 힘으로만 노력하고 싶다고 생각한 걸지도 모르겠다. 나중에 무노 남작령에 편지를 보낼 때 리나 양에게도 써야겠군. 물론 카리나 양한테도.

"각하, 지트베르트 남작의 가족이 도착했습니다."

노크를 하고 들어온 집사가 말하자 남작이 안절부절못하며 가만 앉아 있질 못했다.

"오오, 그렇군. 지트베르트 경, 여기는 괜찮으니 가족을 만나고 오게나."

"각하의 후의에 감사드립니다."

에므린 자작과 나에게 목례한 지트베르트 남작이 질풍처럼 방을 나섰다.

엿듣기 스킬이 그와 가족의 재회를 전해주었다.

역시. 인명구조는 좋은 일이야.

"커크 님, 이 물건들을 받아 주세요."

"이, 이것은 선단의 선장들에게 맡겼던 『마법의 가방』이 아닌가!"

"표류선을 발견했을 때 발견한 겁니다."

내가 격납 가방에서 꺼낸 「마법의 가방」을 보고서, 에므린 자작이 놀라 소리쳤다.

"지트베르트 남작에게 맡겨야 하나 생각했습니다만, 가방의 내용물이 대단히 고가였기 때문에 커크 님께 직접 건네는 편이 좋을 것 같았습니다—."

내가 건넨 「마법의 가방」 속을 들여다본 에므린 자작이 말을 잃었다.

금화나 은화 같은 것은 거의 없지만, 대량의 산호 세공이나 정교한 마법 공예품 등의 물건들, 그밖에 고품질의 거대한 비취나 마노 덩어리, 더욱이 낯선 보석의 원석 같은 것이 대량으로 들어 있었다.

지트베르트 남작은 눈치 못 챘지만, 타고 왔던 배의 밸러스트를 제거하고서 다른 배에 실려 있던 마력포를 실을 수 있는 한 실어놨다. 하지만 마력로를 여러 개 싣는 건 무리였다.

"어, 어째서인가? 펜드래건 경……."

어라? 기뻐할 줄 알았는데 이상하네.

"이 정도 자산이 있다면 명예남작위는 물론 영세 남작위도 살 수 있을 게야! 어째서 아무런 대가도 바라지 않고 내게 내놓은 건가?"

"그러나, 이것은 커크 님 것이 아닌가요?"

—분실물은 주인한테.

일본인의 기본이거든요.

"무슨 말을 하는 겐가. 마물의 영역에 있는 침몰선에서 얻은 것이나 표류물은 그 자에게 소유권이 옮겨지네. 해적 행위를 한 것이라면 모를까, 이 보물의 소유권은 자네에게 있어."

과연, 미궁에서 취득한 거랑 같은 취급이구나.

하지만 아는 사람이 잃어버린 걸 알고 있는데 내 주머니에 넣는 건 내 성격에 안 맞거든요.

"알겠습니다. 이야기를 하죠."

"—이야기?"

그래서, 사기 스킬한테 일을 좀 시켜야겠다.

"믿어주실 거라 생각하기 어려워서 입 다물고 있었습니다만, 이 가방과 표류선은 해룡 제도에서 죽은 선장들의 유령에게 받은 것입니다."

"뭐, 뭣이라!"

해룡 제도에서 조난했던 우리들을 안전한 영역까지 이끌어주고, 마지막에 남작 일행을 구출하여 에므린 자작 곁으로 보내달라고 부탁 받은 것으로 했다.

이러면 에므린 자작도 쉽사리 받을 수 있겠지.

"그랬었던 것인가! 이 얼마나 충신들이란 말인가!"

"네. 제가 그들에게 약속하자, 안심한 것처럼 승천했습니다."

그런 사실은 없지만, 그 해역은 한꺼번에 정화했으니까 얼추 틀리지는 않았다.

한동안 눈꼬리에 눈물짓고 충신들에게 묵도를 바치던 에므린 자작이 눈을 뜨고 이쪽을 보았다.

"잘 전달해 주었네. 이 은혜를 갚으려면 어떤 것을 내놓아야 하겠나?"

"조금 뻔뻔스런 부탁이긴 합니다만—."

가만있으면 거절하기 어려운 혼담 같은 얘기를 꺼낼 것 같기에, 수트안델의 두루마리와 마법서 구입권과 상업권을 요구했다.

상업권은 아무래도 좋았지만, 전자만 가지고는 포상으로 약하기에 실리적인 것도 추가해봤다.

"그 정도로 되겠나? 귀공이 바란다면, 우리 자작 가문의 일원으로 맞이할 수도 있는데……."

—위험했군.

위쪽 영애는 약혼자가 있으니까, 아직 성인이 안 된 리나 양이랑 혼약하게 될뻔했다.

리나 양은 멋진 아가씨지만, 이제 막 중학생이 된 아이는 연애 대상이 아니다. 지금은 좋아하는 사람도 있는 눈치고.

"미궁도시로 갈 거라면, 왕령의 무역도시 타르투미나에서 육로로 가야겠군. 그렇다면 타르투미나에서 벌이가 될만한 물건을 마련해 주겠네."

에므린 자작은 보수를 더 올릴 셈인가 보다.

그날 밤은 태수 주최 무도회가 열렸다. 나는 지트베르트 남작과 함께 주빈으로 초청 받았다.

에므린 자작이 나를「절친한 친구」라고 소개한 덕분에 처음에는 미혼의 여성과 미혼의 딸이 있는 귀족들에게 둘러싸였지만, 리나 양의 언니가 지원해줘서 용케 탈출했다.

—그런데.

"어머나, 참 고상한 향이로군요?"

"신록의 파릇파릇한 향을 닮았지만, 희미하게 상쾌함이 느껴지는 아로마가 근사하네요."

이번에는 그녀와 그녀의 친구들이 밀착해왔다.

아무래도 브라우니들에게 선물로 받은 향수가 마음에 들었나 보다.

"입고 계신 옷에 쓰인 천도 처음 보았어요."

"비취 비단 같은 광택이지만, 조금 다르네요— 마치 전설의 요정 비단 같아요."

수수한 인상의 귀족 아가씨가 정답을 맞췄다. 하지만 얼굴이 조금 가까워요.

"샹들리에의 빛을 받으면 희미한 비취색 광택이 흘러서 너무나 예쁘네요."

"정말이네. 한 곡 추시겠어요?"

"저라도 괜찮다면—."

리나 양 언니의 요청을 흔쾌히 수락하고, 그녀와 그 친구들과 춤추게 되었다.

잠시 젊은 10대 아가씨들 상대를 한 다음에야 간신히 해방시켜 주었다.

"사가 제국의 증류주는 어떤가?"

"감사합니다."

타이밍을 재고 있었는지, 사가 제국의 상인이 나한테 말을 걸었다.

그를 시작으로 수트안델 시의 귀족과, 무역하러 방문한 외국선의 선장들과 교류할 수 있었다.

라라키에에 대한 새로운 정보는 없었지만, 천공인의 후예라는 마도왕국 라라기에 대한 이야기는 들었다.

"그 나라의 왕은 대대로 대단히 술을 좋아합니다."

"희귀한 술을 바치는 자에게 내리기 위한 『주사』, 『주작』이란 계급을 만들 정도니까요."

그의 말에 따르면, 주작이란 것은 마도왕국 라라기에서 백작과 동등한 귀족으로 취급하며, 주사는 최하급 귀족 정도의 취급을 받는다고 한다.

타국의 귀족이라도 작위를 받는 사람이 많았다. 그 이유는—.

"작위를 받아도 『희귀한 술을 발견하면 왕에게 헌상한다』 정도의 의무밖에 없고, 『주작』이면 교역에서 유리한 장사를 할 수 있으니까요."

—라고 한다. 일종의 상업권이나 교역 특권 같은 거구나.

그 밖에도 족제비 수인족 선장이나 사가 제국의 선장에게 항로의 주의점이나 희귀한 요리 이야기, 돈벌이를 하기 좋은 특산품을 배웠다.

물론, 그냥 친절한 것은 아니었는지—.

"보르에난 숲으로 가는 항로 말인가요?"

“그, 그렇네. 비밀인 것은 알고 있지만, 살짝 시사만 해줘도 좋다네.”

“역시, 해룡 제도에서 가는 것인가?”

아무래도 보르에난 숲의 엘프들과 교역을 하고 싶은 모양이다.

“비밀로 하라는 이야기는 못 들었지만, 엘프의 비술로 전이되어 버린 탓에 보르에난 숲으로 돌아가는 항로는 모르겠습니다.”

육로라면 알려줄 수 있다고 하자 두 사람이 매달렸지만, 「흑룡 산맥을 넘는다」라고 하자마자 흥미를 잃은 모양이다.

어쩐지 일방적으로 정보를 받는 형태가 된 것 같아 미안하니까, 항구를 떠나기 전에 요정 포도주랑 말린 황등 과실을 한 통 보낼까.

그리고, 우리들 대신 전투의 뒤처리를 해준 태수군의 부대에게는 상질의 에일 몇 통과 고급 요리점의 배달을 수배해서 사과를 했다.

◆

“돌아가라, 귀족 도련님.”

외양선의 뱃사람들이 모인다는 술집에 한 걸음 디디자마자, 그런 흔한 대사가 날아왔다. 입구 근처에 있던 햇살에 그을린 바다 사나이가 말한 모양이다.

여기는 정보수집을 하러 왔다.

라라키에 및 그 후예인 라라기 왕국의 이야기를 뱃사람들에게 물어보려고.

지트베르트 남작과 그의 부하들, 그리고 무도회에서 만난 선장들에게 대강 이야기는 들었지만 현지 항로에서 막 돌아온 선원들에게 다른 이야기를 들을 수 있을지도 모르니까.

"여기는 꼬맹이들이 오는 곳이 아냐."

"우리들 바다 사나이가 생명을 세탁하는 장소지."

술집 안에서도 뱃사람들이 나에게 거부하는 말을 던졌다.

"뱃사람으로 안 보이나요?"

오늘은 귀족복도 아니고 뱃사람다운 셔츠와 바지 차림인데, 그들 눈에는 귀족으로 보이나 보다.

"당연한 소리. 그렇게 구김 하나 없는 셔츠를 입고서 고상한 향수 냄새를 풍기는 뱃사람이 있겠냐!"

내 옷깃을 잡은 남자가 킁킁 냄새를 맡아보고는 코웃음을 쳤다.

고상한 향수란 건 에므린 자작 주최의 무도회에 참가한 탓이군.

"무엇보다도, 햇살을 받은 적도, 바닷바람을 맞은 적도 없어 보이는 피부와 머리칼이야."

"귀족이나 상인 도련님이지?"

항해할 때는 마법으로 보호해서 강렬한 햇살이나 바닷바람과 인연이 없었으니, 그들 말이 옳기는 했다.

그건 그렇고 이렇게까지 까탈스러운 반응을 보이면 정보수집도 어렵단 말이지.

이를 어쩌나 생각하고 있는데, 술집 구석에서 이런 대화가 들렸다.

"에일이냐아? 럼주도 못 마시는 놈이 뱃사람 행세를 하는 거냐!"

"상관없잖아. 뭍에 올라왔을 때 정도는 좋아하는 걸 마셔야지!"

뱃사람들이 서로 멱살을 잡으며 싸우고 있었다.

그 두 사람을 본 남자가 씨익 웃으며 눈짓했다.

"여기는 귀족님들이 좋아하는 와인은 없어."

"얼른 돌아가라구."

"아니면, 럼주를 한 잔 들이켜서 남자다움을 한 번 보이시려우?"

눈짓을 받은 뱃사람이 싱글싱글 웃으면서 내 앞에 럼주가 넘실거리도록 따른 컵을 놓았다.

강렬한 알코올 냄새가 내 코를 자극했다.

럼주는 사탕수수로 만드는 술인데 알코올 도수가 높다. ―적어도 지구에서는.

내가 사레들리는 걸 기대한 남자들이 기분 나쁘게 웃음을 참으며 나를 주목했다.

"그렇게 말씀하신다면야―."

말하고서 컵에 입을 댔다.

―이건 굉장하네.

내가 아는 럼주하고는 하늘과 땅 차이이다.

맛이나 향이 찌릿할 정도로 거칠어서 한 입 마실 때마다 입속에서 마구 날뛴다.

―하지만, 맛있어.

주조가 미숙한 건지, 원료로 쓴 사탕수수의 달콤함이 조금 남아 있어서 쌉싸름한 안주랑 아주 잘 맞을 것 같다.

나머지를 쭈욱 단숨에 들이켰다.

"주인장, 한잔 더 부탁해!"

내가 가게 주인에게 외치자 주변 남자들에게서 의외란 시선이 모였다.

"컵이면 되나?"

"저그 잔으로!"

가게 주인의 물음에 대답하자, 천박한 웃음과 저그 잔으로 탁자를 치는 소리가 술집을 가득 채웠다.

"잘 한다, 애송이!"

"수습 선원의 자격이 있어!"

아무래도 그들의 기준에 합격한 모양이다.

바다 사나이들과 술을 나누며 배에 대해서 이런저런 것을 배웠다.

유감이지만 여기 온 목적이었던 라라키에에 대한 정보는 없었다.

"전설의 공중 도시 이야기는 모르지만, 전설의 해적이라면 알지."

뱃사람 하나가 벽을 가리키면서 말했다.

자세히 보니, 벽에 현상수배자 얼굴이 그려진 수배서가 붙어 있었다. 대부분 험상궂은 해적들이지만 여선장의 수배서도 있었다.

가장 오래된, 빛 바랜 수배서에는 두개골이 그려져 있었다. 아무래도 해골왕도 현상수배범인가 보다.

"켁, 그런 재앙을 전설이라고 하지마!"

"그러게. 자기 얘기를 듣고서 찾아오면 어쩌려고!"

"허어, 무시라."

수배서에 있는 해골왕은 몇 년에 한 번씩 나타나는데, 신출귀몰하게 섬나라나 무역선단을 공격하여 비보를 약탈한다고 했다.

"뱃사람이었던 우리 할아버지도, 자기 할아버지한테 해골왕 이야기를 들었다고 했었지."

오호. 그 이야기가 정말이라면 해골왕은 라라키에가 멸망한 태고의 옛날부터 방황하고 있다는 거군.

도시암 섬의 마법 중화 함정을 해제해서 나타난 건가 했는데, 어쩌다가 배회하고 있던 해골왕이랑 불행한 조우를 했을 뿐인지도 모르겠다.

"습격 받은 뱃사람들은 죽은 다음에도 놈의 유령선단에서 영원히 일을 해야 한다고 하잖아."

"사람이 없는 표류선은 해골왕에게 습격 받았단 증거니까 만약 보게 되면 뱃머리 돌려서 전력으로 도망치라구."

"해골왕의 유령선단은 먹구름과 폭풍을 데리고 오니까 날씨가 궂으면 주의해."

"바보 자식, 폭풍은 언제나 위험하잖아!"

완전히 천재지변 취급이네.

해골왕의 유령선단은 괴멸시켰으니까 당분간은 얌전히 있어주면 좋겠다.

생각에 잠겨있던 탓인지, 뱃사람 한 명이 격려하려는 듯 말하며 내 등을 턱 두드렸다.

"그런 표정 짓지 마, 마도왕국 라라기 근처에 가지만 않으면 웬만하면 안 마주치니까."

"오 그랬지. 『천상제』가 열리는 해에 자주 나온다고 했었지."

"축제라도 보러 오는 건가요?"

내가 물어보자 술집에 폭소가 몰아쳤다.

"재미있는 귀족 도련님이야."

"정말이지, 해골왕이 그렇게 즐거운 놈이었으면 이렇게까지 겁먹을 일이 없겠지."

너무 웃어서 눈물짓는 뱃사람들이 말하고서 진상을 가르쳐 주었다.

"전쟁이야. 해골왕은 유령선단이 늘어나면 라라기를 공격하지."

—전쟁?

이상하네. 「라라키에 마지막 여왕의 반려」인 해골왕이, 천공인— 라라키에의 후예가 다스리는 왕국을 왜 공격하지?

뭔가 당사자들만 아는 응어리라도 있나?

"그러니까, 그런 표정 하지 말래두. 라라기 왕국의 마법은 굉장하니까 한 번쯤 보러 가봐. 지금까지 해골왕의 유령선단을 물리친 게 이해된다니까."

생각에 잠긴 내 등을 호쾌하게 두드린 선원이 큰 소리로 술을 더 주문했다.

그 다음에는 이야기가 천상제로 바뀌었다. 어떤 퍼레이드를 하고 어느 가게 아가씨가 귀여운가 하는 이야기로 신나게 떠들었다.

마도왕국 라라기의 왕족이 천공인이라고 불린다는 건 뱃사람들도 아는 사람이 있었으니, 딱히 비밀은 아닌 거겠지.

"마도왕국 라라기랑 비슷한 나라가 설탕 항로 끄트머리에도 있지."

"설탕 항로 끝이면…… 그 이슈라리에 말이야?"

어허 새로운 나라 이름이군.

"이슈라리에 말인가요?"

"그래, 해양국가 이슈라리에의 왕족도 하늘을 나는 성의 후예란 소문이 있지."

베테랑 뱃사람 말을 앵무새처럼 반복하면서, 스토리지의 자료에서 주변 국가 정보를 검색했다.

"역시, 남자라면 일확천금을 노려야지."

"이슈라리에에서『하늘의 눈물방울』로 한 탕 한다고?"

남자들이 술잔을 마주치면서 으하하 웃었다.

"어이어이, 이슈라리에는 위험하잖아. 그런 투기꾼들밖에 안 가는 나라를 권하지 말라구."

"그 나라 근처에는 해적이 많은 데다가, 탄환 참치나 괴어(에어 피쉬)가 나오니까……."

"관둬, 관둬. 시가 8검님들만큼 강하다면 벌이가 좋은 나라지만, 너무 위험해서 수지가 안 맞지. 그런 나라에 가는 건 도박꾼들이나 자살지망자들뿐이야."

"그래도 말이야. 해룡 제도에 보물찾기 하러 가는 것보다는 안전하잖아."

"거기는 도박꾼들도 안 간다."

검색중이라 입을 다물고 있는 나에게, 주변 남자들이 차례차례 이슈라리에에 대해서 아는 것을 말해주었다.

그들이 말하는 「하늘의 눈물방울」은 이슈라리에에서만 구할 수 있는 최고급 보석이었다.

특히 시가 왕국의 왕도에 거점을 둔 문벌 귀족들이 좋아해서, 대단히 비싸게 팔린다고 한다.

—아니, 그게 아니고.

지금, 신경 쓸 건 그게 아냐.

"**참치**가 있다고 하셨나요?"

내가 기합을 넣어 묻자, 선장 한 사람이 좀 질색하며 대답했다.

"엉? 탄환 참치 말이야? 가~끔 나오지."

—조오았어! 반드시 가야지!

그 전에 참치를 손질할 식칼을 만들어야겠군. —그렇지, 오리하르콘으로 참치 해체용 칼을 만들자.

"괴어의 지느러미를 노리는 전열포함이나 쾌속정이 가면 해저 깊이 숨어 버리지……."

"하지만 무역에 전열포함 같은 걸 데리고 갈 수도 없고 말이지."

"당연하지. 이슈라리에의 용포가 한꺼번에 날려 버릴 거다."

공력 기관의 소재인 「괴어의 지느러미」도 귀중해 보였지만,

내 스토리지에 초거대한 「대괴어」의 소재가 7마리 분량이나 잠들어 있으니 흥미가 안 생겼다.

"그 표정은 정말로 이슈라리에로 갈 셈이냐?"

"네, 흥미가 생겼어요."

—참치에 말이지.

"그럼 비단을 사서 가라. 비취 비단은 무리겠지만, 보통 비단이라도 공도의 몇 배 가격으로 팔 수 있다고 하더라."

"라라기라면 유리 세공인가?"

"그렇지. 유리 세공이라면 뭐든 팔 수 있지만 공도랑 달리 투명한 유리가 더 비싸게 팔린다. —우리 선장한테 배웠지."

술을 나누면서 그렇게 무역 상품에 관한 이야기도 들었다.

돈벌이는 딱히 필요 없지만, TO DO 메모에 유리 세공과 비단을 사서 갈 것을 써 버렸다. 「무역으로 크게 돈벌이」라는 듣기만 해도 가슴 설레는 단어의 매력에 저항할 수 없었단 말이지.

기분 좋아진 나는 정보료 대신 가게의 술값을 모두 낸다고 선언하여 그들과 함께 날이 밝을 때까지 술을 마셨다.

낮에 사지 못한 두루마리랑 마법서는 여기 오기 전에 마법 가게에 들러서 구입했으니 문제없었다.

예쁜 누나들 가게는, 다음에 갈까.

◆

"그래서, 밤새도록 마셨다는 거야?"

"우웅."

태수성으로 돌아온 나는 아리사와 미아의 잔소리를 흘려들으면서 방에 딸린 메이드에게 출입 상인을 불러달라고 의뢰했다.

"뭐 주문하게?"

"그것도 있지만, 유족들에게 배달을 부탁하려고."

공도의 지인이나 그 가신들 계열 유품일 경우는 직접 보내고, 그것 말고 공도 사람들 것은 시멘 자작 가문의 한량인 토르마에게 위탁하자. 신원불명의 유품은 테니온 신전의 세라를 경유해서 공도의 박물관에 기부하기로 했다.

공도의 박물관이라면 외국 사람도 자주 오니까 소유자의 일족이나 학자가 발견해줄지도 모른다. 내 스토리지에서 사장시키는 것보다는 훨씬 낫겠지.

그리고, 유품은 가깝게 지내는 상인이 해적들의 암시장에서 얻은 것으로 했다.

"세라랑 토르마를 꽤 신용하고 있네."

"그렇지."

그 두 사람은 타입이 다르지만, 다른 사람의 유품을 횡령하는 짓은 안 한다고 확신할 수 있었다.

토르마는 좀 건성인 부분이 있지만 이상하게 의리는 챙긴단 말이지.

오유고크 공작령 바깥의 귀족들 유품에 대해서는 스토리지 안에 보류해두고, 왕도에 놀러 갔을 때라도 신뢰할 수 있는 사람에게 위탁할 셈이었다.

왕국 회의 때라면 무노 남작의 민완 집정관인 니나 씨가 왕도에 올 테니까, 그녀를 거쳐서 무노 남작의 인맥 강화에 사용하는 것도 좋을지 모르겠다.

집사가 다른 용건은 없는지 묻기에, 어젯밤의 선장들에게 요정 포도주와 말린 황등 과실을 작은 통으로 보냈다.

괜히 따돌리는 느낌이 들면 안 되니 같은 물건을 에므린 자작한테도 보내두자.

덤으로 신세를 진 메이드들에게 심플한 수제 과자를 선물했다.

성실한 인상의 미녀가 달콤한 과자의 향을 맡고 입가가 느슨해지는 모습은 참 보기 좋았다.

"벌써 출발하는 겐가? 한동안 머무르며 몸을 쉬는 게 어떤가?"

"아뇨, 어제 무도회에서 충분히 기운을 받았습니다."

내가 이만 출발할 거라고 하자 에므린 자작이 아쉬워하며 보내 주었다.

게다가 어제 술집에서 화제가 나왔던 비단이나 비취 비단, 투명한 유리 세공 같은 것을 대량으로 구해다 주었다. 듣자니 어젯밤 술집에 지트베르트 남작의 부하가 있었다고 한다.

레이를 제외한 동료들은 먼저 배로 출발했기 때문에, 이 물건들은 자작의 가신들이 선착장까지 날라주었다.

레이는 몸 상태가 좋아지질 않아서 나와 함께 나중에 출발했다.

이건 유네이아의 재습격을 경계하는 의미도 있었다.

"아차, 잊고 있었네."

내가 품에서 레이의 머리 장식과 똑같이 만든 더미를 꺼냈다.

「위조」 스킬과 「조금(彫金)」 스킬로 만든 거니까 이렇게 보면서 비교해봐도 차이를 알 수가 없다.

사소한 기믹도 달려 있지만 그건 단순히 덤이다.

『레이, 이거 말인데—.』

더미 머리 장식을 본 레이가, 눈동자에 빛이 사라지면서 멍해졌다.

『—레이?』

내가 이름을 불러도 레이의 반응이 없었다.

표정이 없는 레이가 입을 열었다.

『라라키에의 열쇠— 라라키에의 심장을 움직이기 위한 제어장치.』

레이가 유창하게 말하기 시작했다.

유네이아를 만났을 때랑 비슷한 어조였다.

『라라키에의 여왕에게 대대로 전해지는 왕위의 증거—.』

말을 마치자, 눈동자에 천천히 의지의 빛이 돌아왔다.

『괜찮니?』

『네, 괜찮, 아요.』

평소의 어조로 돌아온 레이가 눈을 깜빡이며 말했다.

아니, 띄엄띄엄 말하는 건 여전하지만 아주 약간 발음이 유창해졌다.

『뭔가 생각났니?』

기억이 돌아오고 있는 게 아닐까 해서 확인해봤다.

『아뇨.』

레이가 고개를 절레절레 옆으로 흔들었다.

뭔가 말했던 기억은 있지만 말한 내용까지는 기억을 못하는 모양이다.

아마 유네이아랑 마주친 걸 계기로 기억이 자극을 받은 거겠지.

지금 당장 어떻게 할 수 있는 게 아니니까 본론으로 돌아가자.

『유네이아가 네 머리 장식을 노리는 것 같아서 빼앗겨도 괜찮도록 가짜를 만들었어.』

내 말에, 레이가 자기 머리에 붙어 있는 열쇠 모양 머리 장식을 만져서 확인했다.

『똑같, 아요.』

두 머리 장식을 비교한 레이가 놀란 목소리를 흘렸다.

『진짜 머리 장식은 떨어뜨리지 않도록 이 포셰트에 넣어서 목에 걸어두자.』

나는 인양한 물건 속에 있던 마법 가방의 내부구조를 이식한 요정 가방풍 포셰트를 레이에게 건넸다.

방금 레이가 말했던 정보만 들어봐도, 그녀의 머리 장식이 라라키에 관계자에게 중요한 물건인 건 틀림이 없으니까.

『사토 씨, 감사합니다.』

『아니아니, 천만에요.』

레이의 인사에 대답하면서 머리에 더미 머리 장식을 달아줬다.

머리 장식이 희미하게 파란 빛을 띠더니 금세 사라졌다.

레이한테서 새어 나오는 윤택한 마력을 흡수해서 정화의 힘이 작동하기 때문에 독기를 쐬는 일도 줄어들 거다.

유네이아한테는 효과가 적겠지만, 해골왕이나 유네이아에게 치비라고 불리는 사령조에게는 효과가 있을 거야.

그 밖에도 한 쌍이 되는 마법장치와 통화할 수 있는 기능도 넣었지만, 목소리가 300미터밖에 전달이 안 되는 데다가 마력 소비가 너무 커서 실용성이 낮아 꺼뒀다.

그녀를 데리고 항구에 가자 인파 너머에서 출항 준비를 하는 동료들 모습이 보였다.

"마스터, 짐은 탑재가 끝났다고 보고합니다."

"주인님, 이것이 목록입니다."

먼저 출발한 전위진이 임대 창고에 도착한 물건을 배에 실어 둔 모양이다.

"가격 흥정도 확실히 했어."

"주인님, 좋은 물건이 있기에 말씀하신 대로 구입해 뒀어요."

"사토."

지불을 하러 갔던 아리사, 루루, 미아가 상공회의소에서 돌아왔다.

미아가 인파 사이를 물 흐르듯 달려와서 내 허리를 폭 끌어안았다.

"우응."

레이랑 손잡고 있는 걸 보고는 볼을 부풀리더니 머리를 마구 마구 비벼댄다.

아무래도 질투가 나나보다.

"미아."

"응."

이름을 부르며 빈 손을 내밀자, 미아가 밝은 미소를 지으며 고개를 끄덕이고 내 손을 잡았다.

그 다음에 그 모습을 본 모두와 손을 잡고 갑판을 몇 바퀴 돈 것은 말할 것도 없었다.

나는 마중을 나온 에므린 자작 일가와 지트베르트 남작 일행에게 손을 흔들고 수트안델을 출항했다.

옆에 위치한 가니카 후작령 경계까지 수비군의 전열포함으로 호위해준다고 했지만, 그건 아무래도 공사혼동이 지나쳐서 거절했다.

호의는 기쁘지만 호위가 같이 다니면 비행 모드도 못 쓴단 말이지.

설탕 항로

"사토입니다. 나침반은 세계 3대 발명으로 꼽히고 있지만, 구조에 대해 아는 사람은 뜻밖에 소수파가 아닐까요? 구조를 배웠을 때 뜻밖에 간단해서 놀랐습니다."

"다음은 어디로 갈 거야?"

"얼마 동안 서쪽으로 가다가, 남남서에 있는 이슈라리에로 갈 거야. 그 다음에 라라기로 갈 생각이야."

나는 메뉴에 맵과 해도를 표시하면서 세일러복 차림의 아리사에게 대답했다.

학교의 교복이 아니라 수병이 입는 하얀 세일러였다.

"거리가 먼 라라기를 나중에 가는 건 알겠는데, 왜 곧장 이슈라리에로 안 가는 거야?"

"그냥 기만 행동이야."

처음에 서쪽으로 가는 건 가니카 후작령의 영도에 간다는 인상을 주기 위해서다.

그 때문에 오유고크 공작령과 가니카 후작령의 영지 경계를 통과하여 조금 간 다음, 진로를 바꿔서 일직선으로 이슈라리에를 향한다.

"그리고, 갑자기 남남서로 가면 계산 빠른 사람들이 착각해서 쫓아올 것 같단 말이야."

실제로 거리를 두고서 우리들 배를 쫓아오는 쾌속선이 몇 척 정도 맵에 비치고 있었다.

족제비 수인 선단과 사가 제국 선단의 추적 부대 같다.

"보통 항로로 느긋하게 가면 얼마나 걸릴지 알 수가 없으니까 그들이 포기할 때까지만이야."

보통은 동서로 긴 가니카 후작령의 서쪽 끝 부근에 있는 반도에서, 띄엄띄엄 있는 섬들을 경유하여 마도왕국 라라기에 들렀다가 거기서 북동쪽에 있는 이슈라리에로 가는 루트를 잡는다.

내가 고른 항로는 거리가 가까운 대신 안전한 정박지가 거의 없고 마물의 밀도도 짙었다.

그것은 반대로 사람들 눈에 띄기 어렵다는 것이다.

비행 범선의 성능을 충분하고 남게 사용하려면 이 항로가 최적이었다.

"아리사~?"

"맛보기가 루루인 거예요."

아리사와 맞춤 세일러를 입은 타마와 포치가 부르자, 아리사가 선실로 향했다.

포치의 언동이 수상한 걸 보니 분명 무슨 고기 요리를 시도하는 거겠지.

나를 부르지 않았다면 루루가 실험적인 창작 요리를 만들고 있을 테니까 부를 때까지는 얌전히 있어야겠다.

『사토 씨.』

『아아, 레이구나.』

갑판에서 두루마리를 쓰고 있는데 아이들과 마찬가지 세일러 복을 입은 레이가 흥미로운 표정으로 다가왔다.

출항하기 전처럼 트랜스 상태가 되어 정보를 말하는 일은 없었지만, 가끔 두통과 함께 플래시백 같은 단편적인 장면이 뇌리에 떠오를 때가 있다고 했다.

아마 기억이 돌아오고 있는 거겠지.

무리하게 떠올리려고 하면 통증이 있다고 하기에 자연스럽게 떠오를 때까지 기다리는 방침이었다.

얼마 안 가서, 레이를 언니라고 하며 따르는 유네이아나 옛날 기억도 떠오르겠지.

물론 기억을 되찾는 것이 레이의 행복으로 이어질지는 조금 의문이었다.

지금까지 얻은 정보를 생각해 보면, 레이의 과거가 행복이 가득했다고 생각할 수 없으니까.

레이의 열쇠 모양 머리 장식이 라라키에의 심장을 작동시키기 위한 제어장치이며, 아버지일 가능성이 높은 해골왕이 노리고 있다는 것, 그리고 「산 제물의 성녀」라는 칭호나 해골왕의 「무엇을 희생시키더라도」라는 말이 안 좋다.

놈은 자기 딸을 희생시켜서라도 「라라키에를 하늘로 되돌릴」 셈인 것 같았다.

침몰선의 유령선장이 말했던 「관」이 불명이지만, 그건 마도왕국 라라기에 있는 「라라키에의 상자」를 가리키는 게 아닐까 싶었다.

유네이아도 「상자」와 레이의 열쇠가 모이면 라라키에를 하늘로 되돌릴 수 있다고 했었다. 그렇다면 해골왕이 라라키에의 후예들이 세운 나라인 라라기를 정기적으로 습격하는 것도 납득이 된다.

나는 맵의 마커 일람을 슬쩍 보고서 해골왕이 유계에 얌전히 있는 것을 확인했다.

열쇠를 가진 레이가 함께 있는 이상 해골왕이나 유네이아는 반드시 습격해올 테니까, 이렇게 정기적으로 해골왕의 동향을 확인하고 있었다.

『뭘, 하는, 건가요?』

『전에 산 두루마리를 확인하고 있는 거야.』

그리고, 수트안델 시에서 산 두루마리인데—.

조명을 만드는 술리 마법 「마등」.

배 여행의 필수라고 하는 「물 생성」, 「바닷물 여과」.

갖가지 언어를 상호 번역해주는 중급 술리 마법 「번역: 하급」.

수중 활동을 보조하는 물 마법 「수중 호흡」, 「수압 경감」.

해전의 방어에서 활약하는 「물 벽(워터 월)」.

공격용이라기보다 교란전에 적합한 「큰 파도(빅 웨이브)」. 서퍼들도 좋아할 것 같다.

수중으로 한정되지만 「유도 화살」처럼 록온한 대상을 쫓아가서 명중하는 작살을 생성하는 물 마법 「추적 작살」.

—이렇게 9개다.

마등 말고는 바가지 가격이었지만, 분명히 가격 이상으로 도움이 될 거다.

순서대로 두루마리를 쓰는 나를, 레이가 질리는 기색도 없이 마지막까지 보고 있었다.

그녀를 해골왕에게 넘기지 않는 건 당연하지만, 이슈라리에나 라라기에 들렀을 때도 기억이 돌아오지 않으면 이대로 함께 미궁도시까지 가는 것도 좋을 것 같았다.

물론 기억이 돌아와도「같이 가자」고 할 생각이었다.

"차라라락~?"

"포치는 더 빨리 돌릴 수 있는 거예요?"

타마와 포치가 리볼버의 실린더 같은 포탑 랙(Rack)의 시험작으로 놀고 있었다.

저건 그렇게 가지고 노는 게 아니지만, 둘이 무척 즐거워 보여서 말릴 수가 없었다.

"저건, 개틀링 포야?"

"마포용 랙이야. 발사의 지연 시간을 줄이는 김에 연사할 수 없을까 생각 중이지."

아리사의 질문에 대답했다.

아마 나설 차례가 없을 것 같지만, 내가 없는 상황에서 동료들이 습격을 받았을 때를 대비하여 비행 범선의 저항 수단을 추가하려고 생각한 것이다.

실용화하려면 아직 시간이 걸릴 것 같지만, 이 항해가 끝날 무렵까지는 형태를 잡아두고 싶었다.

방금 전까지 시험작으로 놀고 있던 타마와 포치는 흥미가 옮겨져 육지를 가리켰다.

"만~?"

"만만, 인 거예요!"

둘이 가리키는 곳에 도시와 어촌을 품은 만의 입구가 보였다.

지금은 수트안델에서 출항한지 반나절 정도 지난 시간이지만, 다음 만까지는 거리가 멀어서 오늘은 여기에 정박할 예정이었다.

여기에도 수트안델과 마찬가지로 만 입구에 수문이 있었다.

마물 퇴치 기둥이 몇 개씩 있는 건 마찬가지지만, 수문은 도시 외문에 있을 법한 권양기를 사용한 원시적인 것이었다.

무장도 적고, 마력포가 아니라 보통 투석기나 대형 쇠뇌를 설치해 놨다.

"마스터, 조각배가 접근한다고 보고합니다."

"항만국 사람인가 보다."

요트 같은 조각배가 우리들 배 옆으로 와서 승선 허가를 요구하기에 밧줄 사다리를 내려줬다.

"항만국, 징세과에서 나왔습니다. 입항료를 징수하겠습니다."

우리들 배가 귀족기를 걸었기 때문에 관리도 정중한 어조와 태도를 보였다.

귀족은 입시세 면제인데 입항료는 징수를 하나 보군.

역시 무역이 가능한 외양선은 따로 분류되는 건가?

"일하느라 수고하네요."

나는 그에게 인사를 하고 말하는 금액을 지불했다.

여기 입항료는 배의 배수량만으로 정하는지, 딱히 짐을 확인하지 않고 해방해 주었기 때문에 그대로 만 안으로 전진했다.

그다지 커다란 만은 아니지만, 만 안에 도시 하나와 어촌이 잔뜩 있었다.

그 날은 항구도시를 방문하여 동료들과 함께 거리를 산책하기로 했다.

"잡을 수 있어~?"

"쬐그만 생선이 잔뜩 있는 거예요."

"사비키[#3]가 있으면 잔뜩 낚일 것 같네."

항구의 잔교에서 바닷속을 바라보던 동료들이 바닷속에서 무리 지어 헤엄치는 작은 생선을 발견하고 좋아하고 있었다.

"주인님, 사비키는 없지?"

"그건 아무래도 없지."

엘프 마을에서 계곡 낚시를 했을 때 썼던 낚싯대랑 줄은 있지만, 사비키는 없었다.

"뭐, 그렇겠지—."

"금세 만들어줄 테니까 기다려봐."

#3 사비키 사비키 낚시, 혹은 거기에 쓰이는 낚시 바늘의 약칭. 낚시 줄 하나에 3~12개 정도의 낚시 바늘을 일정한 간격으로 매단다.

"—엥?"

괴상한 표정의 아리사를 무시하고 스토리지 안에 있는 적당한 소재로 사비키를 만들었다.

빛을 반사하는 소재로 삼을만한 컬러풀한 것들이 이것저것 있어서 생각보다 간단하다.

"자, 완성."

나는 완성한 사비키를 낚싯대에 장착하고 바닷물에 천천히 넣었다.

눈 깜빡 할 사이에 생선들이 사비키에 달려들었다.

이 정도면 떡밥을 안 뿌려도 되겠는데.

"막 먹어~?"

"잔뜩 몰려든 거예요!"

『굉장, 해요.』

타마, 포치, 레이가 흥분한 기색으로 사비키에 줄줄이 낚인 생선을 보고 기뻐했다.

나는 낚싯대를 아이들한테 건네주고 다음 사비키를 만들기 시작했다.

"다섯 마리~?"

"포치는 낚싯바늘 6개 전부 낚는 거예요— 아앗! 도망치면 안 되는 거예요!"

"이건 제법 심오한 낚시로군요."

아인 소녀들이 각자의 개성이 나타나는 방식으로 낚시를 즐겼다.

"역시 사비키는 잘 낚이네."

"아리사, 걸렸어! 걸렸어!"

"얼른 안 올리면 놓치겠다."

보기 드물게 흥분한 기색의 루루와 차분한 아리사의 모습이 평소랑 반대라서 재미있군.

『아주, 즐거, 워요.』

"응, 유쾌해."

레이와 미아가 콧노래를 부르면서 낚시를 하자 눈에 띄게 생선들이 늘어났다.

콧노래만 불러도 생선이 몰려오나 보네.

"작은 생선은 생선의 유생체?"

"저건 성체야. 커다란 생선하고는 다른 종류지."

"마스터, 조언을 감사한다고 고합니다."

나나가 어쩐지 갈등을 하고 있기에 올바른 지식을 나눠줬다.

"야, 뭔가 굉장한데."

"혹시 마법사님 아냐?"

"그건, 굉장하구만."

아무래도 지역 주민들의 흥미를 끌었나 보다.

"같이 낚아 볼래?"

동료들의 사비키가 엉켰을 때를 대비해 만든 예비를 지역 아이들에게 빌려줬다.

"우왓, 굉장해! 잔뜩 낚였다!"

"마법사님! 나도 빌려줘."

"좋고말고."

즐거움은 공유하는 주의라서 사비키 포교 활동을 해봤다.

양동이 몇 개 분량 정도 낚았을 무렵에는 거의 축제가 되어 있었다.

혹시 갓 낚은 생선을 그 자리에서 튀김으로 만들어 먹은 탓일지도 모르겠군.

도시의 수호까지 구경하러 올 정도였다. 폐를 끼친 대신에 수호를 맡고 있는 남작에게 사비키 견본을 선물했다.

"펜드래건 경, 귀공은『기적의 요리사』이면서『기적의 낚시꾼』이기도 한 것이군. 이 사비키는 우리 남작 가문의 가보로 삼겠네!"

남작이 그런 식으로 말한 탓인지 모르겠지만, 내 칭호란에 「낚시 명인」, 「태공망」이 늘어났다.

저녁 해가 지기 직전이기에, 사비키에 열중하는 남작과 도시 사람들을 그 자리에 남겨두고 구경꾼들이 가르쳐준 도시 제일의 해산물 레스토랑으로 갔다.

"배 빵빵빵~."

"아이참, 아리사—."

배를 쓰다듬으며 가게를 나서는 아리사를 루루가 타일렀다.

"꽤 맛있는 가게였어."

지역 특산물이라는 새우와 게 풀 코스가 근사했다.

"빵에 발라서 먹는 새우와 관자 딥 소스가 일품이었지."

수트안델이랑 거리가 굉장히 먼 것도 아닌데, 생각보다 조리법과 메뉴가 달라서 재미있었다.

"네. 구운 게가 대단히 씹는 맛이 좋고 맛있었습니다."

"새우가 맛있어~?"

리자와 타마 둘은 평소처럼 갑각류를 껍질째로 먹어서 급사들이 놀랐다.

레스토랑의 개인실을 빌리길 잘했지.

"포치는 염소 고기가 맛있었던 거예요."

코스 중간에 어째선지 염소 고기 조림 같은 요리가 들어 있었다.

아마도 잠깐 쉬어가는 코스였던 거겠지.

"고기는 다른 배~?"

"그렇습니다. 고기는 언제나 맛있는 게 당연합니다."

포치의 말에 타마와 리자가 고기의 맛을 이야기했다.

역시 아인 소녀들에게 고기는 각별한 거구나.

"게 살 파에리아가 맛있었다고 고합니다."

"응, 최고."

『아주, 맛있었, 어요.』

나나, 미아, 레이는 해산물 파에리아가 마음에 들었나 보다.

미아는 해산물 부분을 다른 애들한테 떠넘겼지만, 맛 자체는 만족한 느낌이었다.

"―주인님, 저건 뭘까?"

광장에 나왔을 때 아리사가 어쩐지 기가 막힌 기색으로 중얼거리며 광장 중앙에 있는 기념물을 가리켰다.

"휴대용 게임기를 모방한 바위?"

『용귀암(龍歸岩), 라라키에를 제집처럼 활보하는 용을 퇴치하기 위해 개발된 마법 장치. 막대한 마력을 주입하면서 돌기 부분을 누르면 평판의 환술 회로가 영상을 표시한다.』

내가 무심코 중얼거리자, 트랜스 상태에 빠진 레이가 대답했다.

아무래도 라라키에에서 유래된 물건이 생각보다 세계각지에 있을 법한 느낌이었다.

"이쪽에 게임기 설명이 있어."

기념물 앞에 있는 석판에는, 시가 왕국 건국 이전부터 여기에 있는 평화와 풍어의 심볼이라고 적혀 있었다.

마력을 조금 흘려서 확인했는데, 용귀암의 마법회로는 시간이 지나면서 망가졌는지 전혀 기동할 기색이 없었다.

잠시 용귀암 앞에서 담소하고는 숙소로 가는 길을 걸었다.

"아직 미행하고 있어?"

"그래, 전문 척후를 데리고 온 모양이야."

귓속말하는 아리사에게 레이더로 얻은 정보를 알려주었다.

기척을 능숙하게 지우고 있지만, 나와 타마한테는 다 들켰다. 포치도 뭔가 기척을 느끼고는 있는 것 같지만, 척후가 사용하는 은형 스킬을 간파하지는 못하고 있었다.

심야까지 숙소를 감시하고 있었지만, 내가 은형 스킬을 사용해서 숙소를 빠져나간 것은 전혀 눈치 못 챈 것 같았다.

나는 추적이 없는 것을 맵으로 확인한 뒤에 귀환전이용 각인판을 루트에 배치하는 작업을 했다.

환락가에도 들르고 싶었지만 오늘은 곧장 숙소로 돌아갔다.

해가 떠 있을 때는 보통 배 행세를 하며 항해를 하고, 밤에는 만 안의 도시에 정박하는 비슷비슷한 나날을 이틀 정도 반복했다.

그런 단조로운 행동을 취한 덕분인지, 영지 경계에 도착할 무렵에는 사가 제국의 배가 수트안델 방면으로 되돌아갔다.

영지 경계 부근은 대륙에서 그리 멀지 않은 거리에 크고 작은 섬들이 있고, 암초가 많기 때문에 얕은 바다를 크게 돌아가지 않으면 좁은 해로를 나아가게 된다.

그 때문에 아침부터 다른 배와 마주치는 경우가 많았다.

"어쩐지 세토 내해 같아."

"분명히 파도도 잔잔하고, 작은 섬도 많네."

아리사의 말에 수긍하면서, 영지 경계를 넘은 뒤에 「모든 맵 탐사」 마법을 사용했다.

지도로는 알고 있었지만, 가니카 후작령은 정말 동서로 길쭉한 영지였다. 동서랑 남북이란 차이가 있지만 지구의 남미에 있는 칠레 같은 지형이라고 하면 알기 쉬울까?

북쪽에 있는 충신 산맥과 바다에 끼어 있는 길쭉한 육지가 영토이며, 인구는 주로 만마다 있는 도시 등지에 집중되어 있었다. 어촌도 대부분 만 안에 있었다.

비교하기 어렵지만, 면적은 오유고크 공작령보다 좁고, 무노 남작령보다 넓은 정도 같았다. 인구는 오유고크 공작령의 절반밖에 안 된다.

그런 식으로 맵을 확인하는 동안에도 사건은 일어나고 있었다—.

“전투~?”

“주인님! 누가 배를 괴롭히고 있는 거예요!”

파수대에서 타마와 포치가 보고했다.

얼굴에 「구해 주세요」라고 쓰여 있는 필사적인 태도로 저 앞을 가리켰다.

아무래도 영지 경계를 영역으로 삼는 해적이 중형 상선을 습격하고 있나 보다.

해적들은 배수량 200톤급의 갤리선 3척, 중형 상선의 돛을 노리고 작은 불덩이나 불화살을 쏘고 있었다.

상선과 동반하던 소형 호위함은 이미 해적들에게 제압당한 모양이다.

그런 생각을 하는 동안에도 우리들 배는 해적에게 쫓기는 상선에 다가갔다.

“주인님, 무장 완료했습니다.”

내가 조사하는 동안, 동료들은 갑판에서 갑옷으로 갈아 입었다.

타마와 포치가 뒤늦게 갈아입는 걸 루루와 나나가 도와주고 있었다.

“그러면, 해적 퇴치를 해볼까?”

나는 배의 방어벽을 최대로 올리고 해적들을 향해 배를 전진시켰다.

선장이 레벨 26인 건 선장이니 격이 맞는다 치고, 해적들도 평균 레벨 10으로 지상의 병사들보다 조금 강한 수준이었다.

아마 마물이랑 마주치는 빈도가 높은 거겠지.

“미아, 간다.”

“응.”

뱃머리에서 미아와 둘이서 활을 쏘았다.

침몰선에서 발견한 마법궁 중에서 비살상용 스턴 화살을 선택해 쏘았다.

“무, 무슨 사거리가 이렇게 길어!”

“이쪽도 쏴라!”

“무, 무리입니다.”

“뭐라고! 이쪽이 바람 부는 방향이잖아!”

해적들의 목소리를 엿듣기 스킬이 포착했다.

“화살 막이의 방어도 그냥 통과합니다.”

“할 일 없는 놈은 방패를 들어서 막아라!”

해적들의 필사적인 목소리를 무시하고, 계속 쏴서 상대편 사수를 줄였다.

“해적선이다! 영지군에 도움을 청해줘!”

“놈들은 우리한테 맡기고 그대로 다음 항구까지 가!”

중형 상선에서 바람 마법의 보조를 빌린 외침이 들리기에, 나도 확성 스킬의 도움을 빌어 대답했다.

옆을 지나는 중형 상선에서 돌아가라는 충고가 들렸지만, 지금 선회해도 해적선한테 따라 잡혀 먹잇감이 될 뿐이다.

중형 상선을 향하고 있던 공격이 이쪽으로 목표를 바꾸었다.

"젠장, 안 맞잖아."

"화살이, 화살이 비껴갑니다!"

"화살 막이 방어다! 불 지팡이로 노려!"

"왜 저쪽 공격만 맞는 거냐!"

해적들이 불평하면서 불덩이가 날아왔지만 우리 배의 방어벽이 쉽사리 막아냈다.

해골왕에 대비해서 교환한 대출력 성수석 기관과, 병렬로 증설한 방어벽 발생 장치가 일을 잘 하네.

"불 지팡이의 불덩이가 튕겨나가잖아?!"

"중급 방어벽이다! 저쪽에는 중급 술리 마법사가 있어!"

"이력의 창이 온다! 군청 거북이 방패를 꺼내! 보통 방패는 뚫린다!"

해적들 셋이 달려들어서 커다란 군청색 방패를 들었다. 마물의 부위를 사용한 장비인가보다.

"나나, 기왕이니 요청에 답해주자."

"마스터의 지시를 수락."

내 지시로 나나가 이력의 창을 쏘았지만, 군청 거북이 방패란 것이 훌륭하게 나나의 이력의 창을 막아냈다.

"간다, 루루."

"응, 힘낼게."

"같이."

사정거리에 들어온 아리사와 루루가 불 지팡이로 공격했다. 더욱이 옆에 선 미아도 화살을 쏘았다.

그러나 나나의 이력의 창과 마찬가지로 해적들의 군청 거북이 방패에 막혀 버렸다.

"좋아! 된다!"

해적들의 사기가 회복될 것 같기에, 견제 삼아 마법의 화살 5개 정도와 짧은 기절탄을 좌우의 배에 몇 발씩 쏘아줬다.

마법에 대해서는 임시로 마법사를 고용했다고 하면 되니까, 나중에 내가 실력을 감췄다고 의심받지는 않을 거야.

"마, 말도 안 된다! 군청 거북이 방패를 꿰뚫는 이력의 창이라고? 상급 술리 마법사가 있는 거냐!"

"선장님! 다른 배가 당했습니다! 저쪽에 상급 바람 마법사도 있는 것 같습니다."

"칫, 상선으로 위장한 해적 사냥 군함인가!"

어쩐지 해적들이 착각을 하고 있네.

그건 그렇고 해적들의 배는 방어력이 낮았다. 대형선이 아니면 마력로를 실을 수 없으니 승선한 마법사가 방어벽을 친 거겠지.

내 짧은 기절탄으로 좌우의 해적선 선체에 커다란 구멍이 뚫려 가라앉기 시작했고, 해적들은 삼삼오오 바다로 뛰어들어 해변으로 헤엄쳤다.

그런 해적들을, 바닷속에 있던 작은 마물들이 공격하기 시작했다. 약육강식을 기본으로 깔고 가는군.

마물의 공격력이 낮은 모양이니까 잠시 방치해도 죽지는 않겠네.

나는 뇌리에서 해적들의 비명을 차단하고, 전투중인 해적들에게 주의를 돌렸다.

"어쩐지 도망 안 치는 잔챙이 해적이 있어."

"아니야~?"

"사슬에 묶여 있는 거예요."

아무래도 갤리선의 노잡이들은 노예 같았다.

그들까지 빠지면 가여우니까 「이력의 손」을 최대로 뻗어 배가 가라앉지 않도록 지탱했다.

"허수아비, 이대로 적 기함에 돌격. 뱃머리의 방어벽을 날카롭게 다듬어."

내가 선수상형 골렘 허수아비에게 지시하자, 접수를 뜻하는 기적이 삐이 울렸다.

지난 며칠 동안 무료함을 달래려고 만든 허수아비의 반응 기구가 꽤나 괜찮았다. 역시 리액션이 있으니까 좋군.

"옮겨 타서 공격이구나! 리자 씨, 나설 차례야!"

"알겠습니다. 근접전 준비."

리자가 아리사에게 짧게 대답하고 다른 전위진에게 소리쳤다.

"선장님, 놈들이 돌격합니다."

"해적에게 충각 돌격을 하다니, 간뎅이가 큰 놈들이군."

"외뿔이 뿔로 만든 충각의 위력을 보여주마."

해적들도 도망치지 않고 정면 돌격을 선택했다.

"전원, 대 쇼크 대 섬광 방어!"[#4]

#4 대 쇼크 대 섬광 방어! 일본의 애니메이션 「우주전함 야마토」 시리즈에서 파동포의 발사 시퀀스 대사 중 하나.

아리사가 동료들을 향해 외치고, 선수루의 쉘터에 들어가며 눈을 감았다.

유명한 애니 패러디겠지만, 쇼크는 모를까 섬광은 필요 없잖아.

충격과 함께 **으지지직** 나무 갈라지는 소리가 울렸다.

동료들이 날아갈 뻔 했지만, 내가 이력의 손으로 붙잡아서 별 일 없었다.

물론 마법의 지원이 없는 해적들은 넘어져서 갑판을 굴렀고, 몇 명은 바다에 떨어진 모양이다.

"전원 발검! 해적을 유린하세요."

"아이아이 서(Aye Aye Sir)~."

"라져(Roger)인 거예요."

"지저분한 바다의 오물이여, 자신을 부끄러워하며 바다의 쓰레기가 되라고 고합니다."

아인 소녀들과 함께 해적선에 올라탄 나나가 「도발」 스킬을 실은 매도를 해적들에게 내뱉었다.

해적들이 갑판을 구르면서도 매도에 반응하며 커틀러스를 뽑아 나나를 공격했다.

"소용없다고 고합니다."

대형 방패에 더해 자유 방패로 보호 받는 나나의 방어를 돌파하는 건 지극히 어려운 일이다.

게다가 나나는 혼자가 아니다.

"방심 금물~?"

"발치가 허술한 거예요."

타마와 포치가 낮은 자세에서 해적들의 발치를 쪼르르 달리면서, 발목을 「날카로운 참격」 효과를 발생시킨 마검으로 베었다.

"우와, 발밑에 마물이 있다!"

"아니야, 마검을 가진 꼬맹이들이다!"

"젠장, 쪼르르 달려다니잖아!"

해적들이 동요를 드러내면서 욕설을 내뱉었다.

타마와 포치는 그들을 유린하고 있었지만, 파도 때문에 흔들려서 몇 번 정도 해적들의 공격을 받았다.

물론 내가 걸어둔 「물리 방어 부여」의 마법을 돌파할 수 있는 공격은 아니었다. 만약 돌파 당했어도 고래 가죽 방어구가 기다리고 있지만.

"이놈이고 저놈이고 꼬마 계집들 몇한테 뭘 하고 있냐!"

혼자서 레벨이 높은 해적 선장이 폭이 넓은 커틀러스와 망고슈 같은 방패검을 손에 들고 전선에 나섰다.

그 선장과 대치한 것은 나나 근처에서 해적들을 유린하던 리자였다.

붉은 빛의 흔적을 끌면서 뛰어든 리자의 마창을, 선장이 방패검으로 받아 흘리고 반대쪽 커틀러스로 베었다.

"소용없다고 고합니다!"

나나가 커틀러스를 자유 방패로 막으면서 도발 스킬을 실어 외치고, 대형 방패로 선장을 때렸다.

"칫, 아까 그 술리 마법사가 전선까지 나온 거냐!"

백스텝으로 나나의 대형 방패를 피한 선장의 발치를 타마와 포치가 좌우에서 베었다.

아무래도 잔챙이 해적 퇴치는 끝난 모양이다.

"켁, 맞을 것 같냐!"

선장이 발치에 쓰러진 잔챙이 해적을 포치와 타마에게 순서대로 차서 날렸다.

"위험한 거예요. 까딱하면 벨 뻔한 거예요."

포치가 잔챙이 해적을 일도양단하기 직전에 검의 움직임을 멈추었다.

"난쿠루나이사~?"

타마는 날아온 잔챙이 해적을 스르륵 피하고, 대각선 뒤에서 선장의 다리를 얕게 베는데 성공했다.

"크읏, 이 비겁한 것들!"

커틀러스를 크게 휘둘러서 타마를 쫓아낸 선장이 욕설을 내뱉었다.

"해적한테 그런 말 듣기 싫습니다."

"리자에게 동의한다고 고합니다."

리자의 마창과 전위진의 마검이 선장을 동시 공격했다.

다리를 다쳤는데도, 선장은 4명의 공격을 다 막아냈다. 레벨 차이 덕분이거나 다대 일 전투에 익숙한 거겠지.

"끈질기네— 착란 공간(재밍 필드)."

아리사의 공간 마법을 받은 선장이 평형감각이 흐트러져 비틀거렸다.

"지금."

"네!"

미아의 활과 루루의 마법총이 빈틈투성이 선장의 양쪽 어깨를 꿰뚫고, 커틀러스와 방패검을 떨어뜨린 선장을 전위진이 때려눕혔다.

해적들을 포박한 우리는 가라앉기 직전의 갤리선에 넘칠 정도의 사람을 태우고 가까운 항구로 향했다.

입항할 때 조금 문제가 있었지만, 구출한 노예들 속에 항구도시의 명사가 섞여 있어서 탈 없이 넘어갔다.

"그러면 정말로 대가도 없이 노예들을 해방하시는 건가요?"

"네, 그들은 해적들에게 붙잡힌 피해자니까요."

항구 도시 관리의 확인에 수긍했다.

해적들에게 제법 거액의 상금이 걸려 있었고, 레벨이 비교적 높아서 범죄 노예로 매각하는 대금도 꽤 괜찮은 액수였다.

그리고 그들이 가지고 있던 불 지팡이 몇 개가 꽤 좋은 가격이 붙었다.

"펜드래건 사작. 이제부터 해적들의 본거지를 치러 갈 것인데, 경도 참가하겠나?"

수호를 맡고 있는 남작이 무장을 갖추고 부하들을 데리고 나섰다.

해적의 본거지는 그들이 모아둔 보물을 기대할 수 있기 때문에 나한테도 말을 건 거겠지.

"아뇨, 그건 각하께 맡기겠습니다."

그날은 노예에서 해방된 명사의 저택에서 대접을 받았다.

판타지풍 컴패니언 누나들도 잔뜩 불러줬지만, 아리사와 미아 철벽 콤비의 가드 때문에 도무지 친해질 수 없었다.

또한 해방한 노예들은 구출한 명사가 발기인이 된 새로운 교역상회에 취직한다고 했다.

그들의 새로운 출발을 축복하면서 해적에게서 빼앗은 그 갤리선은 그들에게 증정했다.

그것에 감격한 상회장이 상회의 깃발을 내 가문 문장을 본떠서 「창 같은 펜에 휘감긴 시 서펜트」로 하고, 상회명도 그 깃발에서 따와 「펜에 감긴 용 상회」라고 명명했다.

◆

"자, 그럼 슬슬 남쪽으로 진로를 바꾸자."

다음날, 족제비 제국의 미행선도 수트안델 방향으로 돌아간 것을 확인했다.

영지를 넘어서까지 우리를 추적할 생각은 없는 모양이군.

반나절 정도 남쪽 방향의 항로를 서쪽으로 나아간 뒤, 주위의 이목이 없어지자 비행 모드로 바꿔 남쪽으로 진로를 잡았다.

"역시 부유선 모드가 좋네."

"응, 쾌적해."

흔들림이 사라진 배에서 아리사와 미아가 기뻐했다.

"이 앞 이슈라리에에 대뱃살이 기다리는 거지?"

"그래, 맞아."

물론 기다리는 건 참치지만 굳이 정정할 필요 없었다.

금세 대뱃살로 바뀔 테니까.

사람들이 보지 않는 틈에 전속력으로 바다 위를 달렸더니, 우리들 배는 순식간에 가니카 후작령의 구역을 빠져 나와 마물의 영역에 들어왔다.

"없어……."

어째선지 소문의 참치가 맵 검색에 걸리지 않았다.

"더 앞쪽에 있을까?"

"그런가 보다."

아리사의 말에 수긍했다.

괜찮다. 없으면 있는 곳까지 가면 되는 거니까.

내 맵에서 벗어날 수는 없거든.

"지루해."

미아가 중얼거리는 옆에서 나나가 레이에게 시가 국어를 가르치고 있었다.

"유생체, 리피트 애프터 미라고 고합니다."

"유셍채."

"입술 움직임을 잘 보라고 호소합니다. 유생체, 입니다."

"유생체."

가르치는 단어가 어쩐지 좀 편향적이지만, 심해지면 미아가 개입하니까 괜찮겠지.

"평화롭다~."

"응."

그런 두 사람을 바라보던 아리사가 나른하게 중얼거리며 갑판 위에 늘어놓은 쿠션에 드러눕고, 미아도 그 옆에 누웠다.

"평화로운 건 좋은 일이에요."

"그렇지."

웃으며 말하는 루루에게 동의했다.

갑판에 사지를 짚고 뭔가 경계하던 타마가 신기한 표정으로 이쪽을 보기에 말하지 말라고 수신호를 보냈다.

해저에서 공격해오려던 레벨 52의 오징어형 해마(스퀴드 크라켄)(海魔)와 그 권속으로 보이는 어뢰 오징어 무리는 타마 말고는 눈치채는 일도 없이, 새로운 물 마법 「추적 작살」의 먹잇감이 되었다.

이 「추적 작살」은 마법의 화살처럼 120개 동시에 쏠 수 있기 때문에 레벨 50 정도의 적이라면 여유롭게 처리할 수 있었다.

유감스럽게도, 오징어형 해마는 식재료로서는 별로였다. 이상한 암모니아 냄새가 강해서 어떤 조리법으로도 없앨 수가 없었다. 방어구 소재나 잉크 등의 용도로는 유용하니까 그쪽 방면으로 쓸 생각이었다.

한편으로 어뢰 오징어는 평범하게 맛있었기 때문에 오늘 점심은 오징어 축제가 되었다.

"맛있어요."

"프라이, 맛냐~?"

"삶은 링도, 쫄깃쫄깃해서 맛있는 거예요."

오징어 튀김과 삶고 나서 데리야키로 구운 오징어를 아인 소녀들이 맛있게 먹었다.
"회도 좋지만, 역시 **오징어 소면**이지."
"응, 맛있어. 신선하니까 탱탱하다."
"네, 굉장히『맛있어』, 예요."
평소에는 나와 아리사만 회를 먹지만, 오늘은 레이도 참가했다.
"유생체, 배탈이 난다고 충고합니다."
"응, 기생충, 위험."
나나와 미아가 레이한테서 날 것을 멀리하려고 분투하고 있었다.
당연하지만 기생충이나 알이 없는 건 확인한 다음이었다.
참치를 구하면 초밥을 만들리라 결심하고, 오후에는 참치 해체 칼 준비를 시작했다.

"사토 씨, 이건『오리하르콘』, 아냐?"
시가 국어 연습을 하면서 묻는 레이에게 긍정했다.
『맞아, 오리하르콘이야.』
나는 갑판 앞부분을 출입금지로 선포하고, 엘프식 연성장치를 기동해서 오리하르콘의 괴를 만들고 있었다.
『—오리하르콘, 신들과 엘프들밖에 만들 수 없는 신비의 금속. 라라키에 왕조에서도 몇 번이나 연성을 시도했지만, 결코 이루지 못한 연성 최고의 비술.』
레이가 오랜만에 트랜스 상태에 빠져 말했다.
잠시 기다리자 레이의 눈동자에 초점이 돌아왔다.

『또, 뭔가를, 말했었나, 요?』
『그래, 오리하르콘에 대해서 설명해줬어.』
『기억의 단편에, 조금, 남아있어요. 오리하르콘은, **사람은** 만들 수 없는, 금속.』
어이쿠, 기억상실이 조금 개선되고 있나 보군.
『사토 씨, 당신은 정체가— 아뇨, 아무것도, 아니에요.』
레이가 뭔가 더 말하고 싶은 듯 했지만, 그냥 입을 닫고서 나나가 있는 곳으로 돌아갔다.
뭔가 말하고 싶은 게 있는 것 같았지만, 억지로 캐물을 일도 아닌 것 같아서 참치 해체용 식칼 제작을 계속했다.
마법 회로도 탑재하지 않는 심플한 식칼이라서 그리 어렵지 않았다.

"여기에도 없군……."
황금의 참치 식칼을 완성시키고, 만반의 준비로 다음 구역에 들어갔는데, 여기에도 참치는 없었다.
이슈라리에까지 가야 만날 수 있을지도 모르겠다.
대신에 다른 게 나왔다—.
"우와하, 네시야! 리얼 네시잖아. 퓨이 하면서 울지 않을까?"
해면을 가르고서 수장룡을 꼭 닮은 고해수가 나타났다. 해룡제도에서 본 모사사우루스와 같은 부류의 마물이었다.
UMA로서 유명한 부류니까 마음은 알겠지만 아리사는 그걸 비추어봐도 이상하게 신이 났다.

그리고 울음소리가 「퓨이」라는 건 어디서 나온 거지?

"장어구이여! 내 위장 앞에서 무릎 꿇으라고 장려합니다!"

나나에게 목이나 몸통이 긴 생물은 장어구이 식재료로 인식되나 보다.

—HUROOOOUNN!

나나의 도발에 걸린 수장룡이 공기를 뒤흔들며 격렬한 포효를 질렀다.

"아, 뭔가 퓨이키치가 아냐."

본래 소재가 어디인지 모르지만, 뭔가 수장룡과 교류하는 하트풀한 이야기를 떠올렸나 보군.

아리사가 눈꼬리에 눈물지으면서 이로 손수건을 찢었다.

꽁트도 좋지만, 이가 상할 것 같으니까 슬그머니 빼앗았다.

"……■ ■ 물의 속박."

"지금입니다!"

"목 사냥~?"

"타앗, 인 거예요!"

수장룡은 미아의 물 마법으로 묶어놓고, 움직임이 멎었을 때 아인 소녀들이 해치웠다. 레벨도 20정도였으니까 겉보기만큼 강하지 않았나 보다.

그리고 식재료로서는 시 서펜트보다 특색이 강한 느낌이고 좀 질겼지만, 맛이 강한 요리에 쓰면 문제없는 느낌이었다.

"꽃밭 섬."

"꽃밭 섬,『예뻐』, 예요."

"미아와 유생체에게 동의합니다."

수장룡과 만난 뒤로 2시간 정도 남진했더니, 남국 같은 꽃이 흐드러진 섬을 만났다.

그리고, 레이는 신화시대어가 섞인 시가 국어로 이야기하고 있었다.

"주인님, 상륙하고 싶어!"

"괜찮지만, 허공복 입어야 되는데?"

"그게 무슨 말?"

내 말에 아리사가 고개를 갸웃거리며 물었다.

"저 꽃은 전부 독초야."

AR표시에 뜬 정보에 따르면 주로 동물에 먹히는 신경독이나 수면독이 많았다.

마법약의 재료가 되니까「기체 조작」으로 독이 흘러오지 않도록 주의하면서 접근하여「이력의 손」을 뻗어 적당한 수를 채집했다.

"예쁜 것에는 독이 있는 법이구나."

섬을 떠날 때 아리사가 묘한 강약을 주면서 그런 말을 했다.

그런 대사는 겉보기에 어른이 되고 난 다음에 하렴.

그리고 파수대에서 낮잠을 자던 타마와 포치는 리자한테 혼나고 있었다.

어쩐지 제1발견자가 미아더라니.

섬을 우회하고 있는데, 섬 중앙에 삭은 금속 프레임이 꽃들에

묻혀 있었다.

『비아키 후기형 부유선, 라라키에에서도 가장 많이 건조된 걸작 배―.』

트랜스 상태에 빠진 레이의 말에 따르면, 저 유적은 라라키에 시대의 부유선인가 보다.

맵이나 「멀리 보기」 마법으로 확인했는데, 유적 안에 쓸만한 것이 없기에 그냥 지나가기로 했다.

"뭘까? 모래?"

"화산재 같은데?"

꽃밭 섬을 발견한 다음날, 바람을 타고서 화산재가 날아오는 걸 아리사가 깨달았다.

마법으로 기체 조작을 하고 있어서 갑판에는 쌓이지 않았다. 아무래도 구역 중심 부근에 있는 화산섬에서 흘러오고 있는 모양이다.

요전에 지나온 마물의 영역과 달리 이 구역에는 사람 사는 촌락이 몇 개 있었다.

사람들의 왕래가 적을 것 같은 남쪽 섬을 방문하는 것도 즐거워 보였지만, 나는 먼저 할 일이 있었다.

나갈 준비를 하고 있는데 아리사가 걱정스런 표정으로 보았다.

"―위험한 일은 없는 거지?"

"괜찮아. 잠깐 각인판 설치하는 김에 채취를 하려는 것뿐이니까."

나는 아리사에게 가벼운 어조로 말했다.

화산섬은 유황이나 불 광석을 대량으로 얻을 수 있는 보너스 스테이지 같은 거니까.

안전권까지 배를 이동시킨 다음 비상 신발로 배를 벗어나 충분히 거리를 벌리고, 섬구로 10킬로미터쯤 떨어진 화산까지 이동했다.

"역시, 대기권 안에서 장거리 이동은 위험한걸."

나는 공기와의 마찰로 날아가 버린 셔츠를 새로운 걸로 교환하고 생활 마법「소취」로 그을린 냄새를 없앴다.

축지랑 같아서 마법적인 수단으로 이동하는 거니까 괜찮을 줄 알았는데, 거리가 너무 길면 어느 정도 공기의 영향을 받나 보다. 관성은 이동한 뒤에 사라지는데 참 신기한 일이야.

"어, 분화했다."

나는 방풍 마법으로 화산재와 분사 연기에서 몸을 지키고, 자유 방패를 만들어 화산탄을 튕겨냈다.

"역시, 불 계열 마물이 많구나."

지상에서 화염구를 뿜어내는 새빨간 개구리나 암적색 불꽃을 두른 사람 모양 덩어리 같은 마물들이 공격해 오기에, 술리 마법「유도 화살」로 한꺼번에 처리했다.

엘프 마을에서 얻은 지식에 따르면, 이 녀석들의 시체는 나름대로 희귀한 소재라고 하니까 귀찮지 않은 범위에서 회수하자.

화구 중앙에 붉게 빛나는 용암이 있고, 화구 주변 갈라진 곳에서 노란 유황이 드러나 있었다.

"유황이나 화산재는 잔뜩 채취했지만, 불 광석이 전혀 안 보이네……."

조금 불평하면서 맵을 검색해 봤더니 용암 안에 대량의 불 광석이 있는 걸 알아냈다.

양은 적지만 상위 소재인 화정주 조각도 있었다.

용암 속에는 이 영역의 주인인 「염수(炎獸)」라는 종족의 레벨 82짜리 마물이 살고 있었다. 이 마물은 보기 드물게 고유명이 있어서 「염왕(炎王)」이라고 표시됐다.

화염 브레스가 특기고, 물리 공격을 반감시키는 종족 특성이 있었다. 불 계열, 빛 계열 공격은 무효구나.

나는 마법란에서 중급 공격 마법인 「폭축(임플로전)」을 준비했다.

불꽃을 없애는 데는 폭풍이 제일이라고 어느 책에 쓰여 있었단 말이지.

—WYANNGYWAAAAAAWN.

용암을 가르고 염왕이 나타났다.

"티라노였냐아아!"

어째선지 유명한 공룡인 티라노사우루스로 보이는 모습이었다.

놀라서 무심코 온 힘을 다해 뺨을 걷어차 버리고, 흐름에 따라 반사적으로 사용한 폭축이 무방비한 목을 날려버려 쓰러뜨리고 말았다.

말려들지 않으려고 폭축의 초점을 염왕의 등 뒤로 설정한 탓에 목 없는 시체가 되어 버렸다.

레벨 차이가 있어서 간단히 쓰러뜨렸지만, 몸길이 70미터 이상 되는데다가 하늘도 날 수 있으니 꽤 강적이었을지도 모른다.

주색과 홍색 그라데이션의 피부를 가진 염왕의 시체를 스토리지로 회수하고, 용암 속에 「이력의 손」을 뻗어 거암 사이즈의 불 광석과 화정주 조각을 채취했다.

채취를 끝내고 만족스런 표정으로 시선을 들었더니, 화구 한 구석에 숨어 있던 인공 건조물이 보였다.

"—뭐지?"

천구로 다가가자 신전풍 건조물인 것을 알 수 있었다.

전에 도시암 섬에서 본 해저 신전과 꼭 닮은 구조였다.

거칠게 파괴되어 있지만, 사람이 들어갈 정도의 공간은 있는 모양이라 신전 안에 들어가 봤다.

"고정화 마법이 없는 것치고는 열화나 풍화가 적네."

신전이 파괴된 건 생각보다 최근인 것 같다.

신전 안에는 무언가 봉인장치 같은 것이 있고 기능은 정지해 있었다.

아무래도, 이 장치는 방금 전 쓰러뜨린 염왕을 봉인하고 있었던 것 같다.

염왕은 피닉스처럼 부활 계열 종족 고유 능력이나 스킬은 없었으니 장치는 이대로 방치해도 괜찮겠지.

나는 화산 분화가 일어나도 괜찮을 법한 장소에 각인판을 설치하고, 녹은 부츠와 옷을 갈아입은 뒤에 동료들에게 돌아갔다.

◆

진로상에 있던 섬 하나에 들러봤는데—.

"파인애포울~?"

"바나나가 최고인 거예요."

"키위와 망고도 있네."

남국의 과일을 듬뿍 만날 수 있었다.

미아를 본 섬의 우두머리가 대단히 우호적이었다.

섬 주변에는 마물도 없고 실로 평화로운 장소였다.

그 이유는—.

『마불비(魔拂碑)— 피지배 지역에 나눠준 라라키에의 마물 퇴치 마법 장치.』

—레이가 이렇게 설명한 원뿔형 마법 장치 덕분인가 보다.

이 섬사람들은 레이와 마찬가지로 갈색 피부의 인간족이 많고, 검은 눈동자와 검은 머리칼이었다. 붉은색 천 한 장을 어깨에서 늘어뜨린 옷을 입은 사람이 많았다.

그것만 걸치면 여성은 한쪽 가슴이 드러나기 때문에 하얀 가슴 띠를 따로 두르고 있었다.

대부분의 사람들이 얇은 나무 조각을 실로 연결한 액세서리를 팔다리나 목에 장식하고 있었다. 장식의 호화로움으로 마을에서 지위를 알 수 있는 것 같았다.

『이렇게 많이 나눠주셔도 되는 건가요?』

『상관없네. 엘프님에게 헌상하는 게야.』

선장이 하는 말은 우쟈 도어(島語)라는, 시가 국어보다 사가 제국어에 가까운 느낌의 음운을 가진 섬의 독자적인 언어였다.

스킬도 얻었지만, 이 섬의 고유 언어인 것 같기에 「번역: 하급」 마법으로 대화를 통역했다.

어쩌면 라라키에의 후예들인가 했지만 전혀 상관없나 보다.

『그리고 우리들도 이국의 술이나 본 적 없는 음식을 받지 않았나?』

남성들은 투명한 시가주나 쌉싸름한 에일을 환영했다. 이 섬의 술은 과일을 발효시킨 달콤한 탁주라서 다른 걸 좋아하는 거겠지.

음식은 히드라 고기 튀김이나 고래 고기— 대괴어 토부케제라 스테이크였다.

그 답례로 마을 사람들도 「자주 먹을 수 없는 진미」라는 바다거북이 수프를 대접해 주었다. 자라 정도는 아니었지만 밤을 감당 못할 것 같은 맛이었다.

『사토, 이거 마셔.』

고교생쯤 되는 귀여운 촌장의 딸이 식후에 무슨 검은 액체가 든 컵을 가지고 왔다.

그녀의 가슴 띠는 폭이 다른 애들 반 정도밖에 안 되어서, 천에서 삐쳐 나온 부분이 제법 볼륨감이 풍부하고 매혹적이었다.

상대가 고교생쯤 되는 어린애가 아니었다면 무심코 꼬셔버렸을 거야.

—쓰다. 입 안에 가루 같은 씁쓸함이 퍼졌다.

『이건「코코아」인가요?』

여기 코코아는 설탕이나 분유가 안 들어갔나 보네.

내 질문에 촌장의 딸이 뜨거운 어조와 시선으로 나에게 다가왔다.

『코코아? 이건「사랑의 물방울」. 마신 두 사람은 같이 사랑을 확인하고 아이를 가지는 거야.』

그러나, 아리사와 미아 철벽 페어가 그런 행위를 넘어가줄 리 없었다—.

"으랏차. 라바 양은 안돼!"

"응, 금지."

아리사가 말하는「라바 양」은 나도 모르는 단어다.

아마 지난 시대에서 쓰인 죽은 말이겠지.

『강한 여행자가 씨앗을 뿌리는 건 당연해. 마을 아가씨들 중에서 내가 선택됐어.』

마을 사람들 중에 인물 감정 스킬을 가진 사람이 있었나 보군.

지금까지와 마찬가지로, 레이한테는 인식저해의 마법 도구를 장비시켰으니 문제없겠지. 나나는「사람의 부적」이 있고.

"그런 민속학적 만화에 나올 법한 설정은 기각이야!"

아리사가 이해하기 어려운 논리로 마을의 풍습을 부정했다.

『사토는「사랑의 물방울」마셨어.』

촌장의 딸은 내가 입에 댄 컵을 가리키며 호소했다.

이걸 마시는 건 구혼의 승낙을 가리키는 건가?

나는 컵을 손으로 막고서, 손바닥 너머로 스토리지의 설탕과

우유를 더해서 「이력의 실」로 섞었다.

『맛 볼래?』

『어라? 아까 분명히 마셨는데.』

본래랑 같은 양으로 돌아온 컵을 보고 순박한 촌장의 딸이 고개를 갸웃거렸다.

촌장의 딸은 컵에서 풍기는 달콤한 향에 이끌려 그대로 입에 대었다.

『달콤하고 맛있어. 사토 뭘 했어?』

『신의 기적이야. 분명히 사랑을 키우기에는 아직 이르다는 거겠지.』

나는 사기 스킬의 도움을 빌어 촌장의 딸을 슬쩍 구슬렸다.

『……그래, 알았어.』

잠시 주저했지만, 달콤한 코코아의 매력에 져서 마셔버린 다음, 그렇게 말하고 마을 사람들 있는 곳으로 돌아갔다.

그녀에겐 미안하지만 반려는 마을 사람들 가운데서 찾아보면 좋겠다.

『엘프 님, 여행길 순탄하실 것을 기원합니다.』

다음날 아침에 출발하는 우리들을 섬의 모든 사람들이 배웅 나왔다.

"응, 환대 감사."

촌장의 말에 미아가 짧게 대답하자, 주변 마을 사람들은 땅에 엎드리면서 그 말에 황송해했다.

『사토 공, 이 해역에는「불 뿜는 섬」이라고 불리는 저주 받은 섬이 있지. 그곳에는 바다를 태우는 무시무시한 염수가 봉인되어 있다고 마을에 전해지고 있네.』

촌장이 진지한 표정으로 나에게 말했다.

그런 심각한 표정을 지으시면, 염수— 염왕을 이미 퇴치했다고 말하기 어려운데요.

『만약 바다 위에서 연기가 나오는 게 보이면, 키를 돌려서 얼른 벗어나게.』

『충고 감사합니다.』

촌장의 말에 수긍하고 섬을 떠났다.

우리들은 카카오가 자생하고 있는 무인도 몇 군데를 돌면서 초콜릿 만들기에 필요한 재료와 남국 과일을 대량으로 확보하고 다녔다.

물론 다 채취하는 매너 없는 짓은 안 했다.

각인판을 설치했으니, 몇 번이고 채취하러 올 수 있거든.

해양국가 이슈라리에

"사토입니다. 해양국가라고 하면 어째선지 태평양에 있는 인공섬이 떠올라 버립니다. 아마 SF 계열 이야기에서 인상 깊은 해양국가가 있었던 거겠죠."

"저게 이슈라리에야?"

아리사가 전방의 섬에 보이는 건조물을 가리켰다.

화산섬 다음 구역에 이「이슈라리에 왕국」이 있었다.

시코쿠 정도 크기의 섬을 중심으로 크고 작은 수백의 섬들로 이루어진 섬나라였다. 가장 커다란 섬은 중앙부에 호수 같은 내해를 가졌고, 그 내해의 중앙에 이슈라리에 왕도가 있었다.

도시 핵의 힘으로 기후를 조정하고 있는지, 이 근처는 아열대풍이었던 직전까지의 구역과 달리 초여름의 기후였다.

"그런 것 같아."

맵을 확인하면서 아리사의 말에 대답했다.

아리사가 발견한 건 도넛 형태의 섬 가장자리에 있는 촌락이었다.

바다를 포함한 넓이는 오유고크 공작령만큼 되지만, 인구는 적어서 공작령의 10퍼센트 정도밖에 안 된다. 인구의 대부분은 커다란 섬에 모여 있었다.

소문에 들은 것처럼 왕국 해역 안에 해적이 굉장히 많았지만, 표준 항로에서 벗어난 덕분에 한 척도 만나지 않았다.

"마물은 얼마 안 나왔었네."

"그야 마물의 영역에 훨씬 많지."

해산물도 이것저것 구했고, 녹수정의 몸을 가진 해마나 하늘을 나는 상어 같은 괴어의 지느러미는 괜찮은 가격에 거래가 된다.

물론 팔 예정이 없지만.

"역시 그렇지. 그래서 말이야. 우리들의 대뱃살은 어떻게 되는 거야?"

아리사가 식욕에 가득 찬 질문을 했다.

마음은 알겠지만 다시 참치를 검색해본다.

"그게, 이 구역에도 없는 것 같아."

회유 범위가 넓은 건지, 아무데도 보이지 않았다.

"마스터, 소형 비공정이 왔다고 보고합니다."

나나가 가리키는 방향을 돌아보니, 욕조에 잠자리 날개를 단 것 같은 비행 물체가 다가오는 것이 보였다. 고글을 쓴 텁수룩한 수염이 난 남자가 탔다.

『귀공들은 해적인가 아닌가!』

〉「이슈라리에어」 스킬을 얻었다.

이 나라의 말은 고대어에 가까운 발음이었다.

라라키에의 후예라면 신화시대어의 아종을 쓸 거라고 생각했는데…….

일단 조사를 위해서도 스킬에 포인트를 분배해서 유효화 해두자. 「번역: 하급」 마법은 문자까지는 못 읽으니까.

"묻겠다! 귀공, 해적, 부정!"

내가 대답하지 않고 있으니, 텁수룩 수염 남자가 서투른 시가국어로 다시 물었다.

『이쪽은 시가 왕국의 교역선이다! 이슈라리에 왕도에 입항을 희망한다.』

내가 대답하자 짧은 문답을 거친 뒤에 내해로 통하는 유일한 게이트로 안내해 주었다.

"커다래~."

"굉장히 굉장한 거예요."

게이트 벼랑 위에 돔 형태의 요새가 있고, 거대한 마포가 2문 설치되어 있었다.

『—토토리에 제8세대형 마포. 용포라고도 불리며, 라라키에 왕조에서도 최고의 공격력을 발휘한다. 이 용포로 토토리에의 마포 기술은 세계최고라고 추앙 받았지만, 질투한 라라키에 기술자가 원로원을 끌어들여 토토리에 왕족을 반역자로 몰아 부유도까지 통째로 추락형에 처했다. 용포는 도망친 왕자가 가지고 간 뒤, 행방불명이 되어 역사에서 사라졌다—.』

레이가 트랜스 상태에서 신화시대어로 장문을 말했다.

"유생체는 박식하다고 칭찬합니다."

"어? 나나 씨?"

나나에게 끌어안긴 채 제정신을 차린 레이가 당황하여 말했다.

놀랐을 때도 시가 국어가 나올 정도로 익숙해진 모양이다. 나나와 학습한 것뿐 아니라, 다른 애들이랑 교류한 것도 영향이 있나 보군.

우리들 배는 벼랑 사이의 좁은 수로를 빠져나가 내해로 들어갔다.

"어쩐지, 좌우에서 짓눌릴 것 같아 무서워요."

"괜찮습니다, 루루. 여차할 때는 주인님께서 지켜주실 겁니다."

평소에는 자신들이 지킨다고 할 법한 리자가, 벼랑이 무너지는 자연재해 수준이면 나한테 떠넘기는구나.

물론 벼랑이 무너지든 해일이 몰려오든 지켜줄 거지만.

"병사 아저씨~?"

"잔뜩 있는 거예요."

타마와 포치가 벼랑 벽면을 파내어 만든 방어용 주둔지를 발견했다.

아이들이 병사들에게 손을 흔들자, 건너편에서도 친근하게 손을 흔들어 주었다.

배는 내해로 나와서 중앙의 섬을 향했다.

"내해는 꽤 쾌적하네."

아리사 말처럼 기온이 봄 수준이고, 파도도 잔잔해서 배의 흔들림이 적었다.

내해에는 수많은 작은 어선이 떠 있고, 남국풍의 컬러풀한 생선을 잡고 있었다.

"뱅글뱅글~?"

"뱅글뱅글 도는 도시인 거예요."

"응, 소라."

타마, 포치, 미아가 이슈라리에 왕도가 있는 섬을 올려다보며 감상을 말했다.

소라 껍질의 바깥쪽을 깎아낸 다층 구조의 도시였다.

이건 오히려 판타지 세계보다 SF 같은 데 나올 법한 인상을 받았다.

입 다물고 있던 아리사가 「오려나?」라고 중얼거린 타이밍에 레이의 눈동자가 초점을 잃었다.

『토토리에 양식의 건조물— 소용돌이 구조는 부유도 토토리에의 특징.』

레이가 트랜스 상태가 되어 해설했지만 이번 해설은 짧았다.

아까 그 용포도 그렇고, 이 섬의 주민은 라라키에 왕조 시대 토토리에란 나라의 후예가 맞나 보군.

아마 속국 같은 느낌의 나라였겠지.

"커다란 배~?"

"노랑 돛이 달려서 강해 보이는 거예요!"

항구 한쪽에 군함 전용 도크가 있고, 거기에 대형 전열포함 5척과 중소 군함이 40척 정도 입항해 있었다.

소국의 군대라고 생각하기 어려운 규모지만, 마물이 들끓는 해역에서 나라를 유지하려고 하면 이 정도는 필요한 거겠지.

대형함의 대부분은 목제였지만, 중앙의 기함만 미스릴 합금제로 다른 4척보다 한 사이즈 커다랗다.

어쩐지 너덜너덜한 것이 전투를 하고 돌아온 분위기였다.

『염수가—.』

신경 쓰이는 단어가 군항 쪽에서 바람을 타고 들리기에 「멀리 보기」와 「멀리 듣기」 공간 마법을 사용했다. 「엿듣기」 스킬은 너무 멀어서 더 이상 들리지 않았다.

『함장! 파발마를 보냈네. 그보다 부하의 이야기가 사실인가?』

『사실이야. 불 뿜는 섬의 봉인이 풀리고 염수가 부활했다. 상륙 부대는 전멸, 다른 함도 우리들을 보내기 위해 염수에게 도전해서…….』

『대체 어떤 자가 염수의 부활 따위—.』

『해골왕이다.』

『—뭣이?』

『근처 섬의 주민이 하늘을 나는 유령선을 봤다고 했다.』

『이럴 수가! 그렇다면 놈의 목적은 이슈라리에의 용포인가!』

『음, 염수를 유도해서 우리나라를 불꽃에 가라앉히고 습격할 셈이겠지.』

『라라기를 함락하기 위해서, 이토록 돌아서 가는가?』

—아하.

모르는 사이에 나는 해골왕의 음모를 쳐부순 모양이네.

나는 맵을 열어 해골왕과 유네이아의 동향을 확인했다.

해골왕은 아침에 봤을 때와 변함없이 유계에 있지만, 유네이아는 해마(海魔) 영역이라는 모르는 구역에 있었다.

활동을 다시 시작한 것 같으니까 이제 슬슬 경계를 강화하는 편이 좋겠군.

◆

『토토리에 이궁, 궁전형 부유도. 왕자가 도망칠 때 사용한 연대의 것과 흡사.』

이슈라리에에 도착한 다음날, 나는 레이를 데리고 이슈라리에 왕성을 방문했다.

"그 아이는 괜찮은 건가?"

"네, 혼잣말이 조금 많은 것뿐입니다."

우리가 왕성을 방문한 원인인 무역성의 관리가 레이를 기분 나쁜 듯 내려다보았다.

이슈라리에에 도착한 우리들 배가 시가 왕국 소속이라는 걸 알게 된 그가 시가 왕국산 비단을 구하려고 교섭하러 찾아온 것이다.

"왕녀 전하의 성인 의식에 사용할 비단이 필요하다!"

그렇게 말하는 그의 약점을 파고들어서 비단을 헌상하는 대신 이슈라리에 왕에 대한 알현을 교섭 조건으로 걸었다.

어지간히도 절박했는지 다음날에 알현이 이루어져 이렇게 방문한 것이다.

물론 일부러 왕족과 접촉하는 이유는 레이의 기억을 자극하여 기억상실이 낫지 않을까 시도하기 위해서였다.

『네네리에 문양. 부유도 네네리에 발상의 조각. 라라키에 왕조에서 널리 사용되었다.』

트랜스 상태에 빠진 레이의 말에 귀를 기울이면서 왕궁의 건물을 자세히 보았다.

기둥들이 아치 모양 구조물을 통해서 위쪽 기둥을 지탱하는 반복 구조로, 돔 형태의 장엄한 공간을 만들어냈다.

유럽에 여행 가면 볼 수 있는 양식이랑 꼭 닮았다. 어쩐지 소피아 대성당이란 장소랑 닮지 않았나?

"이슈라리에 왕 앞에서는 중얼거리지 않도록 입단속을 시켜 둘 테니 괜찮습니다."

걱정하는 관리에게 미소로 대답하고 안내하는 시녀 뒤를 따랐다.

동로마 제국풍 남성용 의상과 달리 여성은 짧은 베스트 같은 상의와 랩 스커트의 조합 위에다 천을 두르고 있어서, 앞을 걸어가면 등의 곡선이 슬쩍슬쩍 보여서 근사했다.

정면에서 보면 배꼽 부분이 노출된다.

동로마 제국풍과 아라비안나이트풍 의상을 합친 느낌이었다.

광대한 돔을 나아가자 중앙 안쪽에 옥좌가 있었다.

우리가 걸어가는 장소보다 두 단 정도 높은 곳이었다.

레이가 돔을 올려다보며 해설해줬지만, 알현이 가까워서 가벼운 충격을 주어 강제적으로 트랜스 상태를 해제시켰다.

기분 탓인지 트랜스 상태와 보통 상태의 변화가 매끄러워진 것 같다.

"그대가 내 딸을 위해 천을 헌상하고 싶다는 상인인가?"

옥좌에 앉아 한쪽 무릎을 세우고 앉은 이슈라리에 왕이 나를 내려다 보며 물었다. 물론 이슈라리에어였다.

장년의 이슈라리에 왕은 살짝 불량한 느낌의 아저씨라서, 젊었을 때는 제법 놀아봤다는 분위기를 풍기고 있었다.

그의 왕관은 띠 모양의 금실을 짜 넣은 천에 「하늘의 눈물방울」을 듬뿍 사용한 것인데, 시가 왕국의 왕관하고는 다른 풍미가 있었다.

하늘의 눈물방울은 반짝반짝 조명을 반사하는 진주 같은 보석이었다. 시가 왕국의 귀족들이 좋아하는 것도 충분히 이해가 ― 어라? 저거 **아르아**다.

AR표시를 보니 「하늘의 눈물방울: 아르아 수지」라고 쓰여 있었다. 감정 스킬로는 평범하게 「하늘의 눈물방울」이라고 나왔다.

아르아는 엘프 마을에서 얻은 소재인데, 배의 갑판을 코팅하거나 타마와 포치가 애용하는 깨지지 않는 컵이나 접시로 잘 쓰고 있었다.

나는 맵을 검색하여 아르아 수지의 재료가 되는 수목이 있는지 찾아봤다.

무인도에 하나 있었다.

아마 왕가가 독점해서 「하늘의 눈물방울」을 생산하고 있는 거겠지.

나는 호기심을 채우고서 눈앞에 있는 이슈라리에 왕에게 주의를 되돌렸다.

“처음 뵙겠습니다, 이슈라리에 왕. 저는 시가 왕국 무노 남작 가신 사토 펜드래건 명예사작이라고 합니다.”

직접 물었을 때는 직접 대답해도 된다고 하기에 자기소개를 하면서 귀족의 예를 바쳤다.

무노 남작령의 신인 귀족 강습에서 배운 「타국의 왕」에 대한 인사를 기억하고 있어서 다행이군.

“상인이 아니라 귀족이었던가? 용서하거라.”

이슈라리에 왕이 너그럽게 고개를 끄덕이고는 나에게 다음 말을 재촉했다.

아무래도 갑작스런 알현 신청이라 제대로 전달되지 않았나 보군.

“이것이, 시가 왕국에서 가져온 비취 비단이옵니다.”

“비취 비단이라고!”

이슈라리에 왕과 옆에 있던 관리뿐 아니라 주변의 귀족들도 놀라서 소리를 냈다.

일국의 왕이 놀랄 정도의 물건도 아니라고 생각하는데…….

“마도왕국 라라기의 말도 안 되는 관세를 뚫고 오다니, 주작의 지위라도 가지고 있는 것인가?”

듣자니, 마도왕국 라라기가 이슈라리에에 대한 심술을 부려서, 자국을 통과하는 배의 비취 비단에 본체 가격의 100배나 되는 관세를 건다고 한다.

마도왕국 라라기의 특산품인 붉은 비단을 팔아서 「하늘의 눈물방울」을 유리한 조건으로 사기 위해서였다.

이슈라리에 왕국 사람들 이야기만 들었으니까 절반 정도만 믿어둘까.

"비취 비단— 게다가 이 정도로 최상급품을 헌상물로 가지고 왔다면, 『하늘의 눈물방울』 교역권을 바라는가—. 좋다."

관리와 왕 곁에 대기하던 대신들에게서 비명에 가까운 술렁거림이 일어났다.

"그 전에 조금 할 말이 있다. 따라오거라."

이슈라리에 왕이 그렇게 말하고 경쾌하게 옥좌에서 일어서더니, 나에게 따라오라고 하고는 옥좌 뒤에 있는 왕족 전용 통로로 들어갔다.

관리는 뒤에서 붙들렸지만 레이는 확실하게 동행했다.

『수천구— 바람 광석과 물 광석을 사용해서 항상 수구를 띄우는 마법 장치.』

통로 중간에 장식된 오브제를 보고서, 트랜스 상태에 빠진 레이가 말했다.

이 전용 통로는 암살을 전혀 경계하지 않는 오픈된 복도인데, 기둥 사이로 성 내부와 성 밑 도시가 내려다 보였다.

『박식한 아이로다. 라라기 왕가의 핏줄인가?』

아무래도 이슈라리에 왕은 신화시대어를 할 수 있나 보다.

"모르겠습니다. 기억상실 상태로 조난된 것을 구했습니다."

『허어, 젊은데도 신화시대어를 할 줄 아는가……. 왕자의 가정 교사를 하지 않겠나? 명예사작보다도 제대로 된 작위를 주지.』

어디까지 진심인지 모를 이슈라리에 왕의 제안을 부드럽게 거절하자, 그는 그것에 고집하지 않고 레이에게 흥미를 돌렸다.

『저것이 뭔지 알겠느냐?』

이슈라리에 왕이 왕성의 꼭대기에 있는 수수께끼 오브제를 가리켰다.

『천호광개(天護光蓋). 신들이 천공인에게 내린 수호의 힘.』

『그렇다. 천호광개와 용포를 갖춘 이슈라리에는 **해골왕**도 손댈 수 없지.』

여기서 염수가 아니라 해골왕의 이름을 꺼낸 의미가 조금 신경 쓰였다.

해골왕의 이름을 듣고 트랜스 상태에서 돌아온 레이가 뭔가 말하고 싶은 기색이었다.

그러나, 마지막까지 아무 말도 하지 않았다.

"—왕자의 호위 말인가요?"

"그렇다. 이제 곧 라라기의 『천상제』가 있는 것은 알고 있겠지? 친선을 위해 왕자를 파견하는 것이 관습이야."

이슈라리에 왕의 사실(私室)로 초청받은 우리는 그에게 뜻밖의 의뢰를 받았다.

아마 염수의 습격을 경계하여 왕자를 이웃나라로 도피시키려는 거겠지.

그래도 첫 대면인 상대한테 소중한 자식을 맡기는 건 경계심이 좀 부족하다.

"어째서 저 같은 타국 사람에게 의뢰를 하시는 건지요? 이슈라리에에는 대륙까지도 알려진 어엿한 해군이 있지 않습니까?"

"군은 염— 아니, 아무것도 아니다."

이슈라리에 왕이 염수에 대한 말을 하려다가 얼버무렸다.

"방금 전 이야기는 없었던 것으로 해주길 바란다. 대신 출발을 알리는 사자를 태워다오. 소형선이라도 종자 없이 사자 한 명이라면 태울 수 있겠지?"

아무리 봐도 사자로 변장한 왕자님 복선인데요.

"보수는 이것이다."

이슈라리에 왕이 테이블 위에 올린 것은 「하늘의 눈물방울」이 꽉 찬 주머니였다.

아무리 봐도 사자 한 사람 태워주는 대가가 아니었다.

"사자 한 사람을 태워주는 것치고는 너무 많은—."

"그만큼, 서둘러야 한다. 하루 만에 준비를 마치고 내일 모레까지는 이슈라리에를 출발하라."

이슈라리에 왕이 내 말을 끊으면서 요구를 고했다.

과연, 보통 배라면 출항 준비를 하는 것이 고작이니까 짐을 팔 틈도 살 틈도 없었다.

손실의 보충과 민폐료를 포함하는 거구나.

"알겠습니다. 미력하나마 힘을 다하겠습니다."

자기 자식이 귀여운 건 어느 세상이든 매한가지구나.

왕자님은 마도왕국 라라기의 축제를 구경하면서 한숨 돌리라고 하면 되겠지.

"그렇군! 받아주는 것이냐! 성내에 방을 주마. 오늘 밤과 내일 만찬에도 참석하거라."

이슈라리에 왕이 그렇게 말하더니, 우리들을 물렸다.

라라키에에 대해서 조금 듣고 싶었지만, 그건 만찬 자리에서 물어보면 되겠지.

◆

"주인님! 여기야, 여기!"

아리사가 공간 마법「원거리 통화」로 부르기에 도시의 상점가를 찾아갔다.

뒷골목에 있는 조개껍질 세공점에 용건이 있나 보다.

간판에는 게임북에서 여신이라도 하고 있을 법한「리브라」라는 가게 이름이 쓰여 있었다. 이 나라 말로「브라」는 세공점을 가리키는 거니까「리 세공점」이라는 뜻이겠지.

"어때! 굉장하지!"

"그래, 확실히 이건 굉장하네. 공예품이라기보다 예술품이라고 하는 게 좋을 정도야."

정교하게 가공한 조개 세공 하나를 바라보고 있다가 뜻밖의 사실을 깨달았다.

시세가 너무 싸다. 커다란 건 은화를 내야 하지만, 그것 말고는 거의 다 동화 1닢이었다.

"이건 얼마지?"

"다 3동화입니다."

가게 주인이 평범하게 시세의 3배를 불렀지만 문제없었다.

본래는 여기서부터 시세까지 깎아야겠지만, 이걸 깎는 건 뛰어난 기술에 대한 모독이었다.

"그치! 싸잖아."

"그러게."

아리사 말에 수긍했다. 이 정도 세공이라면 적어도 금화 1닢은 될 거야.

특히 가장 커다란 진주와 조개껍질 왕관은 꼭 한 번 지느러미 수인— 인어 미녀에게 씌워보고 싶었다. 분명히 해저 왕국의 여왕님처럼 보일 거야.

"이거라면 교역품으로 좋지 않아?"

그렇군, 그래서 날 불렀구나.

애들한테는 한 사람당 금화 1닢 분량의 용돈을 나눠줬으니까 이 정도 물건이라면 자기 마음대로 살 수 있단 말이지.

왕도나 미궁도시의 귀족들에게 보낼 선물로 마침 좋으니까 아리사의 제안에 따랐다.

교역으로 돈벌이라는 상황에 동경도 있고 말이지.

"그래서 말인데 재고가 있으면 더 사고 싶은데?"

"네, 네. 그쪽 아가씨 말을 듣고서 창고를 조사해봤습니다."

가게 주인 말에 따르면 재고는 300개 정도 있지만, 가게에 내놓은 예술품 수준의 물건은 15개 정도밖에 없다고 했다.

"시가 왕국의 화폐밖에 없는데 그걸로도 될까?"

"네, 물론입니다. 시가 왕국 동화는 불순물이 적어서, 상인도 수수료 없이 교환해 주니까요."

이슈라리에 동화는 시가 왕국 동화와 비교해서 3분의 1 정도 크기였다. 가게 주인이 처음에 말한 가격은 시세에 맞춘 거였구나.

어느 쪽이든 이대로는 너무 싸다. 조금 더 쳐줘야겠군.

"귀족님, 괜찮다면 제 친구 가게도 봐주실 수 없을까요?"

지불을 끝내고 나서 가게 주인이 그러기에, 동료들을 데리고 진주 세공, 산호 세공 가게도 돌면서 교역품을 늘리기로 했다.

그리고 진주 세공점은 라이브라, 산호 세공점은 토리브라란 이름이었다.

이 가게들도 예술성이 높고 조개 세공점에 지지 않는 양품이 모여 있었다. 특히 산호 세공은 재고가 풍부해서, 액세서리부터 인테리어까지 폭넓은 라인업이 있기에 듬뿍 구입했다.

시가 왕국의 내륙부에서는 산호나 진주가 귀중품이거든.

◆

"사반, 이슈—."

자기소개를 하는 도중에 눈매가 처진 훈남 왕자가 이슈라리에 왕의 팔꿈치를 맞았다.

아마 가명이 아니라 왕자의 이름을 말하려고 했던 거겠지.

만찬에 참석한 것은 나뿐이고, 다른 애들은 배정받은 방에서 맛있는 음식을 먹고 있을 것이다.

나는 만찬회 전에 이슈라리에 왕에게 운송 예정인 사자란 명목의 왕자를 소개 받고 있었다.

"사바이슈라고 한다. 라라기까지 여로를 잘 부탁하지."

왕족 어조로 말한 왕자를 보고 이슈라리에 왕이 씁쓸한 표정을 지었다.

나는「전혀 눈치 못 챘습니다」라는 분위기를 내면서 사바이슈에게 자기소개를 했다.

얼마 동안 대화를 나눈 뒤, 국왕에게 라라키에에 대해서 물어봤다.

"라라키에에 흥미가 있는가?"

"네, 라라키에에 대해서 연구를 하고 있습니다."

나는 사기 스킬의 도움을 빌어 적당한 이유를 꾸며냈다.

아무래도, 반유령인 레이를 고향으로 돌려보내주기 위해서라고 솔직하게 말하면 안 믿을 것 같거든.

"보물찾기라면 관두거라."

오렌지 색 칵테일이 든 고블렛 잔을 입으로 옮기면서, 이슈라리에 왕이 타이르듯 말했다.

"그 프루 제국조차도 라라키에의 보물을 찾았지만 실패했다."

잘 모르는 일이라서 이슈라리에 왕의 뒷말을 기다렸다.

"내 나라의 고문서에 실려 있다. 그 제국이 마왕과 싸우기 위해서 신화시대의 병기를 찾아 라라기 동쪽에 대함대를 보냈다."

맵을 열어 위치 관계를 확인했다.

마도왕국 라라기가 현재 있는 이슈라리에의 남서쪽이니까 이 나라의 남동 방향인가?

"해룡 제도 사이에 있는 『해마 영역』에서 『해왕(海王)의 자식』들에게 손쓰지도 못하고 패했다고, 단 한 척만 돌아간 배의 선장이 증언했노라 남아 있다."

항구에 있던 미스릴 합금제 군함은 그때 프루 제국의 생존자한테서 빼앗은 건가 보다.

"『자식』놈들의 덕분에, 욕심 많은 제국 함대가 멸망하고 이 나라의 자유와 용포를 빼앗기지 않고 넘어갔다."

가끔은 마물도 도움이 된다. 이슈라리에 왕이 즐거운 기색으로 웃었다.

그의 말에 따르면 「해왕의 자식」이란 것은 「해마 영역」에 서식하는 다종다양한 문어형 해마(옥토퍼스 크라켄)의 총칭이었다.

"라라키에가 가라앉아 있는 곳이 드넓은 『해마 영역』인 것은 틀림이 없다고 말하지만, 그런 장소에 가는 것은 자살 지망자뿐이다. 관두거라, 관둬."

그렇게 말한 이슈라리에 왕은 왕자와 함께 만찬회장에 들어섰다.

만찬은 생선 요리가 많았고, 특히 거대 생선 조림이 믿을 수 없을 정도로 맛있었다.

유감스럽게도 회는 없었지만, 모든 요리가 숙련된 기술이 살아 있어서 혀가 즐거웠다.

그런 식으로 이슈라리에에서 느긋하게 지낸 건 이 날이 마지막으로, 다음날 동틀 녘에는 왕의 의향에 따라 황급히 출항하게 되어 버렸다.

◆

"—펜드래건 경, 나는 이제 틀렸다."

사반 왕자가 나한테 매달려서 우는 소리로 속삭였다.

출항한지 얼마 안 되어 사반 왕자가 뱃멀미로 다운되어 버렸다.

선실 입구 쪽에서 들리는 아리사의 「사토×사바이슈구나! 새하얀 쇼타랑 갈색 처진 눈도 좋아!」라는 이상한 소리는 흘려듣고서 힘이 빠진 왕자를 지탱해줬다.

"거창하시네요. 뱃멀미 약이라면 있습니다."

"미안하지만, 나는 멀미약이 효과가 없다."

그건 그렇고 해양국가의 왕자가 배에 약하다니 희한하군.

"그러면, 잠이 오는 약을 드리죠."

"고맙군. 잠든 사이에 라라키에 도착할 것을 기대하지."

오래 가는 수면 마법약을 먹은 왕자를 선수루에 있는 객실 침대에 눕혔다.

왕자가 항해중에 잠들어준다면 비행 모드도 쓸 수 있어서 편하지.

"—아리사."

아까부터 썩은 눈동자로 크흐크흐 웃는 아리사의 머리를 딱콩 때리고 선실 밖으로 나왔다.

호위와 배웅 나온 배는 외문까지만 따라왔다.

아마 이슈라리에 군함은 염수에 대비하고 있는 거겠지.

"주인님, 또 해적입니다!"

"이번에는 소형 갤리선 3척이네."

이슈라리에를 출발하고 반나절이 지났다. 수트안델 시의 술집에서 들은 것처럼 이슈라리에와 마도왕국 라라기를 잇는 항로에는 해적이 많았다.

해적을 포박해도 이슈라리에나 마도왕국 라라기까지 옮기는 게 귀찮아서 죄가 가벼운 해적들은 쫓아내고, 중범죄자투성이 해적은 해적선을 침몰시키는 방향으로 처리하기로 했다.

갤리선은 섬 뒤에서부터 습격해오는 경우가 많아서 해적들은 가까운 섬으로 헤엄쳐갔다.

물론 마물이 사는 무인도에서 살아남을 수 있을지는 그들의 노력과 운에 달렸다.

공격해온 해적선들 중에는 생선이나 거북이의 거대한 마물 등에 배 같은 구조물을 올린 별난 종류도 있었지만, 딱히 구별하지 않고 처리했다. 물론 토대가 되는 생선이나 거북이는 식재료 코스다.

"어느 쪽?"

"무거운 쪽이야."

아리사의 질문에 해적들의 죄질에 대해 대답하고 선제 공격으로 마법을 사용했다.

노예는 없는 것 같으니 사양할 것 없이 물 벽 마법으로 해적선을 전복시키고, 노출된 선저를 짧은 기절탄으로 부수어 가라앉히는 루틴 워크를 소화했다.

"마스터, 항로 변경을 진언합니다."

"그렇네."

나나의 말에 수긍하고 맵을 열었다.

이제 곧 이슈라리에 맵 바깥으로 나간다.

그대로 구역이 바뀌는 것을 기다렸다가 「모든 맵 탐사」 마법으로 「마도왕국 라라기」를 조사했다.

구역의 넓이는 이슈라리에와 비슷하고, 인구는 이슈라리에보다 30퍼센트 정도 많은 수준이었다. 왕도가 있는 섬은 상당히 커다랗고 홋카이도 정도의 면적이었다.

이슈라리에와 마찬가지로 인간족 중심의 나라로, 아인종은 거의 없었다. 변경의 섬들에 바다에 사는 아인들이 아주 약간 살고 있었다.

이슈라리에에는 그렇게 많던 해적들도 마도왕국 라라기 방면에는 거의 없었다.

이슈라리에와, 반대쪽 설탕 항로와 마도왕국 라라기를 연결하는 해역에만 존재하는 모양이다.

이 마도왕국 라라기는 이슈라리에보다 더운 기후로 도시 핵을 조정하고 있는지, 라라기의 왕도 방면으로 다가갈수록 기온이 올라가는 것 같았다.

"아리사, 있다."

"호에?"

내가 갑작스럽게 말하자 아리사가 얼빠진 대답을 했다.

"참치가 있어."

"어, 어디에?!"

"라라기의 동남동쪽 해역에 몇 마리 있어. 아마 그쪽이 서식지겠지."

나는 아리사에게 얘기하면서 탄환 참치에 마커를 달았다.

—이걸로, 이제 절대로 놓치지 않는다.

"좀 머니까, 라라기에서 용건을 마친 다음에 가자."

아리사와 마주보면서 누가 먼저랄 것도 없이 웃었다.

고추냉이와 무 재고도 충분하고, 초밥용 하얀 쌀과 식초도 준비했으니까 이제 참치만 있으면 준비 끝이다.

그때까지 초밥이랑 초밥 쥐는 연습을 해두자.

◆

"저쪽에 범선인 거예요."

처음 그 배를 발견한 건 전망대에서 감시 임무를 맡은 포치였다.

포치의 말에 슈라우드에 다리를 감아서 「추욱~」 늘어져 있던 타마가 귀를 움찔거리며 떨었다.

타마가 슈라우드를 척척 올라가서 전망대에 있는 포치에게 망원경을 받아 배를 보았다.

"아무도 없어~?"

타마가 말한 것처럼 전방에서 오는 배는 무인이었다.

맵으로 확인해 보니, 선로상에 4집단으로 나뉜 28척의 배가 무인으로 표류하고 있었다.

몇 척은 좌초해 있는 것 같지만 그런 것치고도 많다.

무인이라는 것이 불가해하군.

맵을 보면 마물이 숨어 있는 것도 아니었다.

"무슨 일일까?"

타마와 마찬가지로 아까까지 더운 기후에 축 늘어져 있던 아리사가 손을 눈가에 들어 햇살을 가리며 전방의 배를 살폈다.

"우웅?"

"마스터, 유생체의 머리 장식이 빛났다고 고합니다."

미아와 나나가 희미하게 파란 빛을 띠는 레이의 머리장식에 대해서 보고했다.

"사토 씨."

"괜찮아. 독기를 정화하고 있나 보다."

불안해 보이는 레이에게 말하고 독기시를 유효화했다.

—으엑.

전방에서 접근하는 무인 표류선은 시커멓게 덧칠한 것 같은 독기에 휩싸여 있었다.

독기의 오오라가 촉수처럼 무인 표류선 주위에 뻗어서 그 중 하나가 우리가 탄 배에 닿아 있었다.

배를 감싸는 범상치 않은 독기를 보니, 범인이 사람이 아닌 건 확정해도 될 거다.

수트안델의 술집에서 들은 해골왕의 「표류선」 일화를 생각해 보면, 해골왕이 유령선단 재구축에 나선 걸지도 모르겠다.

일단 고찰을 끝내기 전에 표류선을 먼저 조사하자.

그걸 위해서라도—.

"금방 독기를 걷어낼 테니까 기다려."

나는 평소에는 흘러나오지 않도록 하고 있는 정령광을 해방하여 주위의 독기를 걷어냈다. 내 극채색 정령광에 닿은 독기가 증발하는 것처럼 사라졌다.

엘프 마을에서 정령광은 독기를 걷어낸다고 배웠지만, 이렇게 눈으로 보니 꽤 굉장하다.

"잠깐, 건너편 배를 보고 올게."

"조, 조심해서 다녀와!"

걱정하는 아리사의 목소리에 손을 흔들어 답해주고 무인 표류선을 정화하며 배 안을 탐색했다.

선내의 마력로는 가동상태였다. 더욱이 식사를 하던 테이블과 물이 졸아서 타 들어간 냄비를 보니 갑자기 예측 못한 사태가 발생한 모양이다.

요리가 상한 걸로 봐서, 배에서 사람들이 사라진 것은 하루이

틀 이내 같았다.

무인 표류선으로 유명한 메리 셀레스트 호 사건처럼 짐은 그대로 선원들만 사라져 있었다.

선장실에 있던 서류를 보고 이 배가 시가 왕국의 교역선단 기함이란 것을 알 수 있었다. 비스탈 공작이란 사람의 선단이군.

낯선 이름이기에 귀족 정보를 잔뜩 기록한 토르마 메모를 확인해봤다.

시가 왕국의 3공작 중 한 사람이며, 오유고크 공작의 정적이라고 적혀 있었다. 그의 영지는 시가 왕국 북서쪽에 있으며, 소왕국들을 끼고서 사가 제국과 마주보는 위치에 있었다.

비스탈 공작에 대해서는 궁금증을 채웠기 때문에 탐색을 계속했다.

선장실의 금고 안에는 마법 물품이나 교역용 금화가 들어 있어서 보통 해적의 짓이 아닌 것을 엿볼 수 있었다.

"앞으로 3척?"

아리사가 전방에 나타난 무인 표류선을 보며 물었다.

"아니, 이번 25척째로 마지막이야."

우리는 처음 마주친 뒤부터 1시간 정도 비행 모드로 표류선을 회수하러 다녔다. 지금 이게 마지막 한 척이었다.

나머지 3척은 내가 회수하기 전에 바다 마물에게 침몰되어 버렸다.

물론 잔해나 짐은 가능한 한 회수했다.

이렇게 짧은 시간에 3척이나 가라앉는 해역에서 25척이나 회수할 수 있었으니, 해골왕이 예상보다 가까운 장소에서 행동하고 있다는 거겠군.

지금까지는 아침저녁 두 번밖에 동향 확인을 안 했지만, 매시마다 한 번 정도는 마커 일람을 확인하는 게 좋겠다.

"역시, 해골왕 짓일까?"

"아마도."

수트안델의 술집에서 「습격 받은 뱃사람들은 죽은 다음에도 놈의 유령선단에서 영원히 일을 해야 한다」라거나 「사람이 없는 표류선은 해골왕에게 습격 받았단 증거」라는 이야기를 들었었다.

해골왕은 선원들의 목숨을 빼앗고 망자로서 새로운 선원으로 부리는 거겠지.

나는 이력의 손을 뻗어서 무인 표류선을 스토리지에 수납했다.

스토리지 안에서는 무인 표류선을 폴더처럼 열어서 독기를 선내에 있는 아이템으로 이동시킬 수 있으니 편리하거든.

"사라, 졌어요."

"배니쉬~?"

"로스트, 인 거예요."

처음에는 무인 표류선이 사라지는 걸 보고 놀랐던 레이도, 이제는 익숙해진 모양이다.

타마와 포치와 함께 배가 사라지고 작게 소용돌이치는 바다를 재미있는 듯 보고 있었다.

"유생체, 너무 몸을 내밀면 떨어진다고 고합니다."

"응, 위험."

"네, 죄송해요."

나나와 미아가 주의를 주자, 레이가 순순히 난간에서 몸을 내렸다.

"타마는~?"

"포치는 위험하지 않은 거예요?"

"물론 위험합니다. 떨어지기 전에 갑판으로 돌아오세요."

방치해서 쓸쓸해 보이게 중얼거린 타마와 포치의 머리를 리자가 가볍게 쥐어박으면서 상냥하게 타일렀다.

"네잉~?"

"네, 인 거예요."

타마와 포치는 혼났는데도 기쁜 표정으로 깡총 뛰어서 갑판으로 내려섰다.

"주인님! 사람이 있어요!"

라이플형 저격용 마법총 스코프를 들여다보던 루루가 보기 드물게 큰 소리로 외쳤다.

이 마법총은 침몰선에서 발굴한 소형 마포 회로를 이용해서 만들어봤다.

위력은 오리지널 소형 마포의 10퍼센트 정도지만, 개인이 휴대할 수 있는 무기로서는 제법 괜찮은 것이 되었다.

창화를 사용한 마력 배터리도 장비했으니 루루의 마력으로도 사격할 수 있다.

"앗! 빠졌어요!"

아뿔싸, 느긋하게 생각할 때가 아니었구나.

나는 배에서 날아올라 「투시」와 「이력의 손」 마법을 사용해 표류자를 바닷속에서 건져 올렸다.

독기를 쐬어 의식을 잃은 모양이라 치료를 하고 객실 중 하나에 눕혀놨다.

배가 습격 받았을 때 어땠는지 확인하고 싶었지만, 생각보다 심하게 쇠약해진 탓에 그에게서 사정청취를 하려면 마도왕국 라라기에 도착한 다음이 될 것 같았다.

"후~응, 시가 왕국의 귀족이야?"

"그래, 아시넨 후작가의 차남이야."

토르마 메모에 따르면, 아시넨 후작가는 왕도의 문벌 귀족들 중에서도 꽤 큰 세력을 가졌다.

게다가 현 당주인 그의 아버지는 우리가 방문할 예정인 미궁도시 세리빌라의 태수였다.

제법 기연이군.

"그러면 진로를 라라기로 돌리자. 도중에 몇 군데 해적 아지트 근처를 지나니까 이틈에 무장을 해둬."

"알겠습니다."

내가 요청하자 리자가 수긍하며 동료들을 데리고 계단 아래로 내려갔다.

"사토, 씨."

"뭐니?"

갑판에 남은 레이가 심각한 표정으로 나에게 말을 걸었다.

"어쩐지, 가슴 속이, 술렁, 거려요."

혹시 해골왕이나 유네이아가 습격할 걸 감지한 건가 싶어서 맵을 검색해봤지만 그런 징조는 없었다.

고작해야, 마도왕국 라라기 얕은 바다 수 킬로미터 바닷속에 레벨 50쯤 되는 문어형 해마가 이동하고 있는 정도였다.

이 정도 마물이라면 어떤 해역이든 한 마리 정도는 있으니 특별한 정도도 아니었다.

만약을 위해서 경계를 해봤지만, 해적 퇴치를 끝내고 마도왕국 라라기에 도착해도 레이의 불안이 현실로 나타나지는 않았다.

분명히 기분 탓이었을 거야.

도쿄만 정도 되는 크기의 만 가장 안쪽에 마도왕국 라라기의 수도가 있었다.

만의 입구는 시가 왕국과 달리 물리적인 수문이 아니라 보이지 않는 마법적인 결계를 쳐놓았다. 엘프들의 고향을 지키는 「보르에난 숲의 결계」에 가까운 느낌이었다. 마도왕국이라고 할 만하네.

"삐딱~?"

"기울어진 거예요."

타마와 포치가 경사진 마도왕국 라라기의 수도를 올려다보며 몸까지 함께 고개를 갸웃거렸다.

혹시 수평으로 보이는지 시험하는 건가?

『라라키에 북단(北端) 출장성(出場城) 라라기, 육지인들에 대한 징벌을 담당하는 전투용 뷰우성.』

트랜스 상태에 들어간 레이가 수도를 올려다보며 말했다.

백색의 건조물이 잔뜩 보였다. 중앙에 있는 거대한 원뿔형 건물이 왕성이겠지. 꼭대기에는 이슈라리에 왕성에도 있었던 천호광개로 추정되는 수수께끼 오브제가 있었다.

왕성 주변 건조물은 키가 높은 것도 많지만, 바깥 부분에는 2층집이나 1층집이 중심이었다.

도시가 전체적으로 기울어진 것은 아마 지상에 불시착했을 때의 영향이겠지.

"어쩐지, 달콤한 냄새가, 나요."

"과자 냄새라고 고합니다."

"응, 설탕."

트랜스 상태에서 돌아온 레이가 바람에 실려오는 달콤한 향기에 눈웃음을 지었다.

이 마도왕국 라라기는 설탕 항로 중에서도 제일의 설탕 생산지라서 그렇겠지. 왕도 안에도 설탕 정제소가 있나 보다.

나나랑 미아와 함께 어떤 과자가 있는지 이야기하는 레이의 옆모습에서 해적 퇴치 전에 보인 불안해 보이는 모습은 남아 있지 않았다.

마도왕국 라라기

"사토입니다. 판타지에서는 술을 좋아하기로 드워프가 필두지만, 이세계의 뱃사람들도 지지 않는 것 같습니다. 명랑한 뱃사람들과 저그 잔을 나누면서 마시는 럼주는 각별한 맛이 납니다."

"뒤쪽 배는 가바트 상회의 『흐린 하늘』인가? 어째서 그 배를 시가 왕국의 귀족인 귀공이 끌고 온 거지?"

항만국 직원이 우리 배 뒤에 있던 대형 상선을 보고 눈썹을 찌푸렸다.

또한, 그가 말하는 라라기어 스킬은 이미 얻었다. 이슈라리에어랑 가까운 느낌의 말이었다.

"이 배는 무인으로 표류하고 있던 것을 회수했습니다. 배 안에는—."

"국장님! 배 안에 수상쩍은 풍체의 남자들이 가득 타고 있습니다."

내가 말하는 것보다 빨리 배에 올라탄 직원이 외쳤다.

"—오는 도중의 해역에서 공격해온 해적들을 실었습니다."

합계 9척의 해적선과 3군데 거점에서 회수한 사람들이었다.

그리고 해적에게 납치되었던 피해자들은 우리들 배 갑판으로 나눠 탔다.

그런 것을 항만국 응접실에서 국장이나 직원들에게 설명하고, 포상금을 받거나 해적들의 매각 동의서에 사인하여 수속을 마쳤다.

해적들은 갤리선의 노잡이라는 새로운 영구취직이 기다리고 있었다.

서류를 든 항만국 직원과 교대하여 리자와 나나가 들어왔다.

"주인님, 항만국 직원의 소개로 빌린 숙소에 해적들에게서 구출한 사람들과 후작 자제를 수용했습니다."

"고마워, 리자."

라라기 왕도에 지인이 있는 사람들은 이미 돌려보냈다.

그밖에 다른 사람들 중에서 돌아갈 곳이 있는 사람은 노자를 주고, 돌아갈 곳이 없는 사람에 대해서는 당분간 생활할 돈을 주었다. 그 뒤부터는 자활하도록 할 거다.

이 비용은 해적과 아지트의 보물 매각액에서 낼 예정이었다.

그리고 해적 퇴치의 포상금은 동료들의 저금 폴더에 들었다.

서류 작성이 끝나고 가볍게 하품을 하는데, 방을 노크하며 루루가 나타났다.

"주인님, 손님입니다."

초로의 남성 한 명이 루루를 밀어내듯이 방으로 뛰어들었다.

"여기에 사반 전하께서 계신다는 것이 정말인가!"

아무래도 이슈라리에의 대사가 나타났나 보군.

"네, 사바이슈 나리는 저쪽 소파에서 쉬고 계십니다."

다 들켰지만, 내가 태워준 건 이슈라리에 왕의 사자인 사바이슈라는 겉치레를 밀어붙였다.

그러나 대사는 전혀 개의치 않았다.

"전하!"

"그래. 마중 나오느라 수고했다."

마찬가지로 감출 생각이 전혀 없는 사반 왕자가 너그럽게 대답했다.

대사와 뭔가 얘기를 한 왕자가 이쪽을 돌아보며 입을 열었다.

"그러면 사토, 가지."

"어딜 말인가요?"

관계자에게 왕자를 건네면 끝이라고 생각했는데 무슨 수속이 있나?

"아버님께 들었다. 라라기 왕에게 고대 라라키에 왕조의 이야기를 듣고 싶은 것이지? 아버님이 절찬했던 박식한 아이도 함께 데려가도 괜찮다."

과연, 서프라이즈 보수란 거구나.

나는 사반 왕자와 이슈라리에 왕에게 감사하며 그 후의를 감사히 받기로 했다.

"오랜만이군, 사반 왕자."

"라라기 왕도 장건하여 다행이십니다."

계속 트랜스 상태에 빠져 있는 레이의 입을 막으면서, 라라기 왕과 사반 왕자의 대화에 귀를 기울였다.

라라기 왕은 해적이라고 하는 게 어울릴 법한 험악한 생김새의 장년 남성이었다.

동로마풍이었던 이슈라리에의 복장과 달리, 날이 더운 마도왕국 라라기에서는 남국풍의 의상이 주류였다. 남성도 여성도 피부 노출이 많고, 비쳐 보이는 얇은 천을 겹쳐 입는 게 유행인 것 같다.

붉은 색 계열의 의상이 많은 것은 라라기산 붉은 비단을 듬뿍 쓰기 때문이겠지.

“하여, 사반 왕자. 뒤에 있는 둘은 어떤 자들인가? 이제 그만 가르쳐주지 않겠는가?”

“이 두 사람은 시가 왕국의 귀족이며, 고대 라라키에 왕조를 연구하는 자들입니다.”

왕자가 설명하자 라라기 왕이 불쾌한 기색을 보이며 표정이 험악해졌다.

『연구가치고는 너무나 젊군.』

『처음 뵙겠습니다, 라라기 왕. 저는 시가 왕국 무노 남작 가신, 사토 펜드래건 명예사작이라고 합니다.』

라라기 왕에게 반론하는 것도 좀 그렇다 싶어서, 그와 똑같이 신화시대어로 자기소개를 하고『타국의 왕』에 대한 인사를 했다.

『허어, 연구가라고 할만하군.』

라라기 왕의 표정에서 험악함이 흐려지고 재미있다는 기색으로 중얼거렸다.

그렇지, 이 틈에 헌상품을 건넬까.

이 나라 임금님은 희귀한 술을 가져온 자에게 「주사」, 「주작」이라는 칭호를 내리고 잘 대해준다고 하니, 분위기를 파악해서 헌상품은 술잔 같은 것이 아니라 직접적으로 미주를 골랐다.

나로서는 작위 자체는 아무래도 좋지만, 미주를 받아 기분 좋아진 국왕이 라라키에 이야기를 해주는 건 기대할 수 있었다.

내가 신호하자, 왕성의 사용인들이 헌상품 상자가 실린 왜건을 국왕 앞으로 날라주었다.

“이것은 라라기 왕 알현을 허락해주신 것에 대한 예물이옵니다.”

“흥, 또 별 다를 바 없는 시가주인가? 『왕벚』, 『백령산』 중 하나겠지.”

흥이 식었다는 분위기로 상자를 연 라라기 왕이 눈썹을 찌푸렸다.

“와인과 붉은 입자가 떠 있는 청주, 그리고 호박색은 보리 증류주인가?”

“각각 『요정 포도주』, 『레프라콘의 혈조(血潮)』, 『스프리건의 비보(秘寶)』라고 불리는 요정족의 술입니다.”

“뭐, 뭣이라! 이것이 그 유명한 『환상의 요정 포도주』인가! 이 두 종류도 이름은 들어본 적이 있는 전설의 술이 아닌가!”

반응이 꽤 좋군.

“그, 그렇다면 이 작은 병은 『나무거인의 이슬』인가!”

“아뇨, 작은 병은 아닙니다.”

대단히 흥분한 라라기 왕이, 내가 부정하는 말을 하자 조금

쿨 다운했다.

"그, 그렇군. 아무리 그래도 실존하는지도 분명치 않은 『나무거인의 이슬』은 아니었군. 그러면 마지막은 무엇인가? 설마하니, 시시한 술은 아니겠지?"

"네, 그 작은 병은 용천주라 하—."

"용천주라고오오!!!"

내 말이 끝나기도 전에 라라기 왕이 흐트러지며 일어섰다.

그의 모습을 보고 무심코 한 걸음 뒤로 물러나 버렸다.

"이, 이것이 성룡 이상의 용밖에 만들지 못한다는, 신화에 나오는 술인가!"

오와우, 기어이 신화의 영역에 돌입했네.

"기, 기다려라. 설마 말뿐인 것은 아니겠지. 감정사를 불러라! 지금 당장!"

라라기 왕이 큰 소리로 외치는 것에 맞춘 듯, 작은 문에서 노인 한 사람이 거의 넘어질 듯 들어왔다.

아무래도 그의 가신이 미리 부른 모양이다.

"이 작은 병을 감정해라!"

"자, 잠시만 기다리소서."

감정사 노인이 차분함을 잃은 라라기 왕에게 겁을 먹으면서도, 작은 병의 내용물이 「흑룡의 용천주」라고 인정해 주었다.

"어떻게, 이만한 술을?!"

"네, 사가 제국의 용사님과 흑룡을 물리치는 임무에 간 적이 있어서 용천주가 담긴 샘을 발견할 수 있었습니다. 샘은 금세 말라버렸지만, 미리 퍼놓은 작은 병을 용사님께서 나눠주셨습니다."

그때 퍼낸 용천주는 공도 지하에 사는 오크 가 호우 일행에게 선물해서 없어졌지만, 이번 술도 같은 흑룡 헤일롱이 만든「용천주」니까 문제없겠지.

"이것은 주선(酒仙)으로 이름 높은 라라기 왕께 헌상해 마땅하다 생각하여, 이렇듯 가지고 오게 되었습니다."

사기 스킬이 조금 폭주해서 사탕발림이 지나친데…….

만약을 위해 오유고크 공작에게 받은「오유고크 공작령 퇴룡 훈장」을 보여 납득시켰다.

"설마, 진짜 퇴룡자를 만날 줄은 몰랐구나."

라라기 왕이 히어로를 보는 소년 같은 눈동자로 말했다.

실제로 흑룡을 퇴치한 것은 사가 제국의 용사 하야토라고 말했지만, 용천주로 신바람이 MAX까지 불고 있는 그는 전혀 듣지 않았다.

"허어, 귀공에게는 주작으로 부족하다. 주후의 위계를 내리마! 앞으로도 좋은 술이 있으면 헌상하도록 하라!"

라라기 왕의 선언에, 주위 대신들이 놀라는 소리가 들렸다.

"주후는 300년만이 아닌가?"

"그러나, 3종의 요정주에 더해 전설의 용천주까지 헌상했지 않은가? 주작으로는 부족하다는 왕의 말씀도 납득이 가네."

"그렇고말고! 주후가 걸맞은 게야."

"아아, 한 방울이라도 좋으니, 용천주를 맛보고 싶구나."

아무래도 이 나라는 대신들까지 애주가들인가 보군.

주후라는 건 들어본 적이 없지만, 주작보다 높은 지위인가 보다.

이 특수한 작위는 보통 귀족과 달리 기본적으로 술을 헌상하는 의무밖에 없는 대신, 국정에 참가할 자격이 없고 권리는 왕성에 자유롭게 드나드는 것과 교역할 때 면세 특권 정도밖에 없다고 한다.

"이 정도 명주의 대가는 작위를 주는 것만으로는 부족하다. 뭔가 바라는 것이 있느냐? 왕녀를 처로 맞고 싶다면 계승권이 낮은 제26왕녀라면 상관없도다."

아니, 그런 건 됐어요.

그건 그렇고 왕녀가 26명이나 있는 건 굉장하군. 부인이 대체 몇 명 있는지 신경 쓰인다.

"그러면, 고대 라라키에 왕조의 이야기를 들려주실 수 있으신지요?"

나는 왕녀 이야기는 무시하고 헌상품 때문에 샛길로 빠진 이야기를 본론으로 되돌렸다.

공기 취급이었던 사반 왕자가 내 옆에서 조용히 안도의 한숨을 흘렸다.

"좋다, 펜드래건 경. 라라키에 이야기를 듣고 싶다면 이야기해주마. 라라기 왕은 대대로 라라키에의 역사를 논하는 전승자이기도 하니까."

신이 난 라라기 왕은 내 바람을 흔쾌히 수락했다. 우리는 다른 방으로 안내되어 국왕에게 라라키에 이야기를 듣게 되었다.

동석한 것은 나와 레이, 그리고 몇 명의 호위와 악사에 더해 마도왕국 라라기의 왕태자였다.

역할을 마친 사반 왕자는 긴 여행의 피로를 구실로 알현실에서 물러갔다. 맵 정보에 따르면 라라기 왕의 딸과 만나고 있었다. 우연히도 아까 이야기가 나온 제26왕녀였다.

그런 생각을 하는 동안 라라기 왕의 준비가 끝났는지, 엄숙한 분위기로 이야기하기 시작했다.

라라기 왕이 하는 말은 신화시대어였다.

『지금으로부터 2만년하고도 8천년 전, 신들의 은총을 받은 왕이 부유도 라라키에를 받았다.』

오오, 꽤 옛날이야기였구나.

『신들에게 선택 받은 라라키에의 백성은 지상의 몽매한 자들을 이끄는 역할을 맡아, 사람들에게 「천공인」으로 숭배와 찬양을 받았노니.』

시작부터 선민사상이 잔뜩 드러나지만 그 다음에도 만만찮았다.

『라라키에에 반기를 든 어리석은 백성들은 신을 대신하여 「천벌포」를 이용해 정화하고, 선한 백성들을 그 땅으로 이끌도다.』

아니 그거, 올바른 일처럼 노래하고 있지만 적대하는 나라를 멸망시키고 식민지화한 거죠?

뭐랄까, 태클 걸만한 곳이 많다.

라라기 왕의 그윽한 어조와 반주하는 악사들의 장엄한 곡에 속아넘어갈 것 같지만, 라라키에는 신들에게 받은 힘을 배경에

둔 상당히 위험한 국가였나 보다.

그리고 분명히—.

천벌포라는 건 해룡 제도 얕은 바다에 침몰해 있던 아다만타이트 합금제 장갑조차 가볍게 찢어 버리는 강력한 거였지?

그런 걸 겨누면 도시 핵으로 보호되는 영주나 왕의 성도 위험할 것 같은데.

『—황금의 때도 과실처럼 떨어질 때가 찾아오노라.』

어허, 새로운 장으로 돌입하나?

『마신에게 이끌려, 구두의 마왕이 땅 끝자락에 나타나 신을 따르지 않는 사악한 신도를 늘리누나.』

구두의 마왕이라— 자주 듣는 이름인데.

무노 남작의 성에서 들은 이야기에 따르면, 사신(邪神)이라고도 불리는 최강의 마왕이라고 했지.

분명히 오유고크 공작령 지하에서 「황금의 저왕」도 그 이름을 말했었고, 해골왕도 원한에 차서 외쳤었다.

어쩐지, 이대로 이야기를 듣고 있으면 「구두의 마왕」이랑 싸우는 미래가 기다릴 것 같아서 싫은데.

『사악한 구두의 마왕, 경건한 신관무녀를 집요하게 노리며, 세계의 신전 모두를 불태우노라.』

역시 마왕이라 그런지 민중을 압정에서 구하는 정의의 사도는 아니었나 보군.

이 프레이즈 뒤에, 생생한 학살에 대한 모습을 논했지만 너무 그로테스크해서 죄다 흘려들었다. 이런 옛날이야기는 조금 더

소프트하게 해주면 좋겠어.

『천공인에게「사신」이라 불린「구두의 마왕」, 사악한 신도에게 「부유성」을 떨구는 사법을 내리노라. 더욱이 권속인 해왕(海王), 염왕(炎王), 공왕(空王), 육왕(陸王)을 신도에게 내려 잔학의 극치를 이루누나.』

그 화산섬에서 쓰러뜨린 게 구두의 권속이었구나.

혹시 라라키에가 가라앉은「해마 영역」에는 다른 세 권속도 잠들어 있거나 한 건가?

전부 쓰러뜨리면 구두가 등장하는 게임 같은 기믹은 아니었으면 좋겠네.

그 다음에도 라라기 왕의 이야기가 길고 길게 이어졌지만, 간단히 정리하면 구두는 신 하나가 쓰러뜨렸고, 염왕과 육왕은 신의 사도들이 봉인, 공왕은 천룡에게 쫓겨나 하늘 너머로 도망쳤다. 그리고―.

『신의 부유도 라라키에는, 마지막 여왕의 헌신으로 해왕을 바다 깊숙이 봉인했노라.』

―라고 마무리를 지었다.

다행이군. 이 흐름이라면 구두 등장은 없겠어.

그건 그렇고 천벌포를 가진 라라키에가 해왕을 봉인하기만 했다면 아다만타이트 합금을 가볍게 찢어내는 천벌포조차 해왕을 쓰러뜨리지 못했다는 건데…….

해왕을 만나면 자중하지 않고 오버 킬 대환영 고출력 공격을 때려 박아버리자.

그리고 이 마도왕국 라라기의 왕족과 시민은 라라키에에서 탈출한 사람들의 후예라고 했다.

"아버님, 근사한 이야기였습니다."

"이 이야기는 지친다. 『생명의 물』을 가져오라!"

아들의 찬사가 나쁘지는 않은지 기분 좋은 기색으로 음료수를 가져오라고 외쳤다.

그가 말하는 「생명의 물」은 럼주의 이름이었다.

럼주의 조금 달콤한 알코올 향이 방에 퍼졌다.

아무래도 그는 데워서 마시는 걸 좋아하나 보군.

"어떤가, 펜드래건 경—."

라라기 왕이 말을 중간에 멈추고 시녀에게 천을 가져오라고 했다.

그의 시선을 따라가자, 내 옆에 앉아 있던 레이가 트랜스 상태의 표정으로 눈물을 뚝뚝 흘리고 있었다.

시녀 한 사람이 건네준 천으로 레이의 눈물을 닦아줬다.

"사토 씨, 어쩐지, 너무나, 슬퍼요."

기억이 돌아온 건 아닌 것 같지만, 라라기 왕의 이야기로 감정만 피드백됐나 보군.

레이의 범상치 않은 모습 때문에, 그 날은 일단 자리를 마치고 왕의 사실에서 물러나게 되었다.

다만 물러날 때 라라기 왕이 이런 말을 했다.

"펜드래건 경, 사흘 뒤『천상제』에 반드시 오거라. 전설의 용천주와 만나게 해준 답례로 왕족밖에 가지 못하는 안쪽 사원에서『상자』를 가까이서 보게 해주마.”

“네, 부디!”

생각지 못한 서프라이즈에 조금 예의를 잃고서 대답했지만, 라라기 왕은 신경 쓰는 기색 없이 고개를 끄덕였다.

그가 말하는「상자」는 해룡 제도에서 구해낸 지트베르트 남작이 말했던「라라키에의 상자」겠지.

비밀 축제 참가에 가슴이 설레는 걸 느끼면서도, 사건의 예감도 느끼고 있었다.

◆

나는 지쳐서 잠들어버린 레이를 업고서 왕성 복도를 걸으며 지금까지 보고 들은 정보를 정리했다.

여러모로 옛날이야기를 들었지만, 내가 신경 써야 할 새로운 정보는 고대 라라키에 왕조가 신의 힘을 배경 삼아 제멋대로 굴던 위험스런 나라였다는 것과,「마지막 여왕」의 **헌신**으로 해왕을 바다 아래 봉인했다는 것 정도다.

일단 해골왕의 목적이「라라키에를 하늘로 되돌린다」라는 건 확정됐다 치고, 하늘로 되돌리는데 필요한 것이「상자」와「열쇠」, 화정주의 결정 3가지였지?

열쇠는 레이가 가진 열쇠 모양 머리 장식이고, 상자와 화정주 결정이라—.

아마도「상자」는 라라기에 있는「라라키에의 상자」가 맞겠지?

유령선장이 말했던 「관」일지도 모르지만, 단서가 없는 것까지 고려하면 추측에 방해가 될 뿐이니까 일단 그건 잊자.

다음으로 화정주 조각을 입수한 화산섬을 떠올렸다.

"그러고 보니, 해골왕은 구두랑 적대하고 있었을 텐데 어째서 구두의 권속인 염왕을 해방시킨 거지?"

이슈라리에의 군인은 이슈라리에의 용포를 빼앗기 위해 염왕을 해방시켰다고 생각했으니까, 용포 안에 화정주 결정이 쓰인 걸지도 모른다.

정기적으로 맵을 확인했지만, 이슈라리에에 해골왕이 쳐들어간 것 같은 피해는 없어 보였다.

—그렇다면 지금쯤, 나머지 3개의 키 아이템이 모두 해골왕 손에 없다는 것이 된다.

그 무인 표류선을 만든 것이 내 예상대로 해골왕이라면, 이슈라리에나 라라기 둘 중 하나를 공격하겠지.

어느 쪽인가를 따져보면, 천상제를 치르는 라라기를 먼저 칠 것 같은데.

아마 해골왕이 처음에 노리는 것은 「라라키에의 상자」일 가능성이 높았다.

그래도 일단 우리 애들한테는 해골왕이 레이의 열쇠 모양 머리 장식을 노린다는 것과 평소에 레이가 달고 다니는 것이 가짜라는 건 알려줘야겠다.

더미를 빼앗기지 않기 위해서 동료들이 다치면 후회막심이니까.

이어서 생각을 진행했다.

"가령 그 3가지 물건을 해골왕에게 빼앗기면 뭐가 문제일까?"

나는 혼잣말을 하면서 생각했다.

해골왕의 바람대로 라라키에가 하늘로 날아오른다 치고, 봉인되어 있던 「해왕」이 해방되는 것과 해골왕의 손에 아다만타이트 합금조차 찢어내는 천벌포를 가진 「부유도 라라키에」가 넘어가는 것 정도.

가볍게 세상의 위기인 것 같기도 하지만, 둘 다 내 힘으로 어떻게든 된다.

그 결론에 이른 나는 어깨의 힘을 풀었다.

"바다라면 주변 피해도 없을 테니까 전력으로 싸워도 괜찮겠지?"

나는 석양 속에서 빛나는 샛별을 올려다보면서 가만히 중얼거렸다.

◆

""""건배~!""""

왕성에서 알현을 끝내고 숙소로 돌아오자, 어째 연회가 벌어지고 있었다.

건배의 축사를 한 것은 표류에서 구조해준 아시넨 후작 차남 레일리 씨였다.

쇠약해져서 누워 있었던 것이 거짓말인 것처럼 건강하게 술을 마시고 있었다.

그의 뺨에 남은 만화처럼 선명한 손자국이 눈길을 끌었다.

아마 급사 누나한테 성희롱 비슷한 걸 하다가 따귀라도 맞았나 보군.

동료들은 연회에 참가하지 않고 숙소 제일 위층의 방에 있었다. 레이를 쉬게 해주기 위해서 연회장에 들르지 않고 그대로 계단을 올라섰다.

“다녀왔다.”

“어서 오세~.”

“인 거예요!”

문을 열자 타마와 포치가 굉장한 기세로 날아들었다.

평소랑 분위기가 다르기에 방을 둘러봤더니 묵직한 분위기가 가득했다.

아무래도 타마와 포치는 이 분위기가 싫은가 보다.

“주인님! 잠깐 좀 들어봐!”

“우웅, 귀족남 사형.”

아리사와 미아 철벽 콤비가 분개하며 달려들었다.

타마와 포치는 그 험악함에 겁을 먹고 내 뒤에 숨어 버렸다.

“일단 진정해. 타마와 포치가 겁먹잖아.”

“아……. 미안.”

“사죄.”

내가 한 마디 하자 그걸 깨달은 두 사람이 진정했다.

침착함을 되찾고서 이유를 물었더니 술에 취한 레일리 씨—아니, 레일리 자식이 나나를 끌어안고 가슴을 사정없이 주물렀

단다.

“자, 잠깐, 주인님?”

“왜애?”

성희롱 자식에게 천벌을 내리러 가려는데 아리사가 말렸다.

“얼굴이 엄청 무섭거든?”

문득 둘러보니, 타마가 귀를 착 붙이고 포치가 꼬리를 다리 사이에 숨긴 채 울상 짓고 있었다.

아이쿠. 이래서야 아리사와 미아를 탓할 수가 없네.

나는 심호흡을 하여 마음을 가라앉혔다.

“보복은 제대로 했으니까 괜찮아.”

아리사에 이어서 다른 애들도 입을 모아 말했다.

“따귀~?”

“나나가 짜~악하고 때린 거예요!”

“허리의 힘이 실린 제법 좋은 공격이었습니다.”

“왕복 따귀라도 괜찮았을 거라고 생각해요.”

아인 소녀들에 이어서 루루도 과격한 발언을 했다. 그녀도 성희롱 자식은 싫은 모양이다.

마지막으로 태연한 표정의 나나가 입을 열었다.

“저의 가슴은 마스터 것이라고 선언합니다.”

그건 참 멋진 선언이지만 오해를 일으키니까 정정해줘.

아리사와 미아 철벽 콤비의 분노는 그렇다 쳐도 루루의 슬픈 표정은 가슴이 아파…….

그러나, 보복을 이미 했다고 해도 이대로 방치하는 건 좋지 않겠어.

성희롱 자식한테 단단히 못을 박아둬야겠군.

“사작님, 이쪽입니다!”

해적 아지트에서 구해낸 청년이 내 얼굴을 보고는 외쳤다.

“이야~ 저 분이 펜드래건 경인가. 은인 나리, 내 옆에 앉지!”

손짓하는 성희롱 자식 옆으로 갔다.

“이야, 자네 덕분에 바다에 빠져 죽지 않았어! 자네에겐 아무리 감사해도 모자라지. 우리 부모님은 시가 왕국에서도 꽤 높은 사람이니까 분명히 명예준남작 정도 지위는 받을 수 있을 거야.”

취한 성희롱 자식이 신이 나서 말했다.

“눈을 떠 보니 바다 위에다 주위에는 배의 잔해가 잔뜩 있지 않겠어? 산 것 같은 기분이 안 들었지.”

말이 끊어진 틈에 항의하려고 입을 열었지만 그의 말이 더 빨랐다.

“아, 그렇지. 자네한테 사과를 해야지. 아까 아름다운 부인을 보고 가까워지려고 했는데 펜드래건 경의 부인인 것을 몰랐지 뭔가. 조심성 없이 그녀에게 다가가서 미안했네.”

먼저 사과하면 항의하기 어렵잖아.

게다가 자기 볼을 가리키면서 「따끔한 반격을 받았지 뭐야」라고 웃어 버리면 더욱 그렇다.

귀족을 상대로 상해를 한 셈이니 그가 문제 삼으면 나나의 죄가 되어 버린다.

"말이 아닌 사죄는 시가 왕국에 돌아간 다음에 해도 될까? 지금은 가진 게 없어서 말이야."

"나나와 동료들에게 손을 대지 않는다고 맹세를 해주신다면, 말이 아닌 사죄는 필요 없습니다."

그래도 일단 못은 박아둬야겠어.

"그렇군. 그렇다면 아시넨 후작가의 가명과 왕조 야마토에게 맹세하지. 레일리 아시넨은 앞으로 두 번 다시 펜드래건 경의 관계자에게 무례한 짓은 하지 않아."

성희롱 자식 레일리 씨가 진지한 표정으로 가슴에 손을 대고 선언했다.

무노 남작령의 신인 귀족 강습에서 가명과 왕조 야마토의 이름을 내걸고 맹세하면 가장 신용할 수 있다고 했으니 그의 말을 믿어도 되겠지.

반성은 하는 것 같으니까 이 일은 이걸로 끝내자.

물론 같은 일이 반복되면 어딘가 무인도에서 혼자 쓸쓸하게 여생을 보내게 해줄 테다.

"—갑판에서 안개 낀 바다를 바라보고 있었는데 갑자기 의식이 흐릿해지면서 바다에 떨어져 버렸지. 그래서 어떻게 배가 가라앉았는지는 모르겠어."

조난됐을 때 이야기를 물어보자 그가 이렇게 대답했다.

아마도 대량의 독기를 쐬고 정신을 잃어 바다에 떨어진 덕분에 화를 면한 모양이다.

그는 레벨이 12밖에 안되는 데다가 스킬은 「예의범절」, 「교섭」, 「물품감정」밖에 없다. 전투 계열은 전혀 없네.

그런 그가 표류하다가 바다 마물에게 공격받지 않았으니 운이 꽤나 좋다.

그 강운의 레일리 씨가 옆에 앉아 있던 남성의 재촉을 받아서 나한테 물었다.

"그런데, 펜드래건 경. 왕성으로 갔었다고 들었는데 혹시 주작의 지위를 얻으러 간 것인가?"

"아뇨, 주작의 지위는 얻지 못했어요. 이슈라리에 요인을 왕성에 배웅한 것뿐입니다."

내가 얻은 건 주작이 아니라 주후거든.

내 말을 들은 레일리 씨와 옆의 남성이 명백하게 낙담했다.

"그렇군……. 엘프를 데리고 있는 자네라면 환상의 요정 포도주 같은 거라도 헌상하여 주작의 지위를 얻지 않을까 기대하고 있었네만……."

"주작의 지위에 뭐가 있나요?"

어째서 그렇게 주작의 지위에 신경 쓰는지를 몰라서 물어봤다.

"무슨 말을 하는 건가? 주작의 지위가 있으면 그 지긋지긋한 관세를 5분의 1 정도까지 줄일 수 있지 않나! 그렇게만 되면, 시가 왕국의 비단을 이슈라리에로 가져가서 그 땅의 『하늘의 눈물방울』을 시가 왕국에서 좋을 대로 팔아 치울 수 있어."

그러고 보니 이슈라리에 왕국에서도 비단의 관세가 높다고 했었지.

"펜드래건 경에게 배를 빌려서 갈 곳 없는 사람들을 이끌고 교역이라도 해볼까 했는데, 주작의 지위가 없다면 그것도 어려울 것 같군."

"배 말인가요?"

"그래. 『흐린 하늘』이란 대형 범선이 있지 않나? 가바트 상회 녀석들이 트집을 잡으러 왔지만 내가 따끔하게 말해서 쫓아냈지."

아아, 해적 운반에 사용한 표류선 말이구나.

소유권은 나한테 있는 모양이지만 본래 주인인 가바트 상회가 성의를 가지고 교섭하러 오면 돌려줄 셈이었던 배다.

레일리 씨 말에 따르면 불량배들을 이끌고 협박해서 뺏으러 왔다고 한다.

"이야~ 그 아이들은 강하더군. 해적을 쓰러뜨렸을 때의 솜씨도 굉장하다고 했지 않나?"

가바트 상회장을 말로 구슬린 건 레일리 씨지만 불량배들은 내 동료들이 격퇴했다고 한다.

불량배나 가바트 상회 사람은 숙소 직원이 불러준 위병에게 연행됐다고 한다.

"내가 가진 주사의 작위로는 교역이 가능해질 뿐이지 관세는 거의 변함이 없어. 비장의 『왕벚』과 『백령산』을 바쳤는데도 주사라니 너무하다고 생각지 않나?"

레일리 씨가 한탄하자 옆에 앉은 남자가 위로했다.

"어쩔 수 없습니다. 라라기 왕은 매콤한 시가주는 별로 좋아하지 않으니까요."

라라기 왕이 말했던 술 이름은 레일리 씨가 전에 가져왔던 거구나.

"목숨을 구해준 사작님에게 뻔뻔스런 부탁일지도 모르지만, 부디 새로운 상회에 출자를 해주실 수 없겠습니까?"

옆에 있던 남성도 부탁해왔다.

해적들에게서 구출한 갈 곳 없는 사람들을 방치해서 새로운 해적이나 범죄자가 되면 꿈자리가 사납지. 게다가 스토리지 안에 쓸 길이 없는 돈이 넘친다.

이쯤에서 한 번 출자를 해보는 것도 좋을지 모르겠다.

"그러면, 사업계획서를 준비해주실 수 있나요?"

"—사업계획서 말입니까?"

"네, 어떤 항로로 어떤 상품을 얼마나 다룰 건지 경비를 대략적으로 계산하고 이익을 예상하는 겁니다."

물론 불량 채권이 되면 재미가 없으니 성공할 견적은 세워두고 싶었다.

무작정 GO 사인을 보내는 건 최대의 실패 복선이니까.

"아, 알겠습니다. 『흐린 하늘』을 잘 아는 사람에게 적재량과 속력을 확인하고 사업계획을 쓰죠."

처음에는 당황하던 남성도 중간부터 의욕이 가득 찬 시선으로 나를 마주보았다.

"네, 기대하고 있을게요."

그런 부분에는 흥미가 없어 보이는 레일리 씨는 「맡기지」라면서 남성의 어깨를 두드렸다. 다 떠넘길 생각이 가득하군.

그가 세우는 사업계획에 따라서 출자금에 더해 교역선을 추가해도 괜찮고, 그들 중 누군가가 주작의 지위를 얻을 수 있도록 요정 포도주를 한 병 정도 제공해도 괜찮겠다.

◆

"후우, 보람차게 땀 흘렸네."

"수고했어, 아리사."

땀으로 빛나는 아리사의 이마를 손수건으로 닦아줬다.

교역소에서 유리 세공 매각을 하는데 아리사가 대활약을 했다.

"아리사 덕분에 좋은 가격에 팔았어."

"에헤헤~ 가끔은 아리사의 실력을 보여줘야지."

내 칭찬에 콧대를 드높이 세운 아리사의 손을 잡고 아이들 기다리는 곳에 돌아갔다.

오래 걸릴 것 같기에, 마도왕국 라라기의 더위를 피해 가까운 나무 그늘에서 쉬고 있도록 했다.

"굉장한 인파네."

"네, 얼음을 찾아온 것 같아요."

피서용으로 둔 얼음 기둥에 사람들이 몰려들었나 보다.

개중에는 같은 의상을 입은 소년소녀가 많았다. AR표시를 보니 라라기 마법학교의 학생이었다.

그러고 보니 「마도왕국」이었지.

머무르는 동안 아리사와 미아를 데리고 마법학교나 공립 도서관 같은 곳에 방문해 볼까.

"빙수 노점을 열면 엄청 번성할 것 같아."
"그러게."
아리사의 말을 수긍하고 모두 준비가 끝난 것을 확인했다.
"그럼 갈까?"
내가 말하며 동료들을 불렀다.
"잠깐, 기다리시오! 얼음은 이대로 둬도 되나?"
"네, 그대로 여러분이 더위를 식히는데 써주세요."
얼음 기둥을 둘러싸고 있던 사람 중 한 명의 질문에 대답하자, 나무 그늘을 만드는 이파리가 떨어질 법한 대환성이 사람들 사이에서 넘쳤다— 더우니까.

"달아맛나."
"누가~는 달고 강한 거예요."
"응, 맛있어."
"굉장히, 달콤해요."
아이들은 설탕 정제의 부산물인 당밀 과자를 먹고서 달콤함에 놀라고 있었다.
나도 이렇게까지 달달한 과자는 오랜만이다.
"손가락으로 찍어먹는 게 아니라, 이 과자에 적셔서 먹는 것 같아요."
루루 말처럼 본래는 너츠가 들어간 과자를 당밀 시럽에 찍어서 먹는 것 같았다.
"맛있습니다."

"마스터, 단 맛 측정기에 이상이 생겼습니다. 조정을 희망합니다."

리자는 보통 반응이었지만 나나는 입가를 떨면서 나한테 급히 다가왔다.

그 정도로 단 맛이 충격적이었나 보군.

우리가 견학한 설탕 공장에서는 일반적인 흑설탕이나 당밀뿐 아니라 각설탕이나 새하얗게 가공한 백설탕까지 상품 라인업에 들어가 있었다.

전자는 교역에 널리 쓰이는 것 같지만, 후자는 비싼데다가 생산량이 적어서 대부분 국내 귀족들이 소비해버리고 있었다.

"펜드래건 주후님의 의뢰라면 각설탕과 백설탕도 준비할 수 있습니다만 어떠신지요?"

"그건 기쁜 일이네요. 그러면 항구에 창고를 빌렸으니 거기로 실어다 주세요."

어째선지 내가 주후 지위를 받은 사실을 아는 설탕 공장 오너가 그렇게 제안하기에 순순히 받아들였다. 물론 마도왕국 라라기에서 저렴한 흑설탕이나 당밀은 커다란 통 단위로 잔뜩 사들였다.

"그, 그래서 말입니다, 주후님. 사실은―."

오너의 부탁은 참 의외였다.

"『전설의 술을 마시고 싶다』가 아니라, 『어떤 맛인지 알려달라』는 건가요?"

요정 포도주 관련 이야기라는 건 상상하고 있었지만, 부탁이

예상을 삐딱하게 빗나가고 있었다.

"네, 주후님이라면 마셔본 적이 있을 거라 생각합니다."

"백문이불여일견이라고 하니, 제가 가진 걸 한 모금 드리죠."

조심스런 그의 모습이 좀 안쓰러워서, 마법약용 작은 병에 담은 요정 포도주를 그에게 내밀었다.

"이것은 설마!"

"다른 분께는 비밀입니다?"

잠시 작은 병 입구에서 새어 나오는 향을 맡으며 황홀한 눈빛이 된 오너가, 손을 떨면서 작은 병에 입이 닿지 않도록 병을 기울여 요정 포도주를 입 안에 흘려 넣었다.

황홀경에 빠진 오너의 행복해 보이는 표정을 보니 정말로 술을 좋아하는구나.

작은 병을 모두 마시지 않고, 약속대로 한 입으로 끝낸 오너가 작은 병의 마개를 닫고서 나에게 돌려주었다.

"근사한 와인이었습니다. 제 빈약한 어휘로는 이 풍성한 와인의 편린조차 표현할 수 없군요."

오너가 감동에 몸을 떨면서 감상을 말했다.

나는 그가 내민 병을 손바닥으로 밀어냈다.

"그건 당신에게 주죠."

"괘, 괜찮겠습니까?"

"네, 이것을 준 브라우니들도 술을 사랑하는 사람이 마셔준다면 기뻐할 테니까요."

내가 말하자 오너가 눈물을 흘리며 기뻐했다.

앞으로 두 모금밖에 안 남은 와인에 그렇게까지 기뻐하면 내가 더 송구하다.

시간이 지나도록 감사를 하는 그에게 손을 흔들면서 설탕 공장을 등졌다.

다음날, 항구의 창고에 약속했던 설탕에 더해 럼주 통과 비프저키 통이 대량으로 실려 왔다.

설탕 공장 오너가 경영하는 술 곳간이나 목장에서 만든 것들을 덤으로 끼워준 모양이다.

당분을 짜낸 사탕수수 찌꺼기를 먹여 키운 라라기 소는 대단히 맛있다고 한다.

숙소에도 라라기 소의 고기가 와 있기에 그 날은 스테이크 & 햄버그 축제가 되었다.

설탕을 뿌려서 밑간을 하는 라라기풍 스테이크에 놀랐지만, 달콤한 소스와 함께 먹는 스테이크가 대단히 부드럽고 무심코 또 한 접시 부탁할 정도로 맛있었다.

의리가 깊은 오너에게 감사의 편지와 함께 『레프라콘의 혈조』와 『스프리건의 비보』가 든 작은 병을 보낼 생각이었다.

◆

"이것이 『상자』인가요?"

"그래. 그쪽 소녀도 조금 더 가까이 와서 보라."

설탕 공장을 견학하고 이틀이 지나, 우리는 라라기 왕성 안에 있는 예배당 같은 「안쪽 사원」에서 「상자」라 불리는 「라라키에의 상자」를 보고 있었다.

내 AR표시에는 「라라키에 상급 직원용 정비 단말」이라고 나왔다.

비보 같은 거라고 생각했는데 좀 달랐군.

해골왕의 목적은 이 「상자」가 아니라 다른 무언가 일지도 모른다.

"하얀, 상자예요."

아무래도 레이의 기억은 자극 받지 않았는지, 평소처럼 트랜스 상태에는 빠지지 않았다.

레이의 별 감흥 없는 모습에 라라기 왕이 재미없다는 표정을 지었다.

"펜드래건 경, 마력을 주입해보라."

"괜찮은가요?"

"상관없다. 표면이 빛날 뿐이야."

라라기 왕의 말에 따라 1MP도 안 되는 미량의 마력을 주입했다.

『본 제품은 상급 직원만 사용이 가능합니다. 상급 직원이라면 인식 번호를 알려주세요.』

상자에서 들리는 음성에 무심코 깜짝 놀라 버렸지만, 나만 놀란 것이 아니었다.

"뭐, 뭐냐 지금 목소리는? 『상급 직원』이란 것은 뭐지?!"

"모, 모르겠습니다."

국왕과 왕태자가 당황하자 다른 왕족들 사이에서도 술렁거림이 일어났다.

『라 - 1090609 - 레이—.』

상자에서 나온 목소리를 듣고 트랜스 상태에 빠진 레이가 인식번호를 말하려고 했지만, 중간에 막는데 성공했다.

이「상자」는 보통 정비 도구일 거라고 생각하지만, 왕족이 기동하지 못하는 걸 작동시키면 레이가 구속되지 않으리란 법이 없으니까.

나는 말을 반복하는 상자에서 재빨리 마력을 뽑아내 침묵시켰다.

"후우, 위험했군. 라라기 왕, 이『상자』에는 왕족이 아닌 자를 거부하는 기구가 있는 것 같습니다. 시큐리티가 작동하여 위험한 비보를 잃을 뻔했어요."

"『시큐리티』라는 건 뭐지?"

"도난 방지를 위한 자기파괴 기구를 말합니다."

의문을 품는 라라기 왕에게「사기」스킬로 꾸며낸 이야기를 들려줬다.

스킬 레벨 최대의 힘은 어마어마해서 그는 거짓말을 믿어 주었다.

그런 작은 트러블이 있었지만, 오래 이어지는 의식이었던지라 안쪽 사원의 의식도 막힘없이 끝났다. 그리고「상자」는 가마에 실려 라라기 왕도의 메인 스트리트를 퍼레이드하게 되었다.

만약을 위해서「상자」에도 마커를 달아두자.

수많은 호위가 붙어 있지만, 해골왕이나 유네이아가 나타날 가능성이 높으니까.

—그런 마음의 소리가 들린 것도 아닐 텐데, 사건이 일어났다.

"폐하! 곶의 감시탑에서 보고입니다!"

발코니에서 민중에게 손을 흔들던 라라기 왕 곁으로 전령을 맡은 병사가 달려왔다.

"말하라."

"동쪽 방향 바다에 거대한 바다 마물이 나타났습니다."

"종류는?"

왕의 물음에 전령이 머뭇거렸다.

"왜 그러느냐?"

"해, 『해왕의 자식』이라고 추정되는 문어형 해마이옵니다."

맵을 확인하자, 문어형 해마 옆에는 유네이아가 탄 소형 유령선도 동행하고 있었다. 문어형 해마는 유네이아와 마찬가지로 빙의 상태였다.

아마도 유네이아의 사령조 치비와 비슷한 마물로 조종하고 있는 거겠지.

"성의 마포를 준비하라. 축제는 중지하고 백성은 지하 피난호로."

""""알겠습니다.""""

왕의 명령에 가신들이 행동을 시작했다.

"크, 큰일입니다!"

"진정하라! 무슨 일이냐!"

"서쪽 하늘에 유령선단이 나타났습니다."

전령의 보고를 듣고 맵을 확인하자, 서쪽 방향에 30척 가까운 유령선이 나타나 있었다.

그러나 해골왕은 거기 없었다.

"둘 다, 양동이군요."

"당연하지. 이런 뻔한 수를 쓰는 것이 그 골 빈 작자가 늘 쓰는 책략이다. 남북 중 한 쪽에서 놈이 온다."

라라기 왕의 자신감 있는 말처럼 해골왕은 북쪽 바닷속으로 접근하고 있으며, 양동을 위한 언데드 괴어 집단이 남쪽에서 오고 있었다.

어느 쪽 하나라면 이 나라 군대로도 이길 수 있겠지만, 라라기 왕이 가진 도시 핵 단말 옆에 AR표시로 나타난 마력량을 보니, 모두 격퇴할 정도의 마력을 마포와 천호광개에 공급하기는 어려워 보였다.

나도 용사 나나시가 되어 퇴치에 협력해야겠군.

하지만, 그 전에 몇 가지 확인해야 한다—.

"골 빈 작자가 늘 쓰는 책략이라 말씀하심은, 라라기 왕께선 습격자를 짐작하고 계시는 겁니까?"

내 질문에 라라기 왕이 수긍했다.

"『라라키에 마지막 여왕』의 반려를 사칭하는 지저분한 불사의 마물이 노리는 것은, 이 왕성 안쪽에 있는 부유도 시대의 『주기관』 유적이라고 전해지고 있다."

—어라?

해골왕이 노리는 건 「상자」가 아닌가?

"직접 말을 나누신 건가요?"

"흥, 그런 만용을 가진 것은 선선대 국왕 하나뿐이었다."

신화시대어를 할 줄 안다면 해골왕과 교섭하는 것도 가능할 것 같다고 생각했는데 그럴 수도 없었나 보군.

아마도 무슨 재앙의 일종이라고 생각하는 거겠지.

"외람되오나 『상자』를 왕성에 되돌리는 편이 좋지 않겠습니까?"

"펜드래건 경은 걱정이 많군."

내가 말하자 국왕이 험악한 얼굴에 미소를 지었다.

"걱정 말라. 이미 『상자』를 되돌리라고 지시를 내렸다. 그리고 불사의 마물 따위는 결코 신이 내린 천호광개의 성스러운 수호를 돌파할 수 없다. 무리하게 돌파하려고 하면 정화되어 재가 되는 것이 고작이지."

뭐야, 그렇다면 해골왕에게 「상자」를 빼앗길 걱정은 없겠네.

나는 안도의 한숨을 쉬고서 바빠 보이는 라라기 왕을 더 이상 방해하지 않도록 이쯤에서 물러나기로 했다.

"라라기 왕, 시국이 이러하니 어전에서 물러나도록 하겠습니다."

"그래. 귀공도 어서 지하 피난호로 이동하라."

라라기 왕이 이쪽을 보지도 않고 허가했다.

그의 눈은 만의 결계를 돌파한 「해왕의 자식」을 향하고 있었다.

"가자, 레이."
"네, 네, 사토 씨."
나는 레이의 손을 이끌어 동료들이 기다리는 광장으로 향했다.

"바, 바다에서 해왕이 온다!"
"괜찮아! 임금님이 어떻게든 해주실 거다!"
"폐하께서 명을 내리셨다! 마물 격퇴가 끝날 때까지 지하로 피난해라!"
항구의 얕은 바다에 나타난 문어형 해마를 보고 사람들이 겁을 먹었지만, 국왕에 대한 신뢰와 신속한 피난 지시 덕분에 패닉은 일어나지 않았다.
왕성의 천호광개가 반짝반짝 빛나면서 왕성과 성 아랫마을을 옮게 빛나는 돔이 감쌌다.
문어형 해마가 던지는 바위가 빛나는 돔에 명중하자 표면에 빛나는 파문이 생기더니 종이 울리는 듯한 소리가 울렸다.
이 종 같은 소리에는 사람들의 마음을 안정시키는 추가 효과가 있나 보다.
사람들이 사라진 거리를 달려 동료들이 기다리는 장소에 도착했다.
"리자! 모두 모여 있니?"
"네, 주인님. 전투 준비도 끝났습니다."
리자가 기합이 가득한 목소리로 대답했지만 이번에는 적이 너무 강하다.

"미안하지만 모두 지하로 피난이야."

내가 그렇게 말하면서 동료들에게 호신용 마법 도구를 이것저것 건넸다.

『여왕의 반지— 라라키에 여왕이 가지는 호신용 마도구.』

황옥 반지를 손바닥 위에 올린 레이가 트랜스 상태에서 중얼거렸다.

여러모로 사연이 있는 물건이었구나.

시간이 얼마 없으니 레이나 반지에 대해서는 동료들에게 맡기자.

"아리사, 이 각인판을 맡길게. 무슨 일 있으면『원거리 통화』로 나를 불러."

"오케이!"

아리사의「원거리 통화」는 도달 거리가 짧기 때문에 만에 하나의 경우에 딱 한 번만 그녀의 유니크 스킬인「전력전개」를 써도 된다는 허가를 내렸다.

나서기 전에 어젯밤에 이어서 다시 한 번, 레이의 머리 장식을 노리는 해골왕과 유네이아가 나타날지도 모른다고 아리사와 리자에게 일러두었다.

해골왕이나 유네이아는 천호광개의 돔 바깥에 있으니까 그리 간단히 들어올 수는 없겠지만 말이야.

자, 그럼. 용사의 시간이 왔다—.

◆

적은 동서남북의 4군데.

동쪽은 문어형 해마. 레벨 51이고 물 마법에 물 내성, 그리고 재생 스킬을 가졌다. 그리고 유네이아가 탄 소형 유령선.

서쪽의 유령선단은 28척. 레벨은 30부터 45까지. 각 60개체쯤 되는 해골 병사를 탑재.

남쪽은 100이 넘는 언데드 괴어 무리. 레벨은 30 정도다.

그리고 북쪽의 해골왕.

"위험도는 서쪽 유령선단이 제일 위험할 것 같지만, 내가 갈 곳은 한 곳뿐이네."

나는 뒷골목에서 용사 나나시로 변신하여 북쪽 바닷속을 나아가는 해골왕에게 향했다.

역시 원흉을 처음에 쳐야지.

"장소가 좀 안 좋네—."

스쿠버 다이빙을 하고 싶어지는 파란 바다와 아름다운 산호초 사이를 해골왕의 유령선이 나아가는 게 보였다.

여기서 마법으로 공격하면 오버 킬의 잉여 위력이 저 예쁜 산호초까지 파괴해 버린다.

나는 스토리지에서 성검 클라우 솔라스를 꺼내 마력을 주입해 13장의 칼날로 변형시켰다.

"설마— 산호가 마물이 된 건가?"

유령선이 지나간 바다의 산호가 쑥쑥 거대해지더니, 바다 위에 수상스런 촉수를 꿈틀거렸다.

산호 마물이라기보다 말미잘 같았다.

"《춤춰라》, 클라우 솔라스."

내가 성구를 외자 성검 클라우 솔라스가 파란 빛을 끌면서 먹잇감을 노리는 바닷새 같은 움직임으로 바닷속 유령선을 공격했다.

성검 클라우 솔라스의 성스런 힘에 유령선은 저항도 못하고 검은 얼룩이 되어 사라졌다.

결과를 확인하려고 로그와 맵을 확인했다.

"—도망치는 건 빠르네."

해골왕이 유계로 도망쳤다.

그 타이밍에 놓칠 줄은 몰랐네.

산호 파괴를 주저하는 틈에 도망치기 시작했을지도 모르겠다.

약간 실수를 했지만 지난번과 마찬가지로 꽤 대미지를 줬으니까 당분간 복귀할 수 없겠지.

나는 마물이 되어 버린 촉수 산호를「추적 작살」마법으로 쓰러뜨리고 다음 전장으로 갔다.

이번 타깃은 유네이아가 이끄는 동쪽의 문어형 해마였다.

"치비가 조종하는 애한테 마포 같은 건 안 통해!"

보트 같은 1인용 유령선 위에서 유네이아가 재는 표정으로 외쳤다.

그녀와 문어형 해마 앞에 거대하고 두꺼운 바닷물의 벽이 생기더니, 왕성과 포탑의 마포에서 쏘는 심홍색 포탄을 받아내고 있었다.

불꽃이나 폭염이 바다 위에 피어나고, 날아가 버린 바닷물 벽이 흩어지며 무지개를 만들었다.

바닷물 벽은 마포 2발을 받아내고 붕괴해 버렸지만, 문어형 해마가 끊임없이 새로운 벽을 만들어 대처하고 있었다.

"공격이 멎었어! 치비, 반격이야!"

—SHWNESHWNEEE.

—TWAWWWAAAAAAKYWOOOOO.

유네이아가 명하자, 구관조 같은 소리와 소라 피리를 분 것 같은 중저음 포효가 겹쳐서 들렸다.

대질량의 바닷물 창이 문어형 해마의 촉수 끝에 나타났다.

전열포함도 일격에 침몰시킬 사이즈였다.

"천호광개로, 이 공격을 몇 발이나 버틸 수 있을까?"

쿠후후 웃는 유네이아한테는 미안하지만, 단 한 발도 닿지 않는다.

나는 집속 레이저로 문어형 해마를 방어 마법까지 한꺼번에 맥없이 양단하고, 대질량 창을 마법 파괴로 지워버렸다.

집속 레이저로 급가열된 바닷물이 수증기 폭발을 일으켜 대량의 바닷물과 폭풍을 하늘로 뿜어 올렸다.

그건 그렇고 명백하게 오버 킬이다. 이거라면 보통 「광선」 몇 개면 됐겠어.

유네이아가 탄 소형 유령선은 나뭇잎처럼 폭풍에 희롱 당했지만, 내가 구하기도 전에 유계로 사라져 버렸다. 부녀가 닮은 건지 도망이 빠르다.

바다 위에 작은 해일이 일었기 때문에 바닷물의 폭우 속을 날아올라 그물처럼 뻗은「이력의 손」으로 해일을 구성하는 바닷물을 스토리지로 회수했다.

이 정도면 꽤 큰 사이즈의 해일이라도 괜찮겠군.

나는 뒤처리를 마치고 다음 전장으로 갔다.

"혹시 표류선의 선원들인가?"

유령선단의 선두를 나아가는 유령선은「흐린 하늘」과 꼭 닮았다.

그리고 유령선의 승무원들 구성이 무인 표류선에 타고 있어야 하는 사람들과 일치했다.

나는 성검 클라우 솔라스에 마력을 듬뿍 주입하여 또 다시 13장의 칼날로 바꾸었다.

—PWUOOOOONWEEEEE.

해골 수부들의 원한에 찬 소리가 맑은 하늘에 울렸다. 그 목소리에는 깊은 슬픔과 망향의 상념이 담겨 있는 것 같았다.

나는 그들에게 묵도를 바치고 성구를 외었다.

"《춤춰라》, 클라우 솔라스."

파란 빛의 흔적을 끌면서, 성검 클라우 솔라스가 유령선과 해골 수부들을 정화했다.

때때로 유령선에서 마포의 포탄이 날아왔지만, 모두 자유 방패로 받아내고 재빨리「마력 강탈」을 사용해 소비된 마력의 회복에 이용했다.

쉬르릉. 시원스런 소리와 함께 돌아온 성검 클라우 솔라스를 내 곁에 띄워 놓았다.

나는 그대로 성검 클라우 솔라스를 데리고 남쪽 언데드 괴어 집단을 섬멸했다.

시체 회수를 시작하려는데, 아리사가 「원거리 통화」를 사용했다.

『주인님! 돌아와.』

『알았어!』

나는 자세히 물어볼 틈조차 아껴가며 메뉴를 조작해서, 동료들 곁으로 귀환전이했다.

◆

『—언니, 어째서 나를 거부하는 거야?』

전이로 돌아오자, 유계로 도망쳤던 유네이아가 커다란 방 저편에서 레이를 지키는 동료들과 대치하고 있었다.

아무래도 이쪽이 진짜 노림수였나 보군.

『응? 어째서?』

유네이아의 발치에 레이의 더미 머리 장식이 떨어져 있고, 그녀는 자신의 손을 바라보며 어두운 목소리로 레이에게 묻고 있었다.

아마도 레이한테서 빼앗은 더미 머리 장식의 정화 기능이 작동한 거겠지.

나는 이어져 있는 「원거리 통화」로 아리사에게 도착한 것을 알리고, 언제든지 개입할 수 있는 위치로 이동하여 레이와 유네이아의 대화에 귀를 기울였다.

『무, 무서워—.』

『어째서…… 응? 어째서, 언니가 나를 무서워하는데! 단 둘뿐인 자매인데.』

레이가 거부하자, 유네이아가 흥분해서 외쳤다.

유네이아의 감정에 반응해서 독기의 소용돌이가 휘몰아치고, 레이를 더욱 겁먹게 만들었다.

『기, 기억이 안나.』

『무슨, 뜻이야?』

"유생체는 기억상실이라고 고합니다."

유네이아의 물음에 나나가 대답했다.

『그, 그럴 수가…….』

유네이아의 얼굴에 당혹과 슬픔, 그리고 분노와 슬픔의 감정이 바쁘게 나타났다가 사라졌다.

감정에 희롱 당하는 유네이아가 자기 가슴을 움켜쥐면서 고개를 숙였다.

자기 팔을 쥔 손가락이 그녀의 마음속을 나타내듯 떨렸다.

『……언니는 치사해, 치사해, 치사해!』

세차게 고개를 든 유네이아가 울부짖으며 레이에게 불만을 토했다.

『치사해?』

레이는 갑작스런 말에 어떻게 반응하면 좋을지 모르는 기색이었다.

『내가 언니 대신 속박의 사슬 저주에 시달리는 동안 모든 것을 잊고서 편안하게 지냈다니!』

속박의 사슬 저주, 라는 건 유네이아를 묶고 있는 독기의 족쇄와 사슬을 말하는 거겠지.

정상으로 돌아왔던 유네이아의 오른쪽 눈동자가 또 다시 왼쪽 눈과 마찬가지 필름 반전 눈으로 돌아가고 있었다.

"진정해! 우리들의 치트 주인님이라면 그런 저주도 반드시 풀어줄 테니까!"

아리사가 유네이아를 설득했다.

신뢰해주는 건 기쁘지만「치트」는 사족이야.

다른 사람은 없는 것 같으니 용사 나나시의 변장을 풀고 그녀들 앞에 모습을 드러냈다.

『흐, 흑발 악마!』

내 얼굴을 본 유네이아가 괴물을 본 것 같은 표정으로 절규했다.

이건 조금 상처를 받을 것 같잖아.

『이, 이리 오지 마! 언니, 또 올게.』

유네이아의 독기를 풀기 위해 붙잡으려고 축지를 발동한 직후에 그녀의 발치에서 기분 나쁜 좀비가 솟아올랐다.

—으엑?!

기분 나빠서 무심코 발걸음을 멈춘 타이밍에 사방팔방의 그림자에서 사령조가 공격해왔다.

기분 나쁜 좀비라면 모를까 사령조를 해치우는 건 망설임이 없었다.

아무래도 모든 사령조가 분체였는지, 주먹으로 때리자 그림자 깃털을 뿌리며 간단히 사라져 버렸다.

그림자 깃털이 흩어지는 방에서 유네이아의 모습이 사라졌다.

『언니! 다음에는, 나를 떠올려줘! 꼭이야!』

어디선가 에코가 걸린 것 같은 유네이아의 목소리가 들렸다.

지난번 일로 학습했는지 목소리가 들리는 장소에 유계로 가는 웜홀은 없었다.

아마, 몇 개의 그림자를 중개해서 목소리를 보내는 거겠지.

그리고 좀비 처리는 우리 애들이 순식간에 끝냈다.

"레이, 다친 데는 없니?"

"네, 없어요."

"유생체, 머리 장식을 회수했다고 고합니다."

나나가 더미 머리 장식을 레이의 머리에 꽂아주었다.

"사토!"

"주인님, 큰일이야!"

미아와 아리사의 목소리에 돌아보자, 땅바닥에 떨어진 레이의 요정 가방풍 포셰트가 열린 채 내용물이 흘러나와 있었다.

"안에 레이의 머리 장식이 없어!"

맵의 마커 일람을 보니 레이의 머리장식이 유계로 이동해 있었다.

레이의 가방은 다른 애들과는 달리 사용자 제한이 없으니 유네이아나 사령조에게 빼앗긴 거겠군.

안 좋은데…….

마커 일람 속에 있는 「라라키에의 상자」도 유계로 이동해 있었다.

아무래도 전술로는 승리했지만 전략으로는 뒤처진 모양이군.

좀 분하지만, 우리가 최우선하는 건 「해골왕한테서 레이를 지킨다」였으니까 좋다 치자.

◆

"펜드래건 경이군……."

나는 왕성을 방문하여 라라기 왕을 면회했다.

어쩐지 얼마 안 되는 시간 동안 꽤 늙은 인상을 받았다.

"해골왕에게 『상자』를 도둑 맞았다. ―세상은 끝이다."

―거창하시네.

"이슈라리에 왕의 서한에 염왕의 봉인이 풀렸다는 소식이 있었다. 게다가 그것을 한 것이 해골왕이라 한다."

절망을 체현하는 듯 낮게 울리는 목소리로 라라기 왕이 말을 이었다.

"구두와 그 권속을 두려워한 해골왕이 봉인을 푸는 어리석은 짓을 하면서까지, 봉인의 요체인 염휘검(炎輝劍)을 가져갔다면,

라라키에를 하늘로 되돌리는 방법을 알아냈음이 틀림없다."

라라기 왕은 확신을 가지고 말했다.

분명히 유네이아도 처음 만났을 때—.

『이제 홍련 지팡이 대신 화정주의 커다란 결정이랑 「상자」, 그리고 언니의 열쇠만 모이면 라라키에를 하늘로 되돌릴 수 있어!』

—라고 했지.

내가 가진 홍련 지팡이의 보옥을 대신하는 것이 염왕의 봉인에 사용됐던 염휘검이겠군.

불꽃의 마물을 봉인하는 아이템이 불 계통 염휘검이란 것에 위화감이 느껴졌지만, 그가 이 자리에서 거짓말을 할 의미도 없었다.

"환상의 『봉인탑 섬』에 속성석을 바치고 라라키에가 하늘로 날아오르면, 구두의 권속 중에서도 최강의 해왕이 되살아난다."

어이쿠 새로운 단어다.

"바다와 육지에 구두의 권속이 발호하고, 하늘에는 천벌포를 갖춘 『부유도』 라라키에를 가진 해골왕이다."

거기까지 말하더니, 라라기 왕이 당장이라도 죽을 것 같은 표정으로 고개를 들었다.

"—이제 지상에 안식의 땅은 없다."

"그렇지 않습니다."

라라기 왕을 방치하면 이대로 마음고생에 죽을 것 같기에 한마디 하고 말았다.

"괜한 위로는 말거라. 이 정도 재앙을 대체 어떤 자가 물리칠 수 있단 말인가?"

신이라면 할 수 있겠지만, 이쪽 신들은 재앙을 신탁 스킬로 가르쳐주기만 하고 실제로 문제 해결은 사람들한테 떠넘긴단 말이지.

"악당 퇴치라면 용사님이죠."

"용사? 사가 제국의 용사 말인가?"

라라기 왕의 눈동자에 미약한 희망의 빛이 돌아왔다.

용사란 단어에는 상당한 네임밸류가 있는 모양이군.

"아까 이 나라를 구한 용사님을 못 보셨습니까?"

"그 하늘을 나는 수수께끼의 인물 말인가?"

아차차, 좀 더 모습을 어필할 걸 그랬네.

"네, 그 분은 시가 왕국에 나타난 대괴어 토부케제라 무리를 순식간에 쓰러뜨린 용사님입니다."

"그, 그 대괴어 토부케제라를?!"

놀라는 라라기 왕에게 수긍하고 이야기를 계속했다.

"제가 시가 왕국을 떠나기 조금 전에 해골왕이 시가 왕국의 항구도시를 공격하는 사건이 있었습니다. 그래서 이곳에 건너와 해골왕의 습격을 기다리고 계셨던 거겠죠."

오늘도 사기 스킬 상태가 최고다.

"그 분이라면, 분명 해골왕의 음모를 쳐부숴주실 겁니다."

내가 생긋 웃으며 말하자 라라기 왕의 눈동자에 있던 어두운 그림자가 완전히 씻겨 나갔다.

"그렇다면, 이런 곳에서 가라앉아 있을 때가 아니군. 백성의 불안을 씻어내야 한다."

라라기 왕이 그렇게 활기를 쥐어 짜내더니 해골왕 습격으로 혼란에 빠진 성 아랫마을의 진정에 나서 주었다. 이제 뒷일은 맡겨도 되겠지.

나는 라라기 왕에게 「봉인탑 섬」의 정보를 얻고서 왕성을 나섰다.

레일리 씨의 출자 이야기는 다음에 이어서 듣는다고 말한 뒤, 당면한 활동 자금만 건넸다.

사업계획도 아직인 것 같으니까 라라키에 건이 정리된 다음에 반드시 이 나라에 들르자.

"마스터, 출항 준비 만전이라고 고합니다."

배의 갑판에서 말하는 나나에게 고개를 끄덕여주고, 선수상형 골렘 「허수아비」에게 출항을 지시했다.

해골왕이 향했을 가능성이 높은 「봉인탑 섬」은 「해마 영역」어딘가에 있다고 한다.

우리는 라라키에 부활을 노리는 해골왕의 계획을 막기 위해서 「봉인탐 섬」을 목표로 마도왕국 라라기를 떠났다.

라라키에 항로

"사토입니다. 미지의 대해원을 항해하는 건 해양모험의 필두라고 생각합니다. 설령 그것에 공략본 같은 맵이 있다고 해도—."

"주인님! 전방에 물고기 떼입니다!"

마스트 위의 파수대에서 리자의 목소리가 들렸다.

"드디어 왔구나."

"그래, 반드시 한 방에 해치워주겠어."

사나운 미소를 짓는 아리사에게, 같은 표정으로 대답했다.

내 손에 있는 **오리하르콘**제 황금 칼날도 나설 차례를 고대하고 있는 것 같았다.

"그럼, 다녀올게."

"힘내~?"

"힘내라인 거예요!"

나는 동료들의 배웅을 받으며 갑판을 뛰쳐나갔다.

물고기떼 너머, 놈은 해면을 가르며 모습을 드러냈다.

—와랏!

바닷물을 뿌리면서, 내 예상보다 훨씬 커다란 모습으로 하늘을 날았다.

"하아아아아아아아아아!"

섬구로 한 순간에 놈의 눈앞까지 이동하여, 상단으로 들어 올린 황금의 칼날로 열렬한 기합을 담아 놈의 머리를 베어냈다.

분자조차 베어내지 않을까 싶은 예리한 일격이 놈의 몸을 양단하고, 그 여파가 등 뒤의 바다를 둘로 갈랐다.

놈은 베인 것조차 깨닫지 못하고 그대로 날아가려고 했지만, 공중에서 자세를 바꾸려고 한 순간에 둘로 갈라져 절명했다.

나는「이력의 손」으로 재빨리 붙잡아 스토리지에 수납했다.

—좋아! **대뱃살**을 확보했다!

무심코 포즈를 취할 뻔했지만 그건 아직 이르다.

"주인님, 뒤에요!"

루루의 말에 돌아볼 것도 없었다. 물고기떼를 노리는 탄환 참치 무리가 접근하는 건 알고 있었다.

나는 오리하르콘 참치 식칼을 고쳐 쥐고는 몸 길이 10미터는 되는 탄환 참치 무리에 뛰어들었다.

"아아, 살살 녹아아~."

"굉장히, 맛있어요."

고추냉이 간장으로 대뱃살 회를 먹기 시작한 아리사와 레이에 이어서 나도 젓가락을 뻗었다.

초밥도 좋지만 꼭 먼저 회로 먹고 싶었다.

루루, 타마, 포치 세 사람은 흥미진진했지만, 리자가 말려서 상태를 보고 있었다.

그러면, 염원하던 대뱃살을 한 입.

입 안으로 들어온 대뱃살의 지방이 문자 그대로 녹으면서, 참치의 감칠맛이 혀 위에 퍼졌다.

일본에 있었을 때도 대뱃살을 먹어본 적이 있지만 이건 차원이 다르군.

풍미가 훨씬 풍부하고, 단 한 조각만 먹어도 만족해버릴 정도로 농후한데도 다음 한 입이 멈추지 않았다.

―맛있다. 너무 맛있다.

고추냉이 간장도 가장 잘 맞는 걸 찾을 생각으로 몇 종류 준비했는데, 처음 간장만으로 회 한 접시를 다 먹어 버렸다.

"아아, 만족."

"네, 굉장히굉장히, 맛있었어요."

아리사와 레이가 만족스레 한숨을 흘렸다.

"뉴~?"

"포, 포치도 먹고 싶은 거예요."

리자가 안아 든 채 버둥거리는 타마와 포치가 침을 흘리면서 텅 빈 접시를 보고 있었다.

"안 됩니다. 날생선은 높은 확률로 배탈이 납니다."

"배탈이 나도 좋으니까 먹고 싶은 거예요."

"타마도~?"

"저, 저도, 배탈을 각오하고 있어요."

포치랑 타마의 호소를 리자가 막았지만, 이번만큼은 포치, 타마, 루루의 의지도 굳건했다.

"괜찮아, 리자. 날생선에서 무서운 기생충이나 알은 완전히 제거했으니까."

"주인님— 알겠습니다. 세 사람의 의지가 굳은 것 같으니, 제가 먼저 실험대상이 되겠습니다."

리자가 결사의 표정으로 그렇게 말했다.

자기희생 정신이 풍부한 건 좋은데 이미 우리가 먹은 다음이니까 실험 필요 없거든.

하지만 모처럼 기회가 왔으니까 리자에게도 회를 먹여볼 생각이었다.

참치 회를 늘어놓은 접시에서, 젓가락으로 조심조심 대뱃살을 집은 리자가 눈을 감고 단숨에 입에 넣었다.

"이, 이것은—."

눈을 홉뜬 리자를 흘끔거리면서, 다른 애들도 젓가락과 포크를 회로 뻗었다.

"날생맛나~?"

"사르르랑 두둥실이랑 말랑이가 맛있는 거예요."

"굉장해요, 주인님! 참치는 굉장히 맛있어요!"

타마, 포치, 루루가 입을 모아 절찬하며 다음 회를 집어 들었다.

"—맛있습니다."

리자가 황홀한 표정으로 볼에 손을 대고 중얼거렸다.

리자의 미각에도 맞는 모양이다.

"주인님께서 그 정도로 흐트러지신 것도 이해가 됩니다."

리자가 이어서 그렇게 말했다.

—그렇게 흐트러진 적 없거든?

물어보려고 아리사 쪽을 돌아봤더니 스윽 눈길을 피했다……. 이해가 안 되네.

"나나 씨도, 먹어볼래?"

"유생체의 부탁이라면 어쩔 수 없습니다."

"미아 씨도."

"우웅, 거부."

레이의 귀여운 부탁에 나나는 함락됐지만, 지방질을 싫어하는 미아는 입 앞에 손가락으로 가위표를 만들면서 거절했다.

"맛있지만, 구워서 먹는 편이 맛있다고 고합니다."

"분명히, 참치 스테이크도 맛있겠다."

이런 신선도가 높은 참치를 굽는 건 일본인으로서 본능이 거절하지만, 어떤 책에 맛있다고 적혀 있었으니 나나의 요청에 응하여 구워보기로 했다.

"아아, 아까워라."

"하지만, 맛있는 냄새 나는걸?"

아리사의 한탄은 이해되지만, 루루 말처럼 식욕을 당기는 냄새다.

그 위력은 타마와 포치를 보면 일목요연하다.

두 사람은 숯불구이 망 옆에서 눈을 감고 코를 킁킁거리며 군침을 뚝뚝 흘리고 있었다.

완성품을 잘라서 타마와 포치에게 제일 먼저 내밀었다.

"와~아."

"잘 먹겠습니다, 인 거예요."

둘이서 참치 스테이크를 포크로 찔러서 입에 넣었다.

"트레비앙~?"

"햄버그 선생님이랑 같을 정도로 강한 거예요!"

한 순간에 함박웃음을 전개한 타마와 포치가 움켜쥔 두 손을 붕붕 흔들면서 말했다.

팔만 흔드는 걸로는 부족한 건지 그 자리에서 동동 발도 구를 지경이었다.

기분 탓인지 눈꼬리에 눈물까지 맺혀 있었다.

"마스터, 역시 참치는 날것보다 구운 편이 맛있다고 주장합니다."

나나는 참치 스테이크에 만족한 모양이다.

"분명히, 구운 것도, 맛있어요. 하지만, 저는, 회가 더, 맛있다고, 생각해요."

레이는 나나의 의견에 동의하면서도 자기 취향을 주장했다.

회 동료가 생겨서 좋군.

"우우, 분하지만 맛있어."

아리사가 참치 스테이크를 입에 넣으면서 분한 기색으로 중얼거렸다.

"맛있습니다. 소고기랑 비슷한 느낌이군요."

"너무나 맛있어요."

리자와 루루는 평범하게 맛있나 보다.

"사토."

혼자서 참가 못하는 미아가 머리를 꾹꾹 비벼대니까 초밥을 만들기 전에 미아용 요리를 한 접시 만들어야겠다.

유부초밥이 마음에 들면 좋겠는데.

◆

"하아, 맛있었어."

다른 애들과 함께 뒷정리를 하던 아리사가 선수루에 앉아 있는 내 옆에 앉았다.

"정리는 끝났니?"

"당연하지. 그래서 진로는 정해졌어?"

나는 빛 마법「환영」을 사용해서 마도왕국 라라기 옆에 있는「해마 영역」의 맵 정보를 표시했다.

"여기가 우리 현재 위치, 그리고 이 4개가『봉인탑 섬』."

해골왕은 여기에 홍련 지팡이의 보주과 같은 보주를 바치고, 라라키에를 부상시키려고 할 거다.

게임 같은 기믹이지만, 현실세계에서는 수단을 가리지 않는다면 얼마든지 막을 방법이 있다. 섬을 통째로 흔적도 없이 날려 버린다든가.

물론 이번에는 그런 수단을 쓸 생각이 없었다.

"축척은 어느 정도야?"

"대략 1센티미터가 15킬로미터 정도야."

"엄청 떨어져 있잖아! 전부 돌아보려면 며칠이나 걸리는데?"

아리사가 놀라서 일어섰다.

꽤 커다란 목소리였지만 보안용 「밀담 공간」 마법을 써둔 탓에 다른 애들은 신경 쓰는 기색이 없었다.

분명히 멀지만, 여차하면 옷을 희생하여 섬구로 날아가면 금세 갈 수 있다.

"지금 가고 있는 건 여기야."

"네 섬의 중심? 하지만, 아무것도 없는데?"

아리사가 의문스럽게 고개를 갸웃거리기에 목적지를 확대해 줬다.

"이거 섬이야?"

"그래. 4개를 순서대로 돌아도 되겠지만, 거리가 너무 멀잖아. 중앙의 섬이라면 뭔가 있을 법 하지 않아?"

"그렇네. 그리고 아무것도 없어도 4개의 섬 어디선가 사건이 일어났을 때 같은 거리만 가면 되고— 좋을 것 같은데?"

내 노림수를 읽어낸 아리사가 잠시 생각한 다음에 타당하다고 수긍했다.

"어? 이 지도 위가 북쪽이지? 진로 벗어나지 않았어?"

"잠깐 들르고 싶은 데가 있어."

각인판을 설치하는 섬을 들르면서 가기 때문에, 생각보다 지

그재그 코스가 되지만 그것을 가미해도 남쪽으로 조금 틀어져 있었다.

"여기에 용건이 있어."

"뭐가 있는데?"

"로크 새가 사는 섬이야."

"잠깐, 그런 데도 관광하게?"

아리사가 질색하며 비난했지만, 나는 고개를 옆으로 저었다.

"아니야. 그 섬에 『공왕』이란 녀석이 있거든."

부유도 라라키에와 적대하던 「구두의 마왕」의 권속이었다고 하니까, 해골왕과 대결하는데 괜한 참견을 하면 귀찮아진다.

그렇잖아도 도망을 잘 치는 해골왕이라 더 이상 도주 방조 요소를 늘리고 싶지 않거든.

◆

"이게 로크 새구나—."

두 날개를 펼치면 둥지 삼고 있는 섬이랑 사이즈가 비슷했다.

—PYWEEEEEEEEWN!

중폭격기 같은 거체가 포효를 지르면서 하늘을 날았다. 아마도 바람 마법으로 보조하고 있는 거겠지.

레벨은 87, 「염왕」보다 조금 강했다. 종족이 「로크 새」고 고유명이 「공왕」이었다.

나는 성검 클라우 솔라스에 마력을 주입해 칼날을 연장하고,

더욱이 칼날의 연장선상에 성인(聖刃)을 만들어서 공왕을 벨 수 있는 길이까지 확장했다.

—PYWEEEEEEEWN!

공왕이 뿜어낸 진공의 칼날을 품은 선풍을, 같은 바람 마법 「공기 대포」로 날려 버렸다.

기분 탓인지 공왕의 눈에 놀라움이 떠오른 것 같았다.

공왕이 급속 접근하며 뿜어낸 공대공 미사일 같은 압축 공기 포탄을 피하고, 옆을 지나치면서 파랗게 빛나는 칼날로 공왕의 굵은 목을 떨어뜨렸다.

"좋았어! 새 고기 획득!"

맛있을지는 모르겠지만, 좀 부족하지 않은가 싶던 새 고기가 대량으로 들어왔으니 순순히 기뻤다.

이걸로 리자가 좋아하는 꼬치구이를 잔뜩 만들어줄 수 있다.

나는 거체를 스토리지에 회수하고 섬 중앙에 있는 둥지로 갔다.

둥지에는 집채만한 알이 20개 정도와 대량의 뼈, 그리고 재보의 산이 남아 있었다.

로크 새는 까마귀처럼 빛나는 걸 좋아하는지, 거대한 알과 같은 사이즈의 에메랄드나 사파이어 원석 같은 것도 장식돼 있었다.

뼈는 대부분 마물이나 생선이었지만, 인골도 적지 않게 포함돼 있었다. 둥지 구성물은 배의 잔해 같았다.

나는 보물과 알, 그리고 인골을 회수하여 배로 돌아왔다.

인골은 나중에 매장할 예정이다.

"커다란, 새, 였어요."

꽤 멀리 떨어져 있었는데 여기서도 보였나 보군.

비교할 만한 섬까지는 보이지 않아서 그런지 구체적인 크기까지는 아무도 눈치 못 챘나 보다.

"그래, 로크 새라는 거야."

레이의 기억이 자극된다면 「공왕」의 이름을 꺼내는 편이 좋겠지만, 고향이 멸망한 안 좋은 기억만 떠오를 것 같아서 고유명은 말하지 않았다.

그리고 저녁 식사의 식재료가 된 로크 새 고기는 조금 질겼지만 야생의 풍미가 넘쳐서 무척 맛있었다는 것을 기록해 둔다.

"사토 씨."

식후의 정위치가 된 선수루에서 수평선 너머로 가라앉는 저녁 해를 바라보고 있는데 레이가 찾아왔다.

"그 애 일로, 상담하고 싶어요."

"유네이아 말이구나. 좋아―."

상담 상대라면 아리사가 좋을 것 같지만, 레이가 기껏 지명해 줬으니 제대로 듣기로 했다.

"사토 씨라면, 그 애의 족쇄를, 풀 수 있어요?"

"그래, 풀 수 있어."

내 대답을 들은 레이가 안도의 한숨을 흘렸다.

처음 만났을 때도 사령조가 방해하지만 않았으면 독기의 족쇄를 풀 수 있었다.

레이랑 만났을 때 그녀의 팔다리에 있던 독기의 족쇄도 풀어냈었잖아.

"그럼, 부탁, 할게요. 그 애의 족쇄를, 풀어, 주세요."

"좋고말고."

망설임 없이 받아들이자, 레이가 기쁜 기색으로 웃었다.

유네이아를 무서워하는 줄만 알았는데, 레이도 그녀를 신경 쓰고 있었구나.

"레이도 유네이아가 걱정되는구나."

"네, 그 애는 무섭고, 기억은 안 나지만, 저를, 언니라고 하면서, 따르, 니까요."

과연, 사람을 좋아하는 레이다운 말이었다.

"이제 곧, 라라키에, 군요."

레이가 진로 앞을 보면서 중얼거렸다.

"라라키에에, 가면, 제 기억도, 돌아, 올까요?"

"가능성은 높아. 하지만, 그렇게 걱정스런 표정은 안 해도 돼."

불안한 표정을 짓는 레이의 머리에 손을 올리고 살살 쓰다듬었다.

"사, 사토 씨?"

"아아, 미안미안."

무심코 타마와 포치한테 하는 것처럼 스킨십을 해버렸네.

"괜찮아, 기억이 돌아오든 안 돌아오든 레이는 레이야. 우리 동료라는 건 변함이 없으니까."

"……네."

내가 말하자, 눈꼬리에 약간 눈물이 맺힌 레이가 기쁜 표정으로 웃었다.

대화는 그걸로 끝났고, 나는 레이와 함께 저물어가는 저녁 해를 즐겼다.

선수루의 계단에서 굉장한 표정으로 엿보는 아리사와 미아가 조금 무섭긴 했다.

◆

“저기가 목적지인가요? 라고 묻습니다.”

“그래, 맞아.”

나나가 전방에 보이는 섬을 가리키자 다른 애들도 조타석으로 모여들었다.

저 앞에는 아열대풍 나무들에 둘러싸인 작은 산과 해변만 있는 보통 섬이 있었다.

여기에 도착하는 동안 꽤 자주 문어형 해마나 외뿔이라고 불리는 청새치 비슷한 것을 비롯한 마물의 습격을 받았지만, 동료들에게 위험한 레벨의 마물은 바닷속에서 처리했기 때문에 나만 빼고는 다들 별 다를 바 없는 항로였다.

“그럼, 저기가 라라키에일까?”

아리사가 가벼운 어조로 레이에게 물었다.

“—모르, 겠어요.”

“무리해서 떠올릴 필요는 없어. 봉인탑 섬에서 같은 위치에 있을 뿐이지, 여기가 라라키에의 일부인지는 알 수 없으니까.”

슬픈 기색으로 고개를 젓는 레이를 커버해주고 배를 해변으로 몰았다.

"회오리~?"

"빙글빙글하는 거예요."

타마와 포치가 마스트 위의 파수대에서 흥미로운 기색으로 말했다.

앞에 보이는 섬은 배의 침입을 막는 것처럼 움직이는 소용돌이가 섬을 감싸고 있고, 바닷속에는 날카로운 암초가 몇 개나 숨어 있었다.

맵이나 정찰용 소형 가고일로 확인했지만, 소용돌이 상공에 수상한 방어 장치나 결계 같은 것은 없었다.

"모래 폭풍이 아니라 소용돌이에 보호 받는 섬이네……. 역시 포세이돈이 나오는 걸까?"#5

포세이돈이라면 그리스 신화에 나오는 바다의 신이지만, 아리사가 하는 말이니까 분명 옛날 애니나 만화 소재가 틀림없다.

우리들 배는 하늘을 날아서 간단히 소용돌이를 넘어 해변으로 진입했다.

"바다거북~?"

"저건 분명히 맛있는 거예요!"

투명도가 높은 바닷속을 군청색 등딱지를 가진 거북이 우아하게 헤엄치는 게 보였다.

#5 포세이돈 일본의 메카닉 애니메이션 「마동왕 그랑조트」(국내명 「슈퍼 그랑죠」)에 등장하는 로봇. 물 위에 그려진 마법진의 소용돌이에서 소환한다.

리자가 작살을 던져봤지만 유감스럽게도 도망쳐 버렸다.

나는 섬에 이변이 일어나지 않는지 집중하고 있어서 바다거북 사냥에는 참가하지 않았다.

"평화롭네."

"아아, 그렇네."

배를 해변에 정박시켜도 딱히 반응이 없었다. 섬은 무척 조용했다.

바다나 모래 속에서 수수께끼 오브제가 나타나는 정도는 기대했는데, 이건 일본의 픽션에 너무 물든 영향이겠군.

"예쁜 해변이네요."

낙원이라고 불러도 될 법한 섬을 바라본 루루가 감탄의 한숨을 흘렸다.

한 폭의 그림에 담고 싶을 정도로 아름답군.

"조개나 새우가 잔뜩 있을 것 같습니다."

"남국 과일을 기대할 수 있다고 진언합니다."

리자와 나나는 식욕이 우선이네.

섬을 범위로 한정해서 맵 검색을 해봤다.

소용돌이 안쪽에는 마물이 없고, 보통 동물과 희귀한 환수가 사는 섬이었다.

여기서 보이는 야자열매는 물론이고, 섬 안쪽에는 바나나와 망고 같은 과일도 있었다.

무슨 이변이 일어날 때까지는 느긋하게 바캉스를 즐겨야겠군.

“우선 안전한 캠프지를 찾자.”

나룻배로 상륙한 우리는 만조 때 수몰되지 않는 모래 사장에 간이 캠프를 설치했다.

방수 시트 위에 마법 도구를 두고서 마력을 주입하자 퐁 소리가 나면서 천과 프레임이 펼쳐지고 눈 깜짝할 사이에 텐트가 출현했다. 다 함께 서서 들어갈 수 있는 대형 텐트였다.

마력으로 늘었다 줄어드는 섬유와 형상기억합금 마력판 같은 소재가 있기에 엘프 마을에 있을 때 만들어 봤다.

스토리지에서 생활용품을 갖춘 방갈로도 꺼낼 수 있지만 첫날에는 캠프처럼 하는 게 즐거울 것 같거든.

“그러면, 다들 옷 갈아입자!”

“아이아이 서(Aye Aye Sir)~?”

“라져(Roger)인 거예요!”

아리사의 호령에 타마와 포치가 척 포즈를 취하면서 대답하고, 다른 애들도 세 사람을 따라 텐트로 들어갔다.

미아와 나나가 내 손을 끌고서 함께 텐트로 데려가고자 했지만, 그러면 굳이 텐트를 세운 의미가 없어서 입구 앞에서 기다렸다.

다들 옷을 갈아입는 동안 나는 변신의 영역에 달한 빨리 갈아입기 스킬로 무릎길이의 수영복으로 체인지했다.

아리사는 나에게 부메랑 같은 비키니 형 수영복을 입히려고 했지만, 수영 선수나 스포츠클럽이 아니면 볼 수가 없는 거라고 거부했다.

나는 내 육체미를 과시하는 취미가 없거든.

"주인님, 이거 봐~?"

"포치도 보는 거예요."

가장먼저 텐트에서 뛰쳐나온 건 타마와 포치였다.

기세 좋게 들춰진 입구의 천 너머로 루루의 하얀 피부가 보인 것 같지만 못 본 걸로 해두자.

타마는 복숭아색 세퍼레이트 수영복, 포치도 타마와 같은 형태의 노란색 수영복이다. 타마는 스커트 타입, 포치는 숏팬츠 타입이었다.

"둘 다 귀여워."

내가 칭찬하자 둘이 꼬물꼬물 몸을 꼬았다.

"주인님, 저는 두 사람을 데리고 해산물 채취를 하려고 합니다."

붉은 세퍼레이트 수영복을 입고 나타난 리자가 육지 성게의 가시로 만든 작살을 들고 날카로운 표정을 지으며 허가를 구했다.

가슴의 볼륨이 적은 것을 커버하기 위해 수영복 가슴 중앙에 장미 무늬 장식이 달려 있었다.

"그러면, 안전용 마법을 몇 개 걸어줄 테니까 그걸 과신하지는 말도록."

"알겠습니다."

"네잉!"

"네, 인 거예요! 대어를 기대하는 거예요!"

이 셋이면 분명히 맛있는 먹잇감을 잡아올 거다.

되도록이면 보통 해수욕을 즐겨줬으면 했지만, 즐기는 법은 사람마다 다른 법이고 식후에 아리사가 놀러 가자고 하겠지.

"사토."

하얀색과 하늘색 줄무늬 비키니 차림으로 나타난 미아가 텐트 앞에서 빙글 한 바퀴 돌아 보여주었다.

평소에는 트윈테일로 묶는 머리도 예쁘게 땋아서 신선한 느낌이었다.

"마스터, 저와 유생체도 봐 달라고 고합니다."

철벽 페어의 음모인지, 나나는 비키니가 아니라 원피스풍의 수수한 수영복을 입었다.

그러나 두 사람의 노림수는 완전히 반대의 결과가 나왔다. 왜냐하면 수수한 수영복 탓에 괜히 에로함이 늘어났기 때문이다. 조정조에서 사이즈 업한 나나의 가슴이 승리했다.

"사토 씨, 어떤가요?"

나나 뒤에서 얼굴을 내민 레이가 조금 주저하면서 모습을 보였다.

레이는 아리사의 예비용 수영복을 빌렸는지 미아와 같은 디자인의 비키니였다.

"셋 다 참 귀여워. 잘 어울린다."

내가 칭찬하자 셋이 기쁜 표정으로 웃었다.

"주인님, 기다리셨죠."

그리고 세 사람 뒤에서 흑백의 모노키니 위에 옅은 핑크색 카디건을 걸친 루루가 나타났다.

카디건 탓에 등과 어깨 라인에 가려졌지만, 열려 있는 카디건 사이로 귀여운 배꼽과 가슴골이 보여서 배덕적인 매력이 넘치고 있었다.

"죄송합니다, 다들 머리 땋아주는데 시간이 걸렸어요."

그러고 보니 나나와 레이도 미아와 마찬가지로 머리를 땋고 있었다.

아무래도 루루가 세 사람 머리 모양을 정리해준 모양이다. 본인은 귀찮았는지, 긴 검은 머리칼을 세 갈래 땋기 한 번만 해놓았다.

"굉장히 잘 어울려."

"가, 감사합니다, 주인님."

쑥스러워서 빨개진 루루는 귀엽지만, 두 팔을 움츠리고 고개를 숙이면 가슴 부분이 위험하니까 주의해줘.

"짜, 자~안!"

입으로 효과음을 내면서 하얀 수영복의 아리사가 나타났다.

"진짜배기는 마지막에 나타나야지!"

……아리사.

"왜 그래? 혹시 아리사의 매력에 흐물흐물?"

하얀 구형 학교 수영복을 입고 나타난 아리사에게 질려서 말을 잃었더니, 180도 반대 해석을 했다. 꼼꼼하게도 가슴에는 손글씨로 「아리사」라고 써서 붙였다.

라이트 노벨이나 애니에서는 정석인 수영복이지만, 코스프레가 아니고서 입고 있는 사람을 본 건 처음이었다.

나는 포즈를 취하는 아리사에게서 쓱 시선을 돌리며 모두에

게 말했다.

"그러면 해수욕이라도 하고 있어. 그 동안 바비큐 준비라도 하고 있을게."

"에~ 같이 수영하자."

"주인님, 준비라면 제가……."

이대로는 루루도 놀지 않고 준비를 도울 것 같기에 다 함께 해수욕을 즐기기로 했다.

"바다다아아아아아아아아아아아!"

아리사가 큰 소리로 외치면서 바다에 대쉬했다.

"응, 바다."

"틀림없는 바다라고 고합니다."

"네, 바다예요."

미아와 레이의 손을 잡은 나나가 아리사 뒤를 따라갔다.

나나는 주위를 전혀 안 살피는 마이페이스가 지나친 인상이 있지만, 보폭이 좁은 두 사람에게 잘 맞춰서 걷고 있었다.

"어, 저기? 바다다~."

내 재촉에 부끄러워하면서도 작게 말하는 루루와 함께 바다로 향했다.

루루의 괜한 카디건은 내 스토리지로 회수해뒀다.

"—후이~, 잘 놀았다."

"응, 탐닉."

아리사와 미아가 나를 모래에 묻어놓고 만족스레 말했다.

루루와 레이는 진작에 항복하고 비치파라솔 아래에서 쉬고 있었다.

"마스터, 작고 귀여운 조개를 잔뜩 주웠다고 보고합니다."

나나가 채취 주머니 속을 보여주었다.

모래에서 빠져 나와 주머니를 들여다보니, 본인이 보고한 것처럼 색색깔의 작은 조개가 가득했다.

"나중에 조개껍질 액세서리라도 만들자."

"저도 만들 수 있나요, 라고 묻습니다."

"물론이지, 다 같이 만들자."

나나 말고도 흥미를 보이기에 식후에 조개껍질 액세서리 강좌를 열까 생각했다.

"먹잇감~."

"잔뜩 잡아온 거예요."

"생선과 새우, 그리고 대형 조개를 찾아서 잡아왔습니다."

리자가 먹잇감을 넣는 요정 가방을 열어 안을 보여주었다.

열대어풍 생선에 돌돔, 닭새우랑 흡사한 새우가 사람 수만큼. 그리고 굴과 소라 같은 조개, 더욱이 비너스라도 들어 있는 거 아닌가 싶은 거대한 진주조개까지 있었다.

"미아, 조개는 맡길게."

"응."

여행하면서 만든 물 마법 「해감: 조개」로 조개의 모래를 신속하게 제거했다.

조개를 몇 번이나 폭발시켜가며 만든 마법이었다.

"후~응, 바다거북은 못 잡았구나."

"무리무리~?"

"바닷속의 바다거북 아저씨는 대단히 스피디했던 거예요."

아리사의 말에 타마와 포치가 아쉬운 기색을 보이며 고개를 옆으로 저었다.

"주인님, 이 조개는 열어버려도 될까요?"

"그래, 부탁해. 관자는 힘이 강하니까 틈을 여는 건 내가 할게."

잘못해서 리자의 팔이 끼이면 위험하다.

가볍게 당기자 간단히 틈이 열렸다. 리자가 조개 안으로 단검을 넣어서 흔들림 없는 동작으로 관자를 베어냈다.

조개가 열심히 껍질을 닫으려고 했지만, 내 힘에 버틸 수 있을 리 없었다.

"우와~ 커다란 진주네."

정말로 크다.

소프트볼만큼 되겠는데.

"주인님, 이 조개껍질 투명하지 않아?"

"정말이네. 방금 전까지는 보통 조개였는데.

어째선지 거대 진주조개가 투명해졌다.

"마력을 흘리면 불투명해지는 게 아니라 색이 생기네."

아마 이 능력으로 해저에서 의태하고 있었겠지.

꽤 튼튼해 보이는데다가 용도에 따라 재미있는 일도 가능할 것 같아서 크리에이터의 혼을 자극했다.

내가 그런 생각을 하는 동안에도 다른 애들이 작은 조개를 열고 있었다.

“마스터, 진주의 유생체를 발견했다고 보고합니다.”

“와, 핑크색 진주도 있구나.”

“이쪽은 흑진주입니다.”

이 해안 근처에 서식하는 조개는 진주가 들어있는 게 많나 보다.

염주처럼 꿰어서 목걸이로 만들기에는 수가 부족하니까, 한 사람당 하나씩 진주 목걸이나 귀걸이라도 만들어줘야지.

해안에 떠밀려온 산호도 있으니, 식후 조개껍질 액세서리 강좌는 참 버라이어티할 것 같다.

그리고, 점심이 중요한데—.

“우와하! 엄청 해수욕장 사양이네!”

오늘은 카레, 야키소바, 라멘, 오징어 구이라는 바다의 집 라인업으로 해봤다.

야키소바와 소금 라멘은 새로운 메뉴다.

“건더기 없는 카레에 불어터진 라멘이 아니구나.”

아리사가 바다의 집 같지 않다고 불평했지만 굳이 맛없게 만들 생각은 없었다.

불평을 하면서도, 라멘을 후르륵 먹는 아리사의 표정은 만족스러웠다.

“응, 맛있어.”

미아도 야채가 듬뿍 들어간 소금 라멘은 마음에 들었나 보다.

“고기가 들어가서 맛있는 거예요.”

“그건 구운 돼지고기야. 차슈라고도 하지.”

"차슈메인~?"

타마의 발음이 조금 이상했지만, 다른 애들도 라멘은 마음에 들었나 보다. 면류는 젓가락으로 먹기 힘든지 포크를 쓰고 있었다.

어째선지 야키소바는 별로 인기가 없었다. 좀 더 정진해야겠군.

"라멘은 뜨겁지만 맛있어요."

"이거 말고도 종류가 여러 가지 있으니까 조금 더 추운 곳에 가면 이것저것 만들어 보자."

"네!"

이 땡볕에서 돈코츠 라멘의 수프를 부글부글 졸이는 건 싫어.

에어컨 대용의 공조 마법이 있지만 이건 기분의 문제거든.

"맵고, 맛있, 어요."

"카레는 사흘째가 제일 맛있다고 보고합니다."

레이와 나나 둘은 사이좋게 카레를 먹고 있었다.

"맛있습니다. 카레와 해산물 튀김은 잘 맞는군요."

리자가 새우튀김과 생선살튀김을 토핑한 카레를 맛있게 먹고 있었다.

낮부터는 시원한 빙수를 즐긴 다음, 조개껍질 액세서리 강좌를 거쳐 무인도의 정석인 트리 하우스 만들기를 했다.

◆

"불꽃~?"

"파직파직하는 거예요!"

타마와 포치가 캠프파이어 앞의 모래사장에서 빙글빙글 스텝을 밟았다.

두 사람은 두 손에 「환영 불꽃놀이」 효과를 부여한 짧은 지팡이를 쥐고 있었다.

이 지팡이는 「환영 불꽃놀이」를 알게 된 베리우난 씨족의 하이 엘프가 만들어준 것이다. 빛 계열 마법 도구 제작은 서투르다고 했었는데 꽤 짧은 시간에 만들어 주었다.

제작에는 마법 보조가 필요하기 때문에 지금의 나로서는 복제할 수 없는 귀중품이었다.

“유생체, 이렇게 노는 거라고 고합니다.”

“굉장히, 예뻐, 요.”

나나가 레이에게 「환영 불꽃놀이」 지팡이 사용법을 교습해주고 있었다.

“어쩐지— 빨려 들어갈 것 같아요.”

“네, 실로 깊이가 있는 불꽃입니다.”

루루와 리자는 시험 제작한 선향 불꽃에 열중하고 있었다.

이건 평범하게 화약을 썼다.

“캠프 파이어라……. 어쩐지 리얼충 같아.”

“그래? 학교 행사에서 하잖아?”

아리사의 요청으로 포크 댄스를 했다. 반주는 미아다.

이건 둘이서만 추는 춤이 아닌 것 같은데.

“우웅, 교대.”

미아 말고는 악기를 연주 못하니까, 아리사가 입으로 반주를 해주는 것에 맞춰 미아와 춤을 췄다.

"유생체?"

나나의 의문스런 목소리에 시선을 돌리자, 레이의 눈동자에서 빛이 사라지고 망양한 표정으로 캠프 파이어를 보고 있었다.

『—불.』

레이가 작게 속삭였다.

"뉴!"

"오는 거예요!"

타마와 포치가 불꽃놀이 지팡이를 손에서 놓고 땅에 손발을 짚으며 경고했다.

—다음 순간, 땅이 흔들렸다.

동시에 섬 안쪽의 새들이 일제히 날아오르고 짐승이 울부짖었다.

"지진일까?"

"이 근처는 해저 화산도 없어."

맵을 열면서 마물의 광점 움직임을 확인했지만, 딱히 눈에 띄는 징후는 없었다. 해골왕이나 유네이아의 마커도 확인했지만 현재 위치는 유계였다.

"그럼, 사방의 섬을 한 번 볼까—."

나는 공간 마법「멀리 보기」를 발동하여「봉인탑 섬」이 어떤지 확인했다.

섬 중 하나에 탑 같은 것이 생겼고 붉은 빛이 흘러나오고 있었다. 다른 셋은 변화가 없었다.

—드디어 움직이기 시작했군.

"무슨 흉조일까요?"

"괜찮아."

근처에서 들린 리자의 말에 가벼운 어조로 대답하여 안심시켰다.

시야를 뒤덮은 메뉴 표시를 모두 최소화하자, 동료들이 겁먹은 표정으로 안겨 들었다.

이쪽은 지진이 적으니까 진도 3정도도 무서운 거겠지.

명백하게 분위기에 편승한 아리사에게는 가볍게 딱밤을 먹여주고, 다들 진정시킨 다음에 오늘은 취침하기로 했다.

지금부터 「봉인탑 섬」에 가는 것도 생각해봤지만, 그건 관두었다.

내가 나가 있는 동안 레이를 납치하러 해골왕이 나타나면 성가신 데다가, 해골왕이 먼저 움직이면 대응해야 하는 게 석연찮은 것뿐이지 라라키에가 부활하고 나서 해왕과 천벌포를 파괴하는 편이 더 편하기도 하다.

물론 되도록 부활하기 전에 막아낼 셈이었다.

◆

"내일은 남국 과일 탐색을 하자!"

"응, 동의."

"아리사, 수박 깨기를 희망합니다."

"그럼 낮에는 수박 깨기."

불안한 기색이던 동료들도, 아리사 덕분에 금세 평소의 분위기로 돌아왔다.

남국풍 바나나 잎 침대에 누워서도 수다가 멈추지 않았지만, 달이 조용히 밤하늘에 떠오를 무렵에는 새근새근 잠들어 있었다. 놀다가 지친 거겠지.

그리고, 심야—.

뭔가 부르는 것 같아서 눈을 떴다.

밝은 눈 스킬이 보여주는 시야 안에 위화감이 있었다.

—레이가 없다.

레이더에 비친 레이는 섬의 중앙에 있는 산으로 가고 있었다.

나는 다들 깨지 않도록 주의해 침대를 빠져 나와서 밤 산책에 나선 레이를 쫓았다.

야행성 생물들의 잠을 부르는 울음소리가 열대 우림에 울리고, 싸락싸락 나뭇잎 스치는 소리가 바람에 실려 왔다.

"보인다."

천구를 써서 나무들 위로 쫓아온 덕분에 금세 따라잡았다.

휘청거리며 걷는 레이는 몽유병 환자 같았다.

그대로 등 뒤 머리 위 공중에서 지켜보았다.

산의 중턱에 있는 바위 지대에서 레이가 작은 손을 뻗자, 바위 위에 톱니바퀴 같은 마법진이 떠오르고 마도왕국 라라기에서 본「상자」와 같은 신화시대어 음성이 밤의 어둠 속에 울렸다.

『긴급 통로는 상급 직원만 해방이 가능합니다. 상급 직원은 인식 번호를 알려 주세요.』

『라—1090609— 레이아네 토우와 라라키에.』

트랜스 상태의 레이가 인식 번호를 중얼거렸다.

그러고 보니 이쪽 세계에서 미들 네임이 있는 사람을 처음 본 것 같은데.

『인식 번호를 확인. 위장을 해제합니다.』

바위가 모래처럼 무너지더니, 그 자리에 작은 탑이 나타났다.

탑 윗부분에는 라라키에의 문장이 새겨진 수정구가 박혀 있었다.

『여왕 레이아네의 귀환을 라라키에 중앙 제어핵이 환영합니다— 경고, 여왕 레이아네에게 악의적인 간섭을 확인. 시큐리티 스캔을 실행합니다.』

탑 윗부분에 있는 수정구가 깜빡이면서 말했다.

『—여, 왕?』

중얼거린 레이가 힘이 빠지며 그 자리에서 혼절했다.

"레이!"

이름을 외치며 달려가는 나를 경계한 중앙 제어핵이 레이 주위에 방어 결계를 만들었다.

"방해된다."

내가 팔을 휘두르자, 손맛도 없이 가는 빛의 파편이 되어 부서지며 사라졌다.

『여왕 레이아네에게 해를 끼치는 요소를 발견. 스캔을 중단하고 제거를 실행—.』

레이를 안아 들고 탑의 공격에 대비하여 「자유 방패」를 만들었다.

『—실행을 중단. 조항 라-3에 따라 엘프의 사자를 해칠 수 없습니다.』

아무래도 내가 허리에 달고 있는 「보르에난의 고요한 방울」에 반응한 모양이다.

『엘프의 사자에게 고한다. 신속하게 우리들의 여왕을 반환하라. 여왕 레이아네에게는 기억 개변의 흔적이 있으며, 중앙 제어실에서 신속하게 복구할 필요가 있다.』

『나는 그녀의 동행자야. 중앙 제어핵이라면 섬에 도착한 뒤로 우리를 감시했겠지? 그러면 우리가 그녀를 해치지 않는다는 걸 알 거다.』

어쩐지 수정구의 점멸이 전지가 끊어지기 직전의 가전제품 같은 식으로 빛나기 시작했다.

『……동행을 인정. 현재 라라키에는 마력 절약 모드이기 때문에 여왕 레이아네를 안전하게 중앙 제어실로 안내할 수 없다. 사자에게 여왕 레이아네를 중앙 제어실로, 에스코트, 부탁—.』

그것만 말하고는 수정구가 침묵했다.

어쩐지 마지막은 발음도 이상했으니까 정말로 마력이 다 떨어져가는 것일지도 모르겠군.

나는 입구의 문을 비틀어 열고 다른 맵으로 구분된 내부에서 모든 맵 탐사를 실행했다.

—보아하니, 여기가 라라키에의 입구인가 보군.

맵 이름이 「라라키에: 유적」으로 표시된다.

이걸로 레이를 라라키에로 돌려보내는 미션은 거의 달성한 거나 다름없지만, 기억을 완전히 되찾으려면 중앙 제어실이란 곳에 데려갈 필요가 있는 모양이다.

그렇다면 중앙 제어실에 도착할 때까지 미션이 계속된다고 생각하는 게 좋겠군.

어디, 샛길로 빠졌지만 다시 맵을 확인해볼까.

생각한 것보다도 넓고, 도쿄도가 통째로 들어갈 정도의 크기였다. 유적 내부에는 아무도 없고, 마물이나 골렘 같은 것도 전혀 없었다.

중앙 제어실은 이름 그대로 이 광대한 유적의 중앙 부분 가장 안쪽에 있었다.

나는 메뉴의 시계를 확인했다.

"이제 곧 아침이네."

나는 천구로 캠프에 돌아와, 레이를 잠자리에 눕혀주고 아침 식사 준비를 시작했다.

안쪽에 위험은 없는 것 같으니 중앙 제어실 방문은 동료들과 함께 탐험하는 기분으로 실례할까 했다.

◆

"우와앗~ 이 나선 계단, 길어."

바깥의 빛이 닿지 않는 계단 안쪽을 내려다본 아리사가 놀라서 소리쳤다.

"■ ■……■ 빛 구슬 창조."

미아가 정령 마법으로 만들어낸 빛 구슬을 10미터 정도 앞으로 보내고, 이술 「마등」을 발동한 나나가 선두에 섰다.

중앙에서 나아가는 루루는 마등 마법과 같은 이름의 마법 랜턴을 들었다. 이건 크하노우 백작령에서 마녀의 제자 이네니마아나가 선물로 준 것이다.

나도 두루마리로 배운 「마등」을 쓸 수 있지만, 내 「마등」은 너무 밝아서 탐험 기분을 망칠 것 같아 자중했다.

그리고 사태가 급변했을 때를 대비해서 비행 범선은 스토리지에 수납해뒀다.

"……아무리 그래도 너무 길어."

단조로운 이동에 질린 아리사가 불평했다.

후위진과 레이는 진작 지쳐서 걷지 못했기 때문에 내가 만든 「이동하는 판」에 앉아서 이동하고 있었다.

루루와 미아는 아직 괜찮아 보였지만, 둘을 태우든 넷을 태우든 마찬가지니까 함께 태워서 이동속도의 페이스를 올렸다.

"조금만 더~?"

"돌 소리가 둘 세기 전에 들렸으니까 금방인 거예요."

타마가 주머니에서 꺼낸 돌멩이를 나선 계단 중앙의 공동에 떨어뜨려 소리가 반향하는 시간으로 거리를 재고 있었다.

중력 가속도나 계산식은 모를 테지만, 경험으로 대강의 높이를 알고 있는 모양이다.

"응, 홀."

미아가 빛 구슬을 더욱 앞으로 보내 나선 계단 아래 있는 홀에 도착시켰다.

홀은 출구만 하나 있고 딱히 아무것도 없는 장소였다.

타타타탓. 타마와 포치가 출구 쪽으로 달려갔다.

"문~?"

"열어도 되는 거예요?"

타마와 포치가 양쪽으로 열리는 문 앞에서 돌아보았다.

레이더에 적도 없고, 함정 발견 스킬과 위기 감지 스킬에도 반응이 없으니까 괜찮겠지.

"되고말고."

내가 허가하자, 타마와 포치가 몸을 딱 붙이고서 밀어 무거운 문을 열었다.

문 너머에서 빛이 내리쬐었다.

"굉장해~?"

"굉장히, 굉장한 거예요!"

문 너머로 뛰쳐나간 타마와 포치가 붕붕 손을 흔들어 불렀다.

흥미가 생겨서 출구 너머의 광장으로 나서자 생각지도 못한 광경이 펼쳐지고 있었다.

"주인님, 바다가 머리 위에 있습니다!"

"마스터, 바다를 통해 태양이 보인다고 보고합니다."

성실한 리자와 의외로 상식적인 나나가 하늘을 올려다보며 보고했다.

두 사람 말처럼, 바다가 지탱하는 것도 하나 없는데 천장이 된 것처럼 보였다. 아마도 바다 사이에 투명도가 높은 수지나 이술 계통의 마법을 이용한 천장이 있는 거겠지.

천장 너머로 수족관처럼 컬러풀한 바다 생물들 무리가 리드미컬하게 바다와 하늘 사이를 헤엄치고 있었다.

여기는 라라키에 중앙 거주구역이었다.

너무 넓어서 반대편 끝이 희미해지며 안 보일 정도였다.

"예쁘네요—."

"예뻐! 너무나 예뻐. 정령들이 춤추는 거랑 같을 정도야. 정말이야?"

"천장이 떨어질 것 같아서 조금 무섭군요."

루루가 감탄의 한숨을 흘리고, 미아가 흥분한 기색으로 장문을 말하고, 리자가 걱정스레 올려다보았다.

아리사는—.

"으그극. 마치 리얼충이나 모일 법한 수족관 같잖아……."

가만 내버려두자. 뭔가 안 좋은 추억이 떠올랐나 보다.

『신의 기적을 이용한 초고효율 부드러운 마법 장벽. 라라키에를 천공의 냉풍과 기압 저하에서 지켜주는 기구. 라라키에의 부유선 말고는 통과 불가능.』

트랜스 상태가 된 레이가 천장의 정체를 가르쳐 주었다.

AR표시에 뜨는 정보하고는 조금 다르지만 딱히 문제없으니 정정하지 않고 흘려들었다.

"저쪽 탑이 중앙 제어실일까?"

『하늘의 탑. 여왕이 신들과 교신하는 성스러운 장소. 여왕과 왕족의 이궁(離宮)이기도 하다.』

두 사람이 화제로 삼은 것은 거주 구역 중앙의 두꺼운 탑이었다.

오리하르콘제 탑이 황금색으로 빛나고 있었다.

그대로 광장을 나아가자, 격자 바닥 틈에서 바람이 솟아오르고 있었다.

루루와 미아의 스커트가 장난스런 바람에 말려 올라가 순백과 줄무늬가 시야에 들어왔다.

『—바람.』

레이가 중얼거리는 소리를 듣고 짚이는 일이 있기에, 내 감에 따라「멀리 보기」마법으로 세 군데「봉인탑 섬」을 확인했다.

그 중 하나에 탑이 나타나서 녹색 빛이 흘러나오고 있는 것이 보였다.

역시 해골왕이나 유네이아의 모습은 없었다—.

"흔들렸어— 이번에는 약하네. 진도 2쯤 될까?"

"응. 그 정도쯤이야."

이번에는 흔들림이 적었던 탓인지 동료들도 안겨들 정도로 겁먹지는 않았다.

루루와 리자가 내 옷자락을 붙잡고 아이들이 내 손을 쥔 정도였다.

"마스터, 사람이 있다고 보고합니다."

광장 끝은 벼랑 같은 곳이었는데 라라키에의 거리가 보였다.

나나가 가리키는 곳에는 분명히 수많은 사람들이 보였다.

—그러나.

"뭔가 이상하지 않아?"

사람들 너머가 비쳐서 보이고, 젊은이들뿐이다. 어린애나 노인, 중년조차 없었다.

『라라키에의 행복인— 업이 깊고 괴로움 많은 육체를 버리고 정신체가 되어 영원토록 행복 속에서 살아가는 사람들. 정승영묘(淨昇靈廟)에서 사람들은 반유령으로 다시 태어나며, 육체가 스러지는 것과 동시에 영체조차 버리고 진정한 정신체가 된다.』

반유령이란 건 혼혈이 아니라 사람이랑 영체의 중간 상태란 의미였구나.

그건 그렇고 세상을 지배하며 영화의 극치를 누린 사람들이 영원한 젊음을 추구하는 건 어느 세계든 마찬가지로군.

"헤에, 먼 은하에서 나사가 되는 것보다는 낫지만, 정신체만 남은 존재가 되면 뭐가 즐거운 걸까?"

『그들은 이미 행복밖에 느끼지 못한다. 사람의 마음은 나약하다. 육체를 잃으면 기억은 흐려지고, 영체를 잃으면 감정조차 흐려진다. 지금 그들은 과거의 잔재. 라라키에 중앙 제어핵의 백업이 끊어지면 남모르게 사라질 운명.』

레이가 가면 같은 표정을 유지하면서도 눈물을 또르르 흘렸다.

과연, 어쩐지 내 AR표시에는 「라라키에의 망령」이라고 언데드 취급이더라니.

눈물을 흘리는 레이의 얼굴을 나나와 미아가 손수건으로 닦아줬다.

우리는 어쩐지, 반투명한 사람들에게 묵도를 하고서 그 자리를 떠났다.

도중에 지나친 「정승영묘」는 엘프들의 수면조와 비슷했지만, 안의 엘프들이 건강해 보였던 수면조와 달리 영묘의 유리 통 안 사람들은 말라붙어 미이라처럼 되어 있었다.

중간에 부서진 상수도에서 뿜어져 나온 물이 통로를 수몰시키고 있었지만, 물 마법 「수중 호흡」과 「수압 경감」을 사용해 그대로 직진했다.

『—물.』

입에서 작은 거품을 내면서 레이가 중얼거렸다.

빠르다. 벌써 세 번째 봉인탑 섬이 풀린 모양이네.

이어지는 지진으로 배수구가 뚫린 건지, 급격한 흐름이 생기기에 「이력의 손」으로 모두를 붙잡은 채 목적한 장소로 빠져 나왔다.

"깜짝 놀랐어~?"

"흘러가버리는 줄 안 거예요."

일행의 젖은 옷은 생활 마법 「건조」로 응급처치를 하고, 중앙 제어실로 서둘러 이동했다.

되도록, 마지막 봉인이 풀리기 전에 레이의 기억을 본래대로 되돌리고 싶었다.

중앙 제어실의 광대한 통로 양 옆에 검고 거대한 판 같은 돌기둥이 늘어서 있었다.

여기는 거인들이 걸을 수 있을 정도로 통로가 넓었다.

좌우의 돌기둥에는 벽화가 그려져 있었다.

"우왓, 빛과 어둠의 대비가 꽤 짙은 벽화네."

전반은 라라키에가 세계를 지배하고 지상의 사람들을 희생시키며 번영하는 모습이 그려져 있었다.

"하지만, 지상의 사람들도 착취당하기만 한 게 아닌가 봐."

후반부터 조금씩 반역 전쟁으로 바뀌더니, 마지막에는 구두의 마왕이 세계를 파멸시키는 이야기로 바뀌었다.

"—뭐지?"

그 중 하나가 신경 쓰여서 무심코 발걸음을 멈추고 말았다.

"왜 그러십니까, 주인님?"

"문어랑 여자애?"

아리사가 벽화의 내용을 단적으로 중얼거렸다.

그 벽화는 벼랑 위에서 문어형 해마가 있는 바다에 산 제물을 던지는 모습이었다.

『산 제물의 성녀. 열세가 된 전황을 뒤집기 위해 지배의 술식을 몸에 새긴 처녀들을「해왕의 자식」에게 바쳤다.』

분명히, 레이의 칭호에도「산 제물의 성녀」란 것이 있었지?

이 그림은 그녀의 과거를 드러내는 걸까?

『산 제물의 성녀는 언제나 쌍둥이거나 자매. 한쪽 소녀의 「지배」로 붙잡은 「자식」을, 다른 한쪽 소녀에게 새긴 「조작」으로 조종한다.』

자세히 보니, 그림 속 처녀들은 칠흑의 사슬을 달고서, 낚시 떡밥처럼 던져지고 있었다.

패전 직전의 나라는 수단을 가리지 않는 에피소드가 많지만, 보고 있으니 가슴 속에서 화가 치미는군.

옆의 벽면에는 조종한 「자식」으로 해일을 일으켜서 적의 배나 항구 도시를 멸망시키는 그림이 그려져 있었다.

『지배한 「자식」을 이용해 열세였던 싸움을 되돌렸지만, 구두의 사천왕이 참전하여 승패가 정해졌다. 해왕을 지배하려는 시도는 실패하고, 여왕의 여동생은 목숨을 잃었으며, 여왕 또한 혼이 갈기갈기 찢어져 「관」 안에서 영원한 잠에 빠졌다.』

이어지는 그림 몇 개에는, 라라키에로 보이는 섬과 같은 사이즈의 해왕을 해저에 가라앉히는 모습이 그려져 있었다.

과장이라고 생각하지만, 섬 사이즈의 거대 문어와 싸우는 건 사양하고 싶은데.

나머지 6개의 그림에는 염왕과 육왕이 봉인되는 모습과 구두의 마지막이 그려져 있었다.

"밋밋한 얼굴? 이 원추 거인은 뭘까?"

『신의 사도. 공왕을 쫓아내고, 염왕을 휘염검으로 봉했으며, 육왕을 미궁에 속박했다.』

이게 신의 사도구나—.

레이는 「쫓아내고」라는 사도가 일방적으로 강했던 것 같은 말을 했지만, 벽화에서는 마왕의 권속 하나를 사도 십 수 개체가 둘러싸고 쓰러뜨리는 그림이었다.

이 부분은 라라키에가 바닷속에 가라앉은 다음에 그린 거겠지.

“옆에 있는 건, 일곱 빛기둥에 둘러싸인 늑대와 사람?”

『구두를 봉하기 위해 강림한 신들의 모습. 하나의 신이 사람의 모습을 취하여 구두를 쓰러뜨리셨다.』

—어라? 수가 이상하지 않나?

마왕을 만들어낸 마신이 참전할 리는 없고, 혹시 용신도 참전했던 건가?

파리온 신에게 용사 소환의 마법을 가르쳐줬을 정도니까 사이가 나쁘지는 않았을 테고.

그리고 배틀 중독인 용신이라면 자기가 먼저 뛰어들 법한 느낌이 드는데.

◆

『기다리고 있었습니다, 여왕 레이아네.』

중앙 제어실 앞에 오자, 문 위의 구슬이 빛나면서 중앙 제어핵의 목소리가 들렸다.

『엘프 및 엘프의 사자여. 여왕 레이아네를 에스코트한 것에 감사한다.』

우리는 문 안으로 들어섰다.

"마스터! 유생체가 사라졌다고 보고합니다."

『어떻게 된 거야!』

나나의 보고에 내가 중앙 제어핵에게 소리치자, 어두운 방 한 구석의 셔터가 열리며 스포트라이트가 비추었다.

빨간 마법진 안에 레이가 떠올라 있었다.

『시큐리티 스캔 완료. 여왕 레이아네의 기억뇌에 개변의 흔적을 발견했습니다. 백업에서 복원을 권장합니다.』

—무슨 컴퓨터냐? 태클이 목구멍까지 올라왔지만 자중했다.

『……잊고 싶지, 않아.』

『대상은 개변된 기억뿐입니다. 그 이후의 기억에 변화는 없습니다.』

어허, 라라키에의 기술은 꽤 굉장하군.

『해, 주세요.』

『알겠습니다. 복원을 실행합니다.』

레이 주위에 몇 겹의 톱니바퀴 마법진이 나타나더니, 방금 전의 스캔과 같은 빛이 반시간정도 왕복을 계속했다.

『종료되었습니다. 여왕 레이아네, 기분은 어떠십니까?』

『고마워. 아직 기억이 조금 혼탁하지만 여러모로 생각났어.』

레이가 트랜스 상태일 때처럼 유창하게 말하네.

모습은 아직도 어린 소녀지만, 평소보다 차분한 분위기였다.

AR표시에 뜨는 그녀의 이름이 레이아네 토우와 라라키에로 바뀌고, 그레이 아웃되어 있던 레벨과 스킬도 하얗게 표시되었다.

"사토 씨, 생각났어요. 저는—."

레이가 말하는 도중에 한층 커다란 지진이 일어났다.

"꺄아아아아아."

루루의 비명이 가장 컸지만, 진도 5쯤 되니 나도 별로 여유가 없었다.

지금 레벨이라면 천장이 떨어지든 바닥이 빠지든 괜찮다는 건 알지만, 무서운 건 무서운 거야.

『여왕 레이아네에게 보고. 여왕탑에서 비상사태 선언이 통고되었습니다. 선언이 철회될 때까지 중앙 제어핵은 슬레이브 모드로 이행하여 여왕탑의 지령을 우선합니다. 이 보고가 여왕 레이아네가 의도한 바가 아니라면, 여왕탑에 있는 제어 단말에서 중지해 주세요.』

무슨 패스워드 변경 확인 같은 말을 하고서 중앙 제어핵이 침묵했다.

"주, 주인님. 이 흔들림 이상해! 지진의 흔들림이 아냐."

아리사 말이 맞다. 지진이라기보다 대형 선박의 기관부가 흔들리는 걸 증폭한 느낌이었다.

여기 있으면 무슨 일이 일어난 건지 알 수 없으니, 라라키에의 전망 광장에 설치한 각인판 장소로「귀환전이」했다.

"주인님, 천장을 보십시오."

"바다가 흐르고 있다?"

리자의 말에 천장을 올려다보았다.

"하늘~?"

"태양이 눈부신 거예요."

『라라키에가 부상하고 있어? 그, 그럴 수가— 어머님을 희생하면서 봉인한 「해왕」을, 아버님이 해방시켜 버리다니…….』

레이가 아연한 표정으로 중얼거렸다.

아무래도 라라키에가 해변으로 부상한 모양이다.

—어? 부상?

이 정도로 막대한 질량이 해면으로 급부상하면—.

"사토."

"마스터!"

미아와 나나의 시선 끝에 톱니바퀴 마법진이 펼쳐지면서 사람이 나타났다.

예상대로 유네이아였다.

『—마중 나왔어, 언니!』

고풍스런 느낌의 무녀복장으로 나타난 유네이아가 도전이라도 하는 느낌으로 웃으며 레이에게 말했다.

공도의 테니온 신전에서 봤던 의례용 무녀복에서 테니온 신의 성인을 떼어내고, 좀 더 거창하게 만든 느낌이었다.

『**너는, 유네이아**, 인 거지?』

레이가 확인하듯 물었다.

『그래! 드디어 생각났구나, 언니!』

유네이아는 레이의 의도 따위 상관하지 않고 수긍하며 대답했다.

『같이 가자, 언니. 아버님이 기다려!』

레이가 어째선지 슬픈 시선으로 유네이아를 보았다.

슬프다기보다, 가여워하는 느낌의 시선이었다.

"사토 씨, 저, 다녀올게요."

레이는 유네이아의 말에 대답하지 않고, 나를 돌아보며 시가국어로 말했다.

"아버님의 망집을 끝내고, 세상에 혼란을 일으키지 않기 위해서, 그리고 가여운 라라키에 백성들의 묘소를 지키기 위해서."

"그게 네가 바라는 거야?"

"네. **모든 것을 구하기 위해서는** 제가 가는 수밖에 없어요."

레이가 순교자 같은 투명한 미소를 지으며 말했다.

"유생체! 저도 함께 간다고 고합니다!"

나나가 말하자 다른 애들도 이구동성으로 동행을 바랐다.

"나나 씨, **지금까지** 고마워요. 여러분도, 정체도 알 수 없는 저랑 사이좋게 지내줘서 감사해요."

레이가 딱 잘라 아이들의 요청을 거부했다.

『가자, 언니.』

유네이아가 레이의 손을 잡았다.

"레이! 네가 구하려는 모든 것에, 너도 들어가 있는 거야?!"

레이는 내 마지막 물음에 대답하지 않고 쓸쓸해 보이는 웃음을 남긴 채 유계로 사라졌다.

그리고 두 사람을 가리키는 광점이 여왕탑 최상층에 다시 나타났다. 해골왕도 거기 있는 모양이다.

『—배출 지령, 실행.』

중앙 제어핵의 목소리가 들린 다음 순간에 다 함께 캠프파이어를 한 중앙 섬의 모래사장에 있었다.

아니, 지금은 해변이 물웅덩이가 됐고, 중앙섬은 라라키에 도시부 가장자리의 고산 일부로 변해 있었다.

아무래도 여기는 라라키에 도시부의 서쪽 끝인가 보다.

산 너머에 천호광개가 만든 빛나는 돔이 보였다.

"주인님!"

아리사가 내 배에 가벼운 펀치를 먹였다.

"그때는 레이를 끌어안아서 말려야 하잖아!"

"응, 기본."

"마스터."

분개한 기색의 철벽 페어와 무표정한 나나가 나한테 따졌다.

물론 알고 있다니까.

"같이 가지 않은 건 먼저 할 일이 있어서 그래."

"레이보다 우선해야 하는 일이란 게 뭔데."

"해일이야."

그렇다. 이대로 방치하면 급부상한 라라키에 때문에 발생한 해일이 연안의 나라들을 덮치고 만다.

그리고 해일은 많은 사람들이 생각하는 것보다 빠르다.

"얼른 정리하고 레이를 구해올 테니까 다들 배에 타고서 라라키에를 벗어나 있어."

나는 말하면서 비행 범선을 스토리지에서 꺼내고, 루루가 든 대형 요정 가방에서 선수상형 골렘의 코어 파츠를 꺼내 선수상에 세트했다.

기동한 뒤의 골렘은 생물 취급을 하기 때문에 스토리지에 수납할 수가 없었다.

"우웅, 구조 갈래."

"마스터, 유생체의 구조 부대 참가를 희망합니다."

미아와 나나 두 사람이 콧김을 거칠게 뿜으면서 자기들도 구하러 간다고 주장했다.

"구하러 갈래~?"

"포치도 구하러 가고 싶은 거예요."

"주인님, 저도 부탁드립니다."

"저도 구해주고 싶어요."

아인 소녀들과 루루도 같은 마음이었다.

모두를 향해 엄지를 치켜든 아리사의 의견은 들어볼 필요도 없겠군.

"아리사, 배의 방어는 완벽하지만 가능한 한 전투는 피해."

"안다니까안! 철저하게 시간 벌기만 할 거야!"

"지금부터 90초면 돼. 그 전까지 돌아올게."

"오~케이!"

나는 아리사에게 배의 권한을 이양하고, 몇 가지 커맨드워드를 전했다.

한가로운 항해 중에 추가한 병기와 추진기의 기동 키였다.

"어, 어느새 그렇게 개조한 건데?"

아리사가 기가 막힌 기색으로 질문했지만 가볍게 대답했다.

"이런 일도 있을까 해서, 라는 거지."

전에 아리사가 했던 말을 빌리고 범선에서 날아올랐다.

나는 맵을 열어서 고리 모양으로 퍼지는 해일을 확인하고, 가장자리부터 순서대로 회수하는 코스를 정했다.

띄엄띄엄 각인판을 설치한 섬을 「귀환전이」해서 시간을 단축하고, 해일의 고리 바깥쪽으로 나왔다.

수평선 너머에서 닥쳐오는 해일이 보였다.

나는 천구가 아니라 섬구를 골라 해일을 향해 돌격했다.

지금은 옷이나 화상보다, 시간이 최우선이다.

우리 애들이 뭔 일 저지르기 전에—.

부유도 라라키에

"레이입니다. 즐거운 나날을 보내는 동안에는, 그것이 어떤 보석에도 지지 않을 정도로 귀중하다는 걸 깨닫지 못할지도 몰라요. 그 상냥한 나날의 기억이 제 마음을 따스하게 만들어 줍니다."

어렸을 적, 나는 라라키에가 지상에서 가장 행복한 장소라고 생각했다.

상냥한 아버님과 존경하는 어머님, 그리고 어머님과 꼭 닮은 온화한 숙모님에게 사랑 받으며, 사용인인 호문클루스들이나 뛰어난 마도 기계들에게 잔뜩 둘러싸여 무엇 하나 부자유스러울 것 없이 살고 있었다.

여왕탑에서 내려다보는 도시의 풍경은 평화롭고, 1년에 한 번 하는 퍼레이드 날에도 사람들의 웃음이 끊이지 않았다.

음악과 예술로 가득하여, 나날의 생활을 채색하며 풍요롭게 꾸며 주었다.

그런 평화롭고 만족스런 생활에 그림자가 드리운 것은 어느 날이었을까?

"—이 나라는 썩어 있다. 너희들의 사치스런 음식이나 호화로운 의복을 위해서, 지상의 인간은 도탄에 빠져 혹사당하고 있는 거지."

나에게 그리 말한 것은 라라키에의 자연공원에서 쓰러져 있던 보라색 머리칼의 소년이었다.

비쩍 마르고 너덜너덜한 비행복을 입었으면서도, 눈동자는 황황한 의지의 빛이 가득했다.

"저기, 크로우. 너는 라라키에를 멸망시키고 싶어?"

내 물음에 크로우가 보라색 머리칼을 흔들며 고개를 옆으로 저었다.

"아니야. 내가 하고 싶은 건 신들의 지배에서 인간들을 해방시키는 거다."

"지배? 그건 가호라고 하는 거잖아?"

"지배야, 레이아네. 우리는 신들이 경영하는 목장의 가축에 지나지 않아. 너희들 라라키에인은 목동— 아니, 어쩌면 맛을 개선하기 위해서 품종 개량된 특별한—."

크로우의 신을 모독하는 말에 견디지 못하고 나는 그의 뺨을 때리고 말았다.

그런데, 그는 어린 아이를 보듯 상냥한 눈동자로 미소 지은 뒤 혼잣말처럼 중얼거렸다.

"레이아네, 나는 사람들에게 주고 싶어—. 자신의 인생을 **자유롭게** 살아갈 수 있는 세계를."

그와 교류한 것은 그 날이 마지막이었다.

다음날, 숨겨진 가옥을 찾아가자 집은 토대만 남기고 소멸했고, 그 주위에 부서진 마도 기계나 전투용 골렘의 파편이 굴러다니고 있을 뿐이었다.

—그 다음해였을까?

구두의 마왕이 땅 끝 대륙에서 라라키에에 대한 반기를 들고서 라라키에와 끝없는 싸움에 돌입한 것은…….

전란의 나날 속에서 지상의 왕국도 마왕에 호응하여 라라키에를 등졌고, 전란의 소용돌이 속에 있던 라라키에에서 사람들의 웃음이 사라져갔다.

기나긴 싸움의 나날에도 끝은 찾아왔다.

신들의 은총으로 구두의 마왕과 많은 권속이 봉인되었다. 마지막으로 남은 해왕은 라라키에의 여왕인 어머님과 숙모님이 약체화시켜, 라라키에를 무게추 삼아 아버님과 둘이서 바다 아래로 봉인했다.

아버님을 따라 라라키에에서 탈출할 때, 어머님과 숙모님의 이름을 부르며 울부짖은 기억이 있었다.

하지만 나와 아버님이 탄 부유선도 추적해온 사교도들에게 붙잡혔고, 아버님과 떨어진 나는 사악한 마법장치의 부품으로 외딴 섬의 해저 신전에 끌려갔다.

물론, 그 뒤로는 기억이 없었다. 내 기억은 거기서 끊어졌으니까—.

다음 기억은 나나 씨의 포옹과 사토 씨의 상냥한 미소였다.

나는 행복했던 사토 씨와 나나 씨 일행의 추억을 가슴에 품고, 유네이아라고 말하는 소녀의 뒤를 쫓아 회랑을 나아갔다.

그리고 그 회랑 끝에 있는 장소에서 나는 아버님과 재회했다.

『잘 돌아왔다, 레이아네. 조금 작아졌는가?』

해골로 변해버린 아버님이 말했다.

내 옆에서 강아지처럼 아버님의 말을 기다리는 **소녀**에게는 칭찬의 말은커녕 격려의 말조차 없었다.

여기는 부유도 라라키에의 중심에 있는 여왕탑의 전망대.

천장도 기둥도 없고, 라라키에의 모든 것을 한눈에 볼 수 있었다.

『아버님도 몰라보게 변해버리셨군요.』

마지막으로 본 아버님은 보통의 반유령 남성이었다.

시야 한 구석에, 부유도 라라키에 가장자리에서 솟아오르는 거대한 촉수가 보였다.

『어째서, 해왕의 봉인을 푸신 건가요?』

어머님의 유지를 이어서 나와 함께 해왕을 봉인한 아버님이…….

『어째서, 라고?』

그런데, 아버님은 내 말에 흥분하며 거칠게 말을 이었다.

『라라키에 마지막 여왕인 나의 처, 그리고 네 어미의 말을 잊었느냐! 「라라키에를 하늘로 되돌려주오」. 그것이 그녀의 비원이 아니더냐?』

—아니다.

『해왕의 제어에 실패하여 혼이 부서진 어머님에게 그런 유언을 남길 시간은 없었어요.』

『뭐, 라고?』

해왕은 나약한 사람의 손으로 제어할 수 있는 존재가 아니었다.

『잊으셨나요? 어머님의 유서에는 자신이 실패하면 라라키에를 무게추 삼아 해왕을 봉인해 달라고 적혀 있었습니다.』

유서를 처음 읽은 것은 내가 아니라 아버님이었다.

『말도 안 된다! 그녀는 분명히 「라라키에를 하늘로 되돌려주오」라고—.』

『아버님에게, 그런 헛소리를 들려준 것은 누구인가요?』

아마도 아버님을 추악한 언데드로 바꾼 존재.

—마왕, 혹은 상급 마족.

시야 구석에서, 침묵하고 있던 유네이아가 뭔가 깨달은 표정으로 고개를 들었다.

『아, 아버님. 전에 아버님을 찾아온 노란 외투를 입은 사람은? 뭔가 말끝이 이상했던 사람!』

『시끄럽다! 가짜 꼭두각시 인형이 나설 자리가 아니야!』

아버님이 밀쳐낸 **호문클루스** 소녀를 안아서 받쳤다.

누구에게도 사랑 받지 못하는 그녀를, 하다못해 나 정도는 사랑해 줘야지.

이 목숨이 끊어지는 짧은 시간만이라도.

『그 사람은 누구죠? 애당초 사람인가요?』

『내 붕우에게 무슨 말을 하는 것이냐! 노란 옷의 대마술사 공은 라라키에의 주법을 더욱 발전시켜, 내 눈앞에서 그 대괴어 토부케제라조차도 지배해냈다!』

대괴어 토부케제라? 북해를 지배하는 하늘의 악마를?

그 용들조차 손대지 못하는 대괴어를 쓰러뜨리기는커녕, 지배하다니 있을 수 없는 일이었다.

『환술이 아니었나요?』

『믿지 못하는 것도 무리가 아니다.』

하지만, 그것이 사실이라면 그 사람에게 해왕 퇴치를 부탁하면 되는 것이 아닐까?

그렇게 생각하여 물어봤더니, 아버님은 허를 찔린 표정을 보인 다음 거짓말을 얼버무리는 어린애처럼 흥분하고 말았다.

『그래서는 붕우의 보호 아래 서게 되는 것이 아닌가! 벗이란 언제나 동격이어야 하는 것이다!』

아버님이 망토를 떨치며 외쳤다.

직후에 굉음과 격진이 우리를 덮쳤다.

『꺅.』

놀라서 비명을 지르는 소녀를 끌어안았다.

『언니, 저거!』

하늘을 지키는 천호광개의 빛나는 돔을 해왕의 촉수 8개가 구타하고 있었다.

부유도 가장자리에는 거대한 안구가 보이고 있었다. 곤충 같은 복안이었다.

『—해왕.』

그 눈동자에는 틀림없는 증오가 떠올라 있었다.

영겁에 가까운 시간 동안 바다에 봉인된, 분노와 슬픔이 소용돌이치고 있었다.

『좋다. 지금이라면 어떤 독미끼라도 집어삼키겠구나.』

아버님이 말하는 독미끼는 이 소녀와 나를 말하는 거겠지.

눈동자에 광기가 서린 아버님이 해왕을 내려다보며 홍소했다.

『유네이아에게 지배의 주독을, 레이아네에게 제어의 술식을 새겨라.』

아버님의 무자비한 선언에, 소녀가 파래진 얼굴로 고개를 끄덕이고 마법진을 새기기 위해 무녀복을 벗어 던졌다.

『나는 해왕을 낚는 미끼, 언니는 해왕을 거느리는 쐐기— 그렇게 정해진 거죠, 아버님.』

소녀가 자신에게 들려주는 것처럼 고개를 끄덕이고, 떨리는 눈동자로 아버님을 보았다.

그러나 아버님은 그런 소녀를 돌아보지도 않았다.

『아버님, 안 됩니다.』

『뭐라고?』

『유네이아는 지배하지 못해요. 제가 가겠습니다.』

『괘, 괜찮아, 내가 지배할 거야! 왜냐면, 나는 언니의 여동생인걸.』

소녀가 필사적으로 매달렸다.

하지만, 그럴 수는 없다. 아버님이 하려는 것은 과거에 어머님과 **유네이아** 숙모님이 시도하여 무참하게 실패한 것과 완전히 같았다.

조금 술식을 개량한 정도로 결과가 변할 상대가 아니었다.

그리고 미끼로서 해왕에게 먹히는 역할은 반드시 목숨을 잃는다. 그런 역할을 이 아이에게 떠넘길 수는 없었다.

『같아서는 안 됩니다. 저를 믿어 주세요.』

『언니…….』

해왕을 제어하다니, 절대로 성공할 리 없었다.

나와 소녀의 발치에 톱니바퀴 형태 마법진이 나타났다.

『좋다, 믿어 보마.』

아버님의 냉철한 말에 망설임은 없었다.

그 상냥했던 아버님은 이제 없는 것이다.

여왕탑에서 윤택한 마력이 공급되어, 마력 절약 상태인 어린 모습에서 본래의 모습으로 돌아왔다.

사토 씨의 달콤하고 상냥한 마력 공급과 달리, 혼을 때리는 듯 격렬한 기세와 무례함이었다.

『《새겨라》.』

내가 유체로 만들어진 옷을 벗자, 아버님이 열기를 띠며 명했다.

발치에서 기어 올라온 주술이, 견딜 수 없을 정도의 불쾌함과 함께 내 피부 위에서 꿈틀거렸다.

『크, 크아아아.』

내 옆에서 같은 주술에 엉킨 소녀가 고통스런 소리를 냈다.

『《새겨라》.』

아버님이 다시 한 번 말하자, 이번에는 피부 위에 주술식으로 변화되어 새겨졌다.

—으으으윽.

아까 전의 불쾌함이 어린애 장난 같을 정도로 격렬한 분노와 절망이 흘러들었다.

시야가 일그러지고 흑백으로 바랬다.

안 돼. 이대로는 주독에 삼켜지고 말 거야.

—유생체.

문득 나나 씨의 목소리가 귓속에서 되살아났다.

아주 약간, 마음이 가벼워진 기분이었다.

『지, 지지 않아.』

나는 나나 씨와 미아 일행과 보낸 따스한 추억을 양식 삼아, 주독이 퍼붓는 분노와 절망에 저항했다.

『기다리거라, 해왕! 내 새로운 부하여!』

아버님의 홍소가 여왕탑에 울렸다.

해왕이 부유도 위에 온몸을 드러내자, 그 중량으로 섬이 기울었다.

어둡게 일그러진 시야에 비친 그 모습이, 어머님의 마지막을 상기시켰다.

—그 때 나는 봤어.

지배는 분명히 한 번 성공했었다.

하지만 지배는 오래 유지되지 못하고, 유네이아 숙모님은 해왕에게 삼켜져 소멸해 버렸다.

그렇다면 지배한 한 순간이 승기였다. 해왕 자신에게 자신의 핵을 파헤치도록 해서 자멸시키면 된다.

해왕만 쓰러뜨리면 뒷일은 사토 씨가 어떻게든 해줄 거다.

그 신비로운 사람이라면 분명히 아버님의 저주를 풀어서, 숙모님과 같은 이름의 유네이아라고 불리는 소녀도 행복하게 해 줄 거야.

미안해요, 사토 씨. 이게 제 선택이에요.

『잘 견뎠다, 레이아네! 다음이 마지막이다! 《쐐기를 새겨라》.』

아버님이 말한 직후 탁류 같은 주독이 흘러들었다.

—안돼, 이건 사람이 견딜 수 없어.

따스한 추억이 탁류에 오염되어, 내 마음도 주독의 파도에 삼켜져 사라져 간다—.

"즈아아아아암까아아아아안, 기다리어어어어어어어어어!!"

귀에 익은 목소리에 어둡고 흐린 시야를 움직였다.

천호광개 너머에 하늘을 나는 범선이 보였다.

저건…… 아리사?

"유생체여! 내가 왔다고 고합니다!"

"응, 마중."

나나 씨? 그리고 미아까지.

주독에 질 것 같던 마음이 따스함을 되찾고, 흑백이었던 경치가 색채를 되찾았다.

『흥, 어떻게 목소리를 전하고 있는지는 모르겠다만, 잔재주를 부리는구나.』

목소리는 사토 씨가 준 머리 장식에서 들렸다.

천호광개의 빛나는 돔과 비행 범선의 방어벽이 부딪혀, 파랗

고 하얀 불꽃을 튀겼다.

『신이 내린 천호광개를 깨는 것은 불가능하다.』

아버님이 비행 범선을 올려다보며 말했다.

"주인님의 치트 배리어를 얕보지마아아아아아~~."

"아리사, 나선 모드를 희망합니다."

"조오았어어! 드릴 파워를 보여주지!"

비행 범선 앞에 있던 방어벽이 빙글빙글 회전하기 시작했다.

"리자 씨, 애프터 버너 해버려!"

"알겠습니다. 후부 추진 증폭 장치 작동."

비행 범선의 뒤에 보이던 분사 연기가 한층 더 격렬해졌다.

"지금이라면 말할 수 있어! 배리어를 이길 수 있는 건 배리—."

아리사의 말 도중에, 해왕이 물과 얼음의 거창으로 천호광개를 때렸다.

비행 범선은 천호광개에 부딪혀 부서진 물 창의 여파를 받아 나뭇잎처럼 흘러가 버렸다.

『어리석구나.』

—아니, 저 애들 덕분에 나는 마지막까지 제정신을 유지했다.

『끝난 모양이구나?』

『네, 아버님.』

나는 팔을 휘둘러 자신의 주위에 유체로 옷을 만들었다.

여덟 신들을 모시는 무녀의 정장을 몸에 걸쳤다.

비틀거리면서도 일어선 유네이아의 손을 잡아주고, 그녀의 발치에 떨어진 옷을 입혀줬다.

『가거라, 레이아네.』

전망대에서 뻗은 가는 다리에 발을 디뎠다. 다리 끝은 천호광 개 바깥까지 뻗어 있었다.

충분한 폭이 있는데도, 높이에 겁먹은 내 다리가 주저할 것 같았다.

주술로 이어진 유네이아가 뒤를 따라왔다.

—TWAAAAKZWOOOOOOWN.

심장을 파헤칠 듯 두려운 소리에 몸이 떨렸다.

뒤에 있던 유네이아가 다리에 힘이 풀려 쓰러지는 소리가 들렸다.

다리 끝에는 거목과도 같은 해왕의 촉수가 기다리고 있었다. 촉수 끝은 몇 중으로 갈라져서, 말미잘처럼 꿈틀거리고 있었다.

"그렇겐 못해! 그렇겐 못한다아아아아아아아아아!"

"5연장 마포, 발사준비 완료! 쏠게요!"

아리사의 외침에 이어 루루의 긴장된 목소리가 들렸다.

귀가 아플 정도의 **연속음**이 울리고, 몇 줄기 붉은색 포탄이 해왕의 촉수 표면에 맞아 터지며 그 몸을 파헤쳤다.

—TWAAAAKZWOOOOOOWN.

해왕의 포효가 울려 퍼졌다.

마포는 분명히 해왕조차 상처를 낼 수 있다.

하지만 마력 소비가 커서 몇 번이고 쏠 수 없다. 작은 비행 범선의 포라면 지금 그걸로 끝이다.

"타마, 포치!"

"교환이다호~?"

"포치의 재빠른 기술을 보여주는 거예요!"

상공을 선회하는 비행 범선의 갑판에서, 리자 씨 일행이 포에 달라붙어 작업을 시작하는 게 보였다.

"성수석 기관의 창화 교환이 완료됐다고 고합니다."

"루루! 이쪽도 마포 포신 완료했습니다!"

나나 씨와 리자 씨 일행의 목소리가 들렸다.

"응, 차지 완료."

"차탄 포격!"

방금 전과 같은 포탄의 비가 촉수에 쏟아져 내렸다.

해왕의 촉수 하나가 찢어져 날아갔다.

『—굉장해.』

그 쾌거에 무심코 찬사의 말이 나왔다.

"해냈다아아아아아아! 이대로 계속 가는 거야!"

아리사의 말에 떠오른 미소가, 시야 구석에 비친 해왕의 본체를 보고 얼어붙었다.

『아리사! 도망쳐어어어어어!』

"—엥?"

하늘을 뒤덮는 거대한 마법진이 해왕의 상공에 생겼다.

다음 순간, 대지를 찢어내는 거대한 물 망치가 아리사 일행이 있던 공간을 때렸다.

『……아리사, 나나 씨.』

아아, 저 정도의 막대한 질량을 받고서 무사할 리 없었다.

만약, 그 비행 범선을 오리하르콘이나 세계수의 가지로 만들었다면, 본체는 무사할지도 모른다. 그렇지만, 그래도 안에 있는 사람은 틀림없이 다진 고기처럼 짓이겨진다.

친구들의 맥없는 죽음에 내 눈동자에서 끊임없이 눈물이 흘러내렸다.

아리사, 나나 씨, 미아……. 나는 친구들의 이름을 차례대로 마음에 새기며, 슬픔에 가라앉는 마음을 채찍질했다.

하지만, 안 된다— 슬픔이 너무 깊어서 일어설 수 없었다.

"이야, 죽는 줄 알았네."

—어?

"죽는 줄 알았네, 가 아냐!"

아리사의 목소리에 이어서, 따콩 두드리는 소리와 사토 씨가 꾸짖는 목소리가 들렸다.

고개를 든 내 시야에 익숙한 돛이 들어왔다.

돛이 눈앞에서 위로 올라오더니 내가 주저앉은 다리 앞에 비행 범선이 나타났다.

"정말이지, 귀환전이로 돌아온 직후에 배와 함께 다시 전이하게 될 줄은 몰랐다."

비행 범선의 갑판에서 아리사의 머리를 거칠게 쓰다듬고 있던 사토 씨가 이쪽을 돌아보았다.

검고 온화한 눈동자가 나를 보았다.

나를 보고 안도의 한숨을 쉰 그가 온화하게 웃었다.

『기다렸지, 레이.』

몸이 둥실 떠올랐다.

내 몸은 바람을 타는 솜처럼 하늘을 날아 그가 서 있는 비행범선의 갑판으로 이동했다.

『걱정을 끼쳤나 보네.』

일상을 체현하는 듯 가벼운 목소리를 견디지 못하고, 그의 품 안에 뛰어들어 어린애처럼 울고 말았다.

하지만, 그 눈물은 결코 차갑지 않았다.

맑은 하늘에서 내리는 비처럼, 따스하게 내 마음을 채워주었다.

결판

"사토입니다. 고인의 유언을 지키는 건 존귀한 일이지만 그것이 살아있는 사람들을 속박해 버리는 건 좀 아니라고 생각해요. 자신들이 일단 행복하고 난 다음에 유언을 지켜야 하지 않을까요?"

『레이아네! 자신의 사명을 잊은 것이냐!』

아래쪽에서 들리는 해골왕의 목소리에 어른 모습 레이의 웃음이 얼어붙었다.

『—사명?』

『네, 해왕을 지배하여 안쪽에서 자멸시키는 겁니다.』

『자신을 희생해서?』

레이는 대답하지 않았지만 태도를 보니 틀림없군.

"괜찮아~?"

"이제는 주인님한테 맡기는 거예요."

타마와 포치 둘이 어릿광대처럼 포즈를 취했다.

레이의 슬픈 기색을 느끼고 위로하려는 거겠지.

"응, 괜찮아."

"유생체— 아니, 레이. 마스터를 믿어달라고 호소합니다."

『미아, 나나 씨— 하지만, 해왕은 보통이 아니에요.』

동료들의 호소에, 레이가 완고하게 고개를 옆으로 저었다.

"보통이 아니라면, 대괴어나 성룡보다 강한 거야?"

아리사가 어쩐지 대강대강 물었다.

『—비슷한 정도예요.』

"그럼 문제없습니다."

"그렇네요."

레이의 말에 리자와 루루가 대답하자, 레이의 얼굴에 그제야 의문이 떠올랐다.

『정말로 어떻게 되는 건가요?』

『물론이지. 다들 열심히 설득하고 있으니까 끝날 때까지 기다리는 것뿐이야.』

조심조심 묻는 레이에게 수긍했다.

실제로 빛 마법 「집광」은 이미 내 옆에서 대기하고 있었다.

처음에 생각했던 「유성우」는 2차 피해가 심해서 자중했다.

『이 어리석은 놈들! 신의 은총을 받은 천공인의 「부유도」 라라키에로도 이길 수 없었던 사악한 「해왕」을, 고작 나룻배 한 척으로 이길 수 있다고 생각하느냐!』

해골왕이 뿌려대는 「공포」에, 동료들의 몸이 경직되었다.

『이길 수 있어.』

나는 가볍게 어깨를 으쓱거리며, 아까부터 천호광개가 만드는 빛의 돔을 마구 두들겨 대는 「해왕」을 돌아보았다.

천호광개의 방어벽은 아까 그 낙수 공격에도 무사한 모양이군.

"해왕 종료를 알립니다."

나는 레이저의 여파로 동료들이 다치지 않도록 배에서 떨어져, 마법란에서「광선」을 골랐다.

"먼저 가 있는 염왕이랑 공왕하고 같이 명계에서 사이좋게 지내라."

약간 대각선 아래, 부유도 가장자리를 스치듯 발사한 120개의 레이저를 집광해서 한 줄기로 집약했다.

한 순간에 빛의 돔을 꿰뚫은 집속 레이저를 똑바로 위를 향해 베어 올렸다.

『빛의 검…….』

해골왕의 곁으로 돌아간 유네이아가 내 집속 레이저를 무척 우아한 이름으로 불렀다.

집속 레이저는 오존 냄새와 눈을 태우는 듯 강렬한 빛을 남기고 해왕과 돔을 두 동강으로 양단했다.

둘로 갈라진 해왕이 천천히 바다 위를 향해 추락했다.

돔의 틈으로 떨어지는 해왕의 힘없는 촉수를「이력의 손」으로 붙잡아「해왕」을 통째로 스토리지에 직행시켰다.

이 정도로 크다면 시체가 쓰러지기만 해도 2차 피해가 생기거든.

『자, 종료.』

그렇게 선언했지만 레이는 멍한 표정으로 입을 벌리고 있었다.

자세히 보니 리자와 타마 말고는 동료들도 같은 반응이었다.

그러고 보니 리자 말고 다른 동료들 앞에서 진심으로 전투를 한 건 처음이었던가? 타마가 놀라지 않는 건 신기하지만, 언제나 마이페이스인 타마다운 것 같으니 신경 쓰지 말자.

『감사합니다, 사토 씨. 이걸로 어머님의 원수를 갚았어요.』

내가 갑판으로 돌아가자, 레이가 말하면서 안겨 들었다.

상황이 이렇다 보니 철벽 페어의「길티」선언이 없었다.

『……어째서냐.』

지옥의 바닥에서 들리는 듯 원한이 담긴 목소리가 들렸다.

『어째서냐? 어째서어째서어째서냐!!』

목소리의 주인은 두 팔을 부들부들 떠는 해골왕이었다.

『어째서, 너와 같은 규격을 넘어선 존재가 이 자리에 있느냐!』

『—어쩌다 보니까?』

순순히 대답했는데, 해골왕이 뿜어내는 노기가 상승했다.

『어째서, 내 처 레이아네가 몸을 바쳤을 때는 없었단 말이냐!!』

내가 레이에게 시선을 향하자,「어머님이에요」라고 대답했다.

헷갈리잖아. 레이의 어머니도 이름이 레이아네였구나.

『라라키에가 바다에 가라앉은 2만 년 전에 나는 아직 태어나지 않았으니까.』

그리고 만약 그 시대에 내가 있었다고 해도, 제멋대로 굴던 라라키에의 멸망을 구했을 거냐고 물으면 고개를 갸웃거릴 수밖에 없다.

물론 산 제물의 여왕 자매는 구했겠지만.

『유네이아, 레이아네를「조작」해서 놈을 죽여라.』

으그극. 신음하던 해골왕이 옆에 있던 유네이아에게 작게 명하는 것을 엿듣기 스킬이 포착했다.

끌어안은 자세의 레이가 내 목을 졸랐다.

『사, 사토 씨, 몸이 멋대로—.』

레이가 초조하게 저항하려고 했지만 그녀의 손가락은 그녀의 의지에 반하여 움직이고 있었다.

레이의 몸을 내려다보니, 어엿한 골짜기— 가 아니라, 독기를 이용한 수상쩍은 술식으로 묶여 있었다.

독기시를 사용하면 시야가 흑백이 되는 것이 결점이야.

『—안 돼. 손가락이 내 마음대로 안 돼.』

레이가 비통한 표정으로 분통하게 중얼거렸다.

『괜찮아, 레이.』

목소리를 내기 힘들기에 「원거리 통화」 마법으로 레이에게 전했다.

"주, 주인님!"

『괜찮아.』

걱정하는 동료들에게도 「원거리 통화」로 말하고, 그대로 레이의 몸 위에 손을 움직이며 독기를 걷어내기 시작했다.

기관이 막혀 있어서 호흡은 못하지만, 스토리지에서 폐에 직접 산소를 공급할 수 있으니 문제없었다.

『말도 안 된다! 내 술식을 풀겠다는 것이냐?!』

해골왕이 내 의도를 깨달은 모양이다.

흑백의 시야 구석에서 해골왕이 소란을 피웠다.

『못한다! 그렇게 놔둘까 보냐! 유네이아, 제물의 술식을 발동시켜라! 레이아네와 함께 저 악마를 멸하는 것이다!』

『……어, 언니를?』

언니를 희생시키라는 해골왕의 명령에 유네이아가 당혹하는 표정을 지었다.

『뭘 하느냐, 유네이아! 본관의 명령이 들리지 않느냐!』

해골왕의 질책에 유네이아가 고개를 숙이며 몸을 움츠렸다.

그 흔들리는 눈동자에는 가책과 공포, 언니를 따르는 마음, 부조리한 명령에 대한 당혹감. 이런 것들 이 담겨 있었다.

유네이아가 울 것 같은 표정으로 해골왕과 레이를 번갈아 본 다음 고개를 숙이고 침묵했다.

『뭘 하느냐! 이 굼벵이가!』

해골왕의 질책을 들은 유네이아가 천천히 고개를 들었다.

연약한 눈동자로 레이를 보던 유네이아가 앙다문 입술을 깨물며 눈동자에 의지의 빛을 담았다.

『……시, 싫어.』

모기가 우는 것 같은 소리로 유네이아가 거절의 말을 고했다.

『유네이아.』

내 목을 조르는 레이가 울 것 같은 표정으로 중얼거렸다.

마음 속으로 레이와 함께 유네이아의 결단에 찬사를 보내면서, 독기를 걷어내는 작업에 전력으로 집중했다.

시야가 완전히 독기 일색으로 물들고 다른 것은 보이지 않게 되었다.

『뭐라고?』

『언니를 의미 없이 죽게 만드는 건, 싫어.』

『이 쓸모없는 것!』

유네이아를 때리는 소리와 동료들의 분노하는 목소리, 그리고 불 지팡이와 벼락 지팡이 발동음이 들렸다.

아무래도 동료들이 유네이아를 때린 해골왕을 공격하는 것 같다.

나는 만약을 위해서 선수상형 골렘 허수아비에게 방어벽을 강화하란 지시를 「신호」 마법으로 전달했다.

그리고 독기를 걷어내는 동안 이 독기가 전과 조금 다르다는 것을 깨달았다.

지난번에는 독기들끼리 유착되어 지혜의 고리처럼 얽혀 있었는데, 이번에는 마법진처럼 논리정연하다. 이거라면 생각보다 빨리 걷어낼 수 있겠어.

나는 장인의 기술처럼 재빠르게 레이의 독기 술식을 풀어냈다.

목을 조르던 레이의 손이 천천히 풀어졌다.

〉「저주 해제」 스킬을 얻었다.

〉「저주 되돌리기」 스킬을 얻었다.

〉칭호 「수수께끼 풀이 명인」 을 얻었다.

〉칭호 「기도사」 를 얻었다.

내가 언제 기도를 하고 수수께끼를 풀었는지는 모르겠지만, 이것저것 스킬을 얻었다.

평소에는 맨 처음 레이의 독기를 걷어냈을 때 얻었을 테니까,

역시 이번 독기는 지난번 것과는 좀 달랐던 모양이군.

두 가지 스킬이 편리해 보이기에, 곧장 스킬 포인트를 분배하고 유효화했다.

시야를 본래대로 되돌리자 해골왕이 경악한 표정으로 이쪽을 보고 있었다.

아무것도 안 한다 싶더라니 마법을 영창하고 있었나 보다.

『…… ■■■■■■■ 원령 기사 소환.』

해골왕 주위에 6기의 원령 기사(레이스 나이트)가 나타났다.

기수와 기마 둘 다 다리가 투명한 것이 척 보기에도 하늘을 날 법한 느낌이었다.

이 원령 기사들은 레벨이 45나 된다.

아마도 해골왕의 비장의 수겠지.

"유도 화살이면 되나?"

나는 최대수까지 만들어낸 유도 화살을 각 20개씩 원령 기사를 향해 쏘았다.

원령 기사들이 일제히 날아올라서 공대공 미사일에서 도망치는 전투기처럼 격렬한 기동으로 라라키에의 하늘을 날아 다녔다.

저런 속도로 움직일 수 있다면 하늘을 날지 못하는 사람들한테는 꽤 위협적일지도 모르겠네.

『마, 말도 안 된다! 상급 술리 마법 최강인「이력의 창 난무」를 쓴단 말이냐! 그리고 저 말도 안 되는 이력의 창의 수는 뭐냐! 레벨 30인 네놈이 어째서, 이 정도 술리 마법을 쓸 수 있는 것이냐!!』

하나, 또 하나씩 유도 화살을 맞고 흩어지는 원령 기사를 보며 해골왕이 부조리함에 울부짖었다.

분명히 하급 공격 마법인「유도 화살」이라고 말하면 안 믿겠지.

『아직이다! 이렇게 되면 꼭두각시 인형 안에 있는 왕매(王妹)의 조각을 제물로「신의 종복」을 소환해 주마!』

『아, 아버님.』

유네이아의 머리칼을 붙잡아 들어 올린 해골왕이 그녀의 가슴에 뼈다귀 손가락을 향했다.

머리칼에서 생명력을 빨아들이고 있는지, 유네이아의 체력과 마력 게이지가 굉장한 기세로 줄어들었다.

『—유네이아아아아아아!』

레이의 비통한 외침이 여왕탑에 메아리쳤다.

검게 빛나는 해골왕의 수도가 기세를 타고서 유네이아의 가슴을 파고든다.

『자, 그만하세요.』

섬구로 품속에 뛰어든 내 손이 유네이아의 가슴과 해골왕의 수도 사이로 파고들었다.

손바닥에 마인을 발생시켰으니 내 손도 다치지 않았다.

『무, 무슨 짓을…….』

유네이아의 머리칼을 붙잡은 해골왕의 팔을 부수고, 나한테 반응하지 못하여 무방비한 몸통에 힘 조절을 해서 킥을 때려 박았다.

해골왕이 바닥 위를 두 바퀴 세 바퀴 굴러가서 기둥 하나에 격돌해 멈췄다.

『아, 악마가 나를?』

유네이아한테는 위기를 구해준 지금도「흑발의 악마」인가 보다.

『사토라고 하는데, 이름으로 불러주지 않을래?』

나는「저주 해제」의 도움을 빌어서 유네이아를 얽매고 있던 술식을 재빨리 떼어냈다.

스킬이 없을 때와 비교하면 대단히 매끄러웠다.

『자, 끝.』

독기가 깔끔하게 걷힌 유네이아한테서 천천히 손을 떼었다.

『—아이쿠, 위험해라.』

휘청거리는 유네이아를 황급히 끌어안아 지탱했다.

독기를 걷어냈지만 유네이아의 낯빛은 아직도 안 좋다. 상태가「쇠약」이었다.

아마 아까 머리칼에서 생명력을 흡수당했기 때문이겠지.

『저주의 검은 사슬이여! 놈들을 찢어내어 무한 지옥으로 끌어내리라!』

해골왕이 무슨 아이템을 한 손에 들고 외치자, 발치의 그림자에서 칠흑의 독기가 뿜어져 나오면서 어마어마한 수의 검은 사슬이 되어 우리를 덮쳤다.

스토리지에서 꺼낸 성검 클라우 솔라스에 마력을 주입하면서, 내 곁으로 온 검은 사슬을 한 번 휘둘러 증발시켰다.

"《춤춰라》. 클라우 솔라스, 배를 지켜."

내 손을 벗어난 성검 클라우 솔라스가 비행 범선으로 뻗어가는 검은 사슬을 파란 빛으로 정화시켰다.

아, 역시. 성검 클라우 솔라스가 너무 편리하네.

『성검을 놓아서 운이 다했구나!』

해골왕이 승리를 확신하며 희열에 찬 목소리로 외치자, 그의 발치에서 추가로 검은 사슬이 촉수처럼 덮쳐들었다.

『이제 안 돼…….』

『괜찮아, 반드시 지켜줄 테니까.』

품속에서 떨고 있는 유네이아에게 상냥하게 속삭였다.

선두의 검은 사슬에 마력을 주입한 킥을 날리자 사슬이 마치 내 발을 기피하는 것처럼 움직임을 멈추었다.

—혹시.

『물러나라! 검은 사슬.』

내가 선언하며 팔을 휘두르자, 검은 사슬이 일제히 해골왕에게 돌아갔다.

아마도「저주 되돌리기」스킬 효과겠지.

『마, 말도 안 된다! 어째서 내 술식이 나를 공격하느냐!』

검은 사슬이 해골왕을 지키는 그림자의 방어벽을 돌파하고 그의 뼈마저 부쉈다.

『이, 이대로는 멸해버리고 만다. 유네이아여, 사랑스런 딸아. 이쪽으로 오너라.』

만신창이로 살아남은 해골왕이 간드러지는 목소리로 유네이아를 불렀다.

유네이아는 내 품 속에서 벗어나려고 했지만 확실하게 함정이라서 팔에 힘을 풀지 않았다.

『네 목숨을 흡수하면 재생할 수 있다. 지하공방에는 너와 틀이 같은 호문클루스의 생명 핵이 남아 있다. 언제든지 새로운 유네이아를 만들 수 있다. 그러니, 네 목숨을 나에게 바쳐라.』

아주 제멋대로 구시네?

그래도 부녀의 정이 있는지, 유네이아는 끊임없이 눈물을 흘리면서 해골왕에게 팔을 뻗었다.

그때, 우리들 옆으로 돌의 포탄이 날아갔다.

『이 무슨……!』

돌 포탄은 해골왕의 갈비뼈를 부수고, 중앙에 있는 암적색으로 빛나는 마핵에 파고들었다.

『레이, 아네— 어째서, 나를 쏜 것이냐.』

돌아보니, 마법을 쏘아낸 자세 그대로 눈물을 흘리는 레이가 보였다.

지금 그 포탄은 레이가 가진 황옥 반지로 쏜 모양이다.

『어머님의 유언입니다. 아버님이 사람다운 길에서 벗어난다면 바른 길로 이끌어 달라는.』

해골왕이 끄트머리부터 부서지며 미세한 재가 되어 흩어졌다.

『위대한 천공인의 왕배(王配), 영원한 목숨을 가진 불사의 이 몸이, ……이러한…… 최후……를…….』

두개골이 재가 되어 흩어지고, 해골왕의 머리에 남아 있던 왕관이 덜크렁 메마른 소리를 내며 바닥에 떨어졌다.

『안녕히, 아버님. 하지만, 저도 곧…….』

사라져가는 해골왕을 배웅하며, 레이가 어수선한 말을 중얼거렸다.

후반의 말은 아주 희미해서 엿듣기 스킬을 가진 나 말고는 못 들은 것 같다.

『고마워요, 사토 씨. 고마워요, 다들.』

돌아본 레이가 부자연스러울 정도의 미소를 지으며 우리에게 감사의 말을 했다.

『사토 씨, 저를 여왕탑으로…….』

레이의 부탁에 응하여, 그녀를 「이력의 손」으로 옮겨줬다.

『해왕이 죽고, 대해를 소란하게 했던 아버님은 승천했습니다. 이제는 제가 라라키에를 해구 바닥으로 가라앉히고, 누구의 손에도 넘어가지 않도록 라라키에의 자가붕괴장치를 작동시키면 세상의 위기는 사라집니다.』

레이가 순교자처럼 웃었다.

『유네이아를 부탁드려요. 이 애는 아버님에게 이용당했을 뿐이니까. 모든 죄는 저와 이 부유도 라라키에가 이어받겠어요.』

『어, 언니……. 두고 가지마……. 나도 데려가.』

유네이아가 호소하면서 뻗은 손을, 레이가 상냥하게 쥐어주었다.

『아니, 당신은 사토 씨랑 같이 가세요. 당신에겐 미래가 있으니까.』

레이의 말에 유네이아가 울면서 고개를 옆으로 저어 거부했다.

이것이 이야기라면 이런 슬픈 결말도 괜찮을지 모른다.

그러나, 그걸 좋아하지 않는 사람이 나 말고도 이 자리에 있단 말이지.

“아리사, 키이이이이이이이이이이이이익!!”

아리사의 서툴기 짝이 없는 발차기가 레이의 엉덩이에 가볍게 명중했다.

아리사는 내가 데리고 왔다. 뭔가 말하고 싶은 것 같기에 동료들을 「이력의 손」으로 이리 데려왔다.

『앗? 아리사?』

“정~말이지. 이래서 무균실에서 자란 공주님은 곤란하다니까!”

『하지만, 아리사…….』

아리사의 험악한 분위기에 레이가 당황했다.

“하지만이고 저지만이고 없다고, 아리사 대신 고합니다.”

『나나 씨…….』

“응, 짧은 생각.”

『미아까지…….』

나나와 미아가 참전하자 타마와 포치는 「힘내라」라고 쓰인 부채를 양손에 들고 모두를 응원하고 있었다. 아마 부채는 아리사가 준비한 거겠지.

루루와 리자는 유네이아를 보살피려고 간이침대를 준비하고 있었다.

나는 유네이아를 리자에게 맡기고, 아리사의 설득을 지켜보았다.

“어~째서, 문제가 전부 정리됐는데 마지막에 자폭이야.”

『그야, 라라키에가 이 자리에 남아 있으면 또 누군가가 악용하려고 할 거야.』

“그거랑 네가 같이 죽는 건 다른 문제잖아.”

아리사의 말이 맞으니, 두 사람의 대화를 지켜보았다.

『……아리사도 석판의 기록을 봤잖아? 우리들, 천공인은 육지 사람들에게 용서받지 못할 폭정을 했어. 우리들 라라키에의 왕족은 속죄를 해야 해.』

당시의 지도자도 아닌 레이가 속죄할 필요는 없을 것 같은데.

그리고 속죄해야 할 상대도 살아있지 않으니까.

아리사도 그렇게 느꼈는지 레이의 말에 어깨를 으쓱거리며 반론했다.

“2만 년 전 이야기잖아? 엘프도 대가 바뀌었으니까 그런 옛날 일은 하이 엘프들 정도나 기억하고 있을걸.”

『하지만—.』

죄의식에 사로잡힌 레이에게는 아리사의 설득도 통하지 않는 모양이다.

레이의 손을 잡은 아리사가 나한테 레이를 떠넘겼다.

“주인님! 끌어안아.”

잘은 모르겠지만, 아리사의 요청에 따라 레이를 상냥하게 끌어안았다.

『어, 아리사? 사, 사토 씨, 놔줘요.』

"주인님, 좀 더 세게!"

어른 모습의 레이는 스타일이 빼어나다 보니 좀 쑥스럽다.

『아, 아앙, 사토, 씨.』

방금 전까지 얼굴이 빨개진 채 버둥거리던 레이가 조금씩 고개를 숙이고 얌전해졌다.

"진정된 모양이네—."

과연, 설득《물리》란 거구나.

"—역시 파더 콤플렉스는 스킨십이야."

아리사의 말 후반부는 소리가 작아서 레이는 못 들었을 거다.

"지금 라라키에랑 같이 죽어도 네 자기만족밖에 안 돼. 누구 한 사람 기뻐하지 않고, 누구 한 사람 행복해지지 못해. 완전 마이너스야."

『아리사…….』

아리사의 빡빡한 한 마디에 레이가 슬픈 기색으로 눈을 깔았다.

『맞아, 레이. 세상에는 아직 즐거운 일이 많으니까 같이 즐거워지자.』

레이의 고개를 위로 올려주면서 나도 되도록 상냥하게 들리도록 속삭였다.

『그리고 네가 죽으면, 유네이아도 뒤를 쫓을 거야.』

『응, 언니가 없는 세상은 필요 없어.』

『유네이아…….』

나는 끌어안고 있던 레이를 유네이아의 곁으로 데리고 갔다.

『함께, 살자, 언니…….』

『유네이아…….』

반신을 일으킨 유네이아를 레이가 끌어안았다.

“저도 함께라고 고합니다.”

“응, 함께.”

나나와 미아가 두 사람을 함께 끌어안자, 다른 애들도 같이 두 사람을 따스하게 감쌌다.

“밀어내기 놀이~?”

“밀려나서 울면 안 되는 거예요.”

이해하지 못하는 부분이 좀 있는 것 같지만, 유네이아와 레이가 울면서도 미소를 보여줬으니 좋다 쳐야지.

에필로그

"사토입니다. 세상의 위기란 것은 생각보다 가까이 있을지도 모릅니다. 하지만 가능하면 그런 건 슈퍼 히어로한테 맡기고, 평화로운 세상에서 평안한 나날을 보내고 싶습니다."

"주인님, 트로피컬 주스를 가져왔어요."

"고마워, 루루."

나무 그늘에서 쉬고 있는데 커팅 후르츠가 꽂힌 잔을 들고 루루가 나타났다.

남쪽 섬에 걸맞은 대담한 수영복 차림이지만, 보름이나 지내면서 익숙해졌는지 루루도 태연한 느낌이었다.

나에게 잔을 건넨 루루가 해안에서 수박 깨기를 하는 동료들 곁으로 돌아갔다.

여기는 처음에 찾아왔던 라라키에 중앙의 섬이었다.

나는 루루가 오기 전에 이야기하던 상대와 통화를 재개했다.

『사토, 그러면 이제 엘프들의 도움은 필요 없어?』

이야기하는 상대는 보르에난 숲의 하이 엘프 아제 씨였다.

보통 「원거리 통화」는 도시 끝에서 끝 정도까지만 도달하지만, 내 경우는 머나먼 보르에난 숲까지 여유롭게 닿는다.

『네, 결계 설치 도와줘서 고마워요.』

『괜찮아! 사토는 보르에난에 잔뜩 도움을 줬으니까.』

그 사건 뒤에 곤장 라라키에를 본래대로 가라앉히고, 봉인탑 섬의 탑에서 속성 보옥과 휘염검을 꺼내 본래대로 위장 상태로 되돌려놨지만, 그대로는 레이가 걱정하는 것처럼 악의를 가진 제3자에게 다시 이용당할 것 같았다.

그래서 그걸 막기 위해 보르에난의 엘프들에게 부탁하여 「방황하는 바다」 마법으로 진입 불가능한 결계를 쳤다.

오랜만에 연락하면서 협력을 의뢰하는 것에 조금 켕기는 느낌은 있었지만, 아제 씨나 엘프들은 그런 건 개의치 않고 결계를 쳐주었다.

답례로 한 번 보르에난 숲에 「귀환전이」하여, 탄환 참치를 대접해주었다. 의외로 회나 초밥도 받아들였다. 엘프들은 그릇이 크다니까.

그리고 보르에난에 간 김에 카카오에서 초콜릿을 만드는 걸 요리사 엘프 네아 씨에게 의뢰했다. 내가 만들어보기도 했지만, 만드는 법이 틀렸는지 별로 맛있지 않았다.

또한 마침 좋은 기회라 결계를 설치하는 중간이었던 라라키에 주변 섬들에 트렌트의 씨앗을 심었다. 덕분에 씨앗은 거의 남지 않았다.

『다음에는 언제 놀러와? 그게~ 그러니까, 그게, 네아도 「초콜릿」 때문에 질문이 있다고 했었고, 키야도 사토가 가져다 준 마법 장치 때문에 의논할 게 있다고—.』

꼬물거리며 정말로 말하고 싶은 걸 말하지 못하는 것 같은, 안타까운 분위기가 「원거리 통화」 너머에서 전해졌다.

『기다리는 건 네아 씨랑 키야 씨뿐인가요?』

나는 살짝 장난끼를 부려서 쓸쓸해 보이는 어조로 아제 씨에게 물었다.

『물론, 루아와 히야도 만나고 싶어하기는 해. —그리고, 나도.』

—좋았어!

나는 마음 속으로 쾌재를 부르고는 되도록 티가 나지 않도록 주의하며 대답했다.

『아제 씨가 바란다면, 매일이라도 놀러 갈게요.』

『고마워, 사토. 하지만 매일은 힘들 테니까 가끔이면 돼. 하지만 가능하면 「원거리 통화」는 너무 시간 두지 말고 해주면 기쁠 것, 같은, 데.』

아아, 정말, 너무 귀여워서 지금 당장 보르에난까지 쓰러뜨리러 가고 싶군.

『네, 언제든지—.』

『마스터 사토! 특훈으로 마력을 너무 썼으니까 마력을 보충해 줘! 수영복 벗으면 돼?』

모래사장을 달려와 나한테 다이브한 것은, 완전히 친해져서 밝아진 유네이아였다.

나한테 찰싹 달라붙어 어리광부리는 모습에서는 나를 「흑발의 악마」라고 부르던 무렵의 편린조차 엿볼 수 없었다.

비키니 브라를 벗으려는 그녀의 손을 잡아 말렸다.

“아니, 수영복은 입고 있어도 돼.”

『사토? 수영복? 입은 채?』

『아뇨, 아제 씨, 오해예요.』

“유네이아! 마스터는 저의 마스터입니다. 마스터를 가볍게 마스터라고 부르는 건 위험이 금지하고 독점이라고 고합니다.”

『에이, 언니도 독차지하면 안 된다고 그랬는걸? 마스터 사토, 그것보다 마력 공급 얼른~.』

“마스터! 유네이아만 마력 공급하는 건 불공평하다고 호소합니다. 저도 마력 공급을 희망합니다.”

원피스 수영복을 입은 나나가 어깨 끈을 붙잡고 단숨에 배까지 끌어내렸다.

이쪽을 바라보고 있는 상태라 풍만한 2개의 언덕이 리드미컬하게 춤추는 게 보였다.

『우와~ 어른 언니보다는 못하지만 나나도 커다랗네.』

유네이아가 나나의 가슴을 어린애처럼 버릇없이 주물렀다.

“제 가슴은 마스터의 것이라고 선언합니다.”

“나나, 일단 가슴은 가리렴. 마력 공급은 타월로 가린 다음에—.”

『사, 사토, 가, 가슴이. 어, 가리라고, 드러낸 거야? 사토?』

아뿔사, 원거리 통화가 이쪽 대화를 어중간하게 전달해서 아제 씨가 약간 패닉을 일으킨 모양이다.

“나쁜 아이는 여기 있냐~.”

“우웅, 파렴치.”

아리사와 미아가 소동을 듣고서 달려왔다.

『유네이아, 사토 씨를 너무 곤란하게 하면 안돼.』

『언니!』

두 사람 뒤에서 다가온 레이가 유네이아를 타일렀다.

마력 절약 모드의 어린 소녀 모습으로 돌아와 있어서 어쩐지 흐뭇한 광경이었다.

"자, 잠깐 레이! 자연스럽게 주인님 무릎 사이에 앉으면 안되지!"

"응, 독점 금지."

"그러면, 자리를 만들게."

레이가 오른쪽 다리로 이동하자, 아리사와 미아가 왼쪽 다리 위에 억지로 앉으려 했다.

"타마도 앉아~?"

"포치도 앉는 거예요."

"주인님을 너무 번거롭게 하면 안 됩니다."

아인 소녀들도 참전하고 마지막에는 루루가 얌전하게 내 등을 손가락으로 살짝 쓰다듬었다.

좀 간지럽군.

『사토 씨, 아제 님은 숲 마법으로 재워서 침대에 눕혔어요.』

『감사합니다, 루아 씨. 내일 아침에라도 수상 가옥에 가서 아제 씨한테 해명할게요.』

『네, 부탁드립니다.』

아제 씨가 패닉에 빠진 끝에 눈이 핑글핑글 돌아가고 있어서,

아제 씨를 보살피는 역할의 무녀 엘프 루아 씨에게 「원거리 통화」를 다시 이어 뒷일을 맡겼다.

이 카오스한 상황을 말로만 설명하는 건 무리다.

그런 대화를 하는 동안에도 동료들은 새로운 것에 흥미를 느끼고 해안 쪽으로 달려가 버렸다.

"사토 씨, 할 얘기가 있어요—."

혼자서 남은 레이가 진지한 표정으로 나에게 말했다.

◆

이런저런 뒷정리가 끝나고, 라라키에 내부 관광을 끝낸 우리가 섬을 떠날 때가 찾아왔다.

"정말로 섬에 남을 거니?"

"네, 반유령은 독기가 짙은 미궁이나 미궁도시에서는 생활할 수가 없어요. 그리고 사람들이 많은 곳도 독기가 짙으니까요."

『마스터 사토랑 헤어지는 건 괴롭지만, 나는 언니 옆에 있어야 하니까.』

우리는 레이의 집 앞에서 작별의 말을 나누었다.

이런 무인도에 두 사람을 남겨둔 채 떠나고 싶지는 않았지만 두 사람의 의지는 굳은 모양이다.

그날 레이가 섬에 남겠다고 한 뒤 동료들과 함께 뜻을 거두게 하려고 노력했지만, 아리사의 열혈 설득과 나나의 울며 떼쓰기도 통하지 않았다.

하다못해 지원을 하려고 성수석 기관이 달린 내부 장식과 상하수도를 설치한 주거지, 리빙 돌들이 경작하는 밭을 준비했다.

"알았어. 전이 마법도 있으니까, 보르에난 숲에 가거나 할 때 꼭 들를게."

"네, 다들 놀러 오는 걸 기대하고 있을게요."

『언제든지 놀러 와, 마스터 사토.』

레이와 유네이아가 내 볼에 살짝 닿는 키스를 했다.

"유생체— 아니, 레이. 또 만나러 오겠다고 고합니다."

"나나 씨, 나를 소중하게 대해줘서 고마워요."

나나와 레이가 꼭 끌어안았다.

"아제가."

미아가 아제 씨한테 받았다는「보르에난의 고요한 방울」을 건넸다.

이건 엘프의 비호 아래 있는 것을 나타내는 물건이라, 엘프를 신성시하는 사람이나 요정족들이 친절하게 대해준다.

"고마워, 미아."

레이가 팔을 뻗어 고요한 방울을 받고 그대로 미아의 목에 팔을 감아 나나와 함께 끌어안았다. 어린 소녀의 짧은 팔이라 절반도 못 미쳤지만, 그것을 지적하는 건 못난 짓이다.

물론 레이뿐 아니라 유네이아도 다른 아이들과 작별하는 걸 아쉬워했다.

그리고—.

"고마워, 아리사. 네가 있어서, 나는 여기서 다 함께 웃을 수 있는 거야."

"에헤헤, 그렇게 칭찬하면 쑥스럽구먼유~."

칭찬에 익숙지 못한 아리사가 견디지 못하고 장난치는 느낌으로 말을 맺어서 마무리가 안 좋다.

"아리사, 제대로 대답해줘."

"루루— 아, 알았어."

그래도 언니인 루루가 재촉하자 자세를 고쳤다.

"레이! 나는 네 등을 밀어준 것뿐이야. 네가 지금 여기 있는 건 자신이 결단한 결과야! 자기 결단에 긍지를 가져. 나에 대한 감사는 처음 한 번이면 충분해."

참으로 남자다움이 느껴지는 말에 레이가 눈꼬리에 눈물을 지으면서 라라키에의 최상급 예를 취했다.

레이를 부르는 말투에 쑥스러움이 남아 있는 것 같기도 하지만, 거기에 태클을 거는 건 관두자.

◆

이렇게 레이와 유네이아의 섬— 낙원 섬을 뒤로 한 우리는 설탕 항로를 따라 미궁도시 쪽 진로로 나아갔다.

물론 곧장 미궁도시로 간 것은 아니었다.

"펜드래건 주후! 들어보라! 『상자』가 돌아왔노라! 귀공이 말했던 용사 나나시 공이 『상자』를 되찾아 준 것이지!"

인사를 하러 라라키 왕성에 들렀더니 라라키 왕이 춤이라도

출 법한 기세로 그렇게 말했다.

이 「상자」는 라라키에를 가라앉힌 직후에 용사 나나시의 모습으로 맨 먼저 돌려주러 갔었다.

왜냐면 「상자」를 도둑맞았을 때 라라기 왕이 당장이라도 죽을 것 같은 표정이었거든.

"그것은 축하드릴 일입니다."

"펜드래건 주후가 나나시 공에게 한 마디 해준 거겠지?"

"아뇨, 저는 아무것도—."

"여전히 티를 안 내는 사내로군! 귀공의 주후 작위 의식은 사흘 밤낮에 걸쳐 연회를 열지! 대신! 저잣거리의 술을 모두 사들이라! 연회를 여는 동안 그 술을 백성들에게 무상으로 주라!"

신바람이 난 라라기 왕의 말에 왕성에 있던 대신들도 기쁜 기색으로 준비를 시작했다.

본래는 제동 장치가 되어야 할 재무 대신도 같이 준비하면서, 여분으로 공출할 수 있는 자금이 없는지 부하에게 확인하고 있었다. 미묘하게 앞날이 불안한 나라네.

나는 숙소에 있는 동료들에게 닷새 정도 이 나라에 머무르며 성내에 배정 받은 방에 모두 이동할 거라고 말하러 돌아왔다.

"주인님, 성희롱자식이 프레젠테이션할 게 있다고 오퍼가 들어왔어."

"알았어. 잠깐 다녀올게."

다들 이동 준비를 하도록 말하고, 상회 발족용으로 빌렸다는 점포를 방문했다.

"펜드래건 경! 들었네! 주후 작위에 대해서 말을 않다니, 이거 섭섭하지 않나!"

마중 나온 레일리 아시넨 후작 자제가 함박웃음을 지으며 나를 맞이했다.

그의 뒤에서 눈이 퀭해진 남성과 청년이 나왔다. 이 두 사람은 「흐린 하늘」을 이용한 교역 사업계획서 작성을 담당하고 있었다.

"주후님, 이걸 보세요. 이것이 저희들이 생각해낸 사업계획입니다."

"그럼 보겠습니다."

오오, 생각보다 면밀하고 알기 쉽게 적혀 있군.

처음 숫자에 정정선을 긋고서 두 번째 숫자가 적힌 곳이 많았다. 아무래도 정정선으로 지운 것이 본래 숫자고, 새로운 숫자는 내 주후 지위에 따른 면세 특권을 이용한 숫자인 모양이다.

근사하게도, 수정 전의 숫자로도 흑자로 교역할 수 있었다.

다만, 후자의 경우 배가 한 척이라는 것이 고비가 된 것 같다. 앞으로 두세 척 정도 있으면, 더 안전하고 안정된 교역을 할 수 있겠어.

그래서, 스토리지 정리도 할 겸 제안해봤다—.

"이거라면 문제없이 출자할 수 있겠어요. 내일이나 모레쯤에 항구에 범선이 두 척 더 올 예정인데, 상회에서 써보시겠어요?"

"배, 배가 말인가요?"

"네, 여행지에서 중형 상선을 싸게 팔기에 구매해 봤습니다.

이 라라기에서 매각하려고 했었는데, 이 계획이라면 여기서 쓰는 편이 좋을 것 같아서요."

"부, 부디, 이 상회로 돌려주세요! 변제 계획은 내일 모레까지 세워보겠습니다."

"네, 기대하겠습니다."

그렇게 말하며 일어서는 나를 레일리 씨가 붙잡았다.

상회 이름에 내 이름을 쓰지 않아도 되느냐 하는 질문이었다.

"딱히 쓰지 않아도 상관없어요. 주후의 배라는 것을 알리기 위해 제 깃발을 걸 필요는 있겠지만, 상회 이름은 여러분이 정해야겠죠."

나는 어디까지나 오너가 아니라 주주 같은 입장으로 있을 셈이었다.

"알았네. 그렇다면 상회 이름은『펜과 창 용 상회』로 하지. 가니카 후작령의『펜에 감긴 용 상회』를 흉내 내는 것 같지만, 둘 다 펜드래건 경의 영향을 받은 상회니까 알기 쉬워서 좋지 않나?"

"멋진 이름이군요."

결단력 있는 표정으로 말하는 레일리 씨에게 대답하고 그 이름을 쓰도록 했다.

그가 뒷짐 진 손에 든 이름 후보중에 두 번째 이후의 후보들은 내 이름 일부를 사용한 느낌인 게 보여서 무난한 걸 선택했다.

그렇지, 계획을 다시 검토하는 김에 남방 제도에서 보기 드문 식재료나 소재를 모아주는 것을 조건으로 출자액을 늘릴 수 있다고 말해봤다.

레일리 씨 옆에 있던 두 사람이 기쁨과, 일이 늘어난 절망이 뒤섞인 신기한 환성을 질렀다.

그리고, 주후 작위 식전이 이어진 악몽 같았던 사흘 밤낮의 주연도 끝나고—.

"펜드래건 경, 귀공의 주량은 이 나라의 전설로 전해질 쾌거야. 100명의 주호를 타도한 기념으로 이 메달리온을 내리지. 설탕 항로 안에서라면, 어느 나라, 어느 도시라도 귀공에게 힘을 보태줄 것이야."

"감사합니다, 국왕 폐하."

"음. 귀공의 여행길 안전과 좋은 술과 만나는 행운을 기원하지."

이 나라다운 작별 인사를 라라기 왕과 나눈 뒤 우리는 마도왕국 라라기를 출발했다.

여행길은 대부분 순조로웠다. 설탕 항로를 순서대로 돌면서 여러 소국이나 항만 도시에서 특산물이나 명물에 혀를 내두르기도 했다. 때로는 사건과 소동에 휘말리기도 했지만 모두 무사히 시가 왕국권 안으로 돌아올 수 있었다.

오는 길에도 지났던 가니카 후작령을 스치면서, 그 옆에 있는 우케우 백작령의 항구에 입항하여 산을 넘어서 반도 반대쪽에 있는 키릭 백작령의 항구로 향했다.

반도는 크기가 커서 이 지름길을 이용하는 여행자들이 많다고 한다.

그리고 우케우 백작령에 도착한 시점에서 보통 배로 바꿔 타고, 비행 범선은 스토리지에 수납했다.

우케우 백작령과 키릭 백작령은 둘 다 어업이 중심인 좀 촌스런 느낌이 나는 작은 영지였다.

서로 닮아서 그런지 영주들 사이가 안 좋다고 하는데, 그냥 지나가는 우리들하고는 별로 상관없는 이야기였다.

"주인님, 여기서부터는 어느 배에 탑승할 거야?"

"괜찮아, 제대로 생각을 해 뒀으니까."

뱃사람들은 여성을 배에 태우려고 하지 않았지만 그것도 예외가 있었다.

나는 항구 변두리에 있는 어떤 가게로 발을 들였다.

"안녕하세요?"

"창관이라면 항구 반대편이야. 미아라면 오른쪽으로 돌아서 해안을 따라 돌아가면 항구 중심으로 나온다."

체격 좋은 여선장이 말했다.

"아뇨, 무역도시 타르투미나까지 승객 8명을 태워주셨으면 합니다."

"진심으로 하는 말이냐? —아하. 승객이라는 게 그쪽 아가씨들도 포함되는 건가? 좋아, 내『귀녀 노잡이』로 실어다 주지!"

이렇게 우리는 그녀가 선장을 맡은 갤리선으로 무역도시 타르투미나에 가게 되었다.

"간다! 애들아."

""""예엡~.""""

여선장의 갤리선「귀녀 노잡이」는 이름 그대로 노잡이가 모두

체격 좋은 여성들뿐이었다.

젊은 아가씨도 많고, 위에 붕대만 감은 반라의 차림이라서 눈 둘 곳이 곤란했다.

눈길을 돌리려 해도, 객석이 노잡이랑 마주보는 형태였다.

“우리들 가슴이라도 괜찮다면, 좋을 대로 보도록 해!”

“그 대신, 항구에 도착하면 맛있는 에일을 사줘야지!”

“나는 싸구려라도 좋으니까 럼주가 좋아!”

“에일이나 럼주가 좋다면 얼마든지 사드릴게요.”

호쾌하게 웃는 노잡이 여성들에게 웃으면서 대답했다.

뱃사람은 술을 좋아하는 사람이 많은지 그녀들이 노 젓는 속도가 아까보다 빨라졌다.

“젊은 나리. 타르투미나 만이 보여. 여기 만 안쪽은 북적거리니까 만 안을 좀 돌아서 가도 될까?”

“네, 항로는 맡길게요.”

여선장 말처럼 시가왕국의 해외 무역 요충지라서 그런지, 여러 나라의 대형 교역선이 정박해 있고, 그 틈을 소형 배가 바쁘게 오가고 있었다.

도착한 항구도, 지금까지 본 설탕 항로의 나라들이나 수트안델의 항구보다 훨씬 떠들썩했다.

“젊은 나리! 나중에 꼭 참가해야 돼!”

“네, 숙소를 잡고 나서 찾아오겠습니다.”

입항한 뒤에, 주점 하나를 전세 내서 여선장과 노잡이들에게 럼주와 요리를 마음껏 먹도록 제공했다.

우리는 항구의 상공회의소에서 가르쳐준, 아인이라도 환영하는 숙소로 향했다.

상공회의소 사람들은 처음에는 잡스런 느낌으로 대응했지만, 라라기 왕에게 받은 메달리온을 보여주자 갑자기 태도가 돌변하여 친절해졌다.

"라라기의 붉은 비단과 이슈라리에의 『하늘의 눈물방울』이 그 정도 가격으로 팔리다니 깜짝 놀랐어."

"그러게. 붉은 비단은 원가의 7배였고, 『하늘의 눈물방울』은 30배였으니까."

흥분하는 아리사와 그런 이야기를 하는 동안 숙소에 도착하여 숙박 수속을 마친 다음, 나는 여선장과 노잡이들이 기다리는 술집으로 갔다.

동료들에게는 숙소에서 뽐내는 오오미 소 풀 코스를 준비했다.

지름길이 되는 치안이 안 좋은 길을 발 빠르게 나아가자 투기장 근처로 나왔다.

"태수님! 이런 때 투기장에 발을 들이는 것이 사모님께 들키면 큰일이 납니다."

"바보 놈! 레이텔이 키릭 백작령까지 가 있는 지금이 바로, 젊은이들의 육체미를 즐길 호기가 아니냐!"

그야말로 고위귀족이란 느낌의 중년 남성과 집사풍 의상을 입은 노인이 호색한 같은 대화를 나누고 있었다. 주위에는 은색으로 빛나는 갑옷을 입은 미형 기사가 4명 정도 호위하고 있었다.

그들이 나아가려는 곳에는 위병 두 사람이 경비를 하고 있으며, 그 중 한 사람이 앞으로 나아가 말을 걸었다.

"죄송합니다, 고귀한 분. 이 통로는 아랫것들이 사용하는 지저분한 길. 고귀한 분께 때가 묻어서는 큰 소동이 일어납니다—."

경비원 한 사람이 귀족 앞에서 고개를 숙이고, 이상할 정도로 정중한 어조로 관계자가 아니면 거절한다고 에둘러 말했지만, 귀족은 제대로 듣지도 않고 손에 든 석장으로 경비원을 후려치더니 억지로 지나가려 했다.

"천박한 놈, 내가 가는 길을 막아서다니 무슨 일이냐!"

그것을 보고 가만있을 수 없었던지, 또 한 사람의 거칠어 보이는 경비원이 거친 어조로 동료를 감쌌다.

"어이, 귀족님! 여기는 검투 노예의 대기실로 가는 통로야. 검투사 구경이라면 바깥쪽 입구로 들어가라구!"

"이런 무례한 놈이 있나. 이 놈의 주제를 알려주거라."

봉밖에 없는 경비원 두 사람에게 검을 뽑은 4명의 기사들이 칼을 휘둘렀다.

—진짜냐!

새빨간 피보라가 흩어지고, 순식간에 경비원들이 땅에 쓰러졌다.

그러고 보니 이 나라에서 상급 귀족한테 무례하게 굴면 운이 좋아도 노예가 되고, 상대가 안 좋으면 그 자리에서 참살해도 뭐라고 못했었지. 민주주의가 그립다.

"처리해 둬라."

후작이 무자비하게 말하더니, 집사와 두 기사를 데리고 통로를 성큼성큼 걸어갔다.

남은 기사가 경비원에게 마무리일격을 먹이려는 게 보이기에 개입하기로 했다.

“아아, 기사님. 이 놈들이 무슨 무례를 저질렀습니까?”

그냥 보고만 있다가 상대가 눈앞에서 살해당하면 틀림없이 꿈에 나올 거라니까.

“이 무례한 자들과 아는 사이인가?”

“네, 말도 제대로 할 줄 모르는 무식한 자들 탓에 수고를 끼쳐 송구합니다.”

나는 금화 몇 닢이 든 주머니를 기사에게 쥐어주었다.

“흥, 좋다.”

주머니의 무게와 안의 금화를 확인한 기사가 만족스레 중얼거리고 주군을 쫓아갔다.

나는 두 경비원에게 체력 회복 마법약을 먹이고, 소동을 듣고 찾아온 투기장 직원에게 두 사람을 맡기고 물러났다.

“마인약 현물은 이것뿐인가?”

“주검약이라면 더 있는데?”

“그건 충분하다. 다음 달에는 어느 정도 준비할 수 있지?”

“그거야 루더만 나리 나름이지.”

“미적(迷賊) 주제에 기어오르는군.”

이번에는 위법 약물 거래냐……. 이 무역도시 타르투미나가 상당히 거친 곳인 건 알겠다.

"너무 가로채면 소켈 자식한테 들키니까 용돈 벌이도 적당히 해야지."

양아치풍 남자가 뭔가 내부 사정에 대해서 중얼거리는 게 엿듣기 스킬로 들렸지만, 별로 흥미가 없어서 남자들의 이름과 죄상이 적힌 편지를 위병소에 투서해뒀다.

범죄자 단속은 본직에게 맡겨두는 게 편하고 좋거든.

그 날은 육감적인 여성들에게 둘러싸여 아침까지 마시게 되었다.

뭔가 마녀들의 사바트 같은 느낌이었지만 여러모로 말랑말랑했으니까 된 거야.

"기~?"

"다리인 거예요!"

다다음날, 보르에난 숲에서 「귀환전이」로 데리고 온 마차말 기와 다리를 보고 타마와 포치가 다가가 기뻐했다.

리자와 나나도 오랜만에 주룡의 등에 타고서 신이 난 느낌이었다.

자작 비공정으로 미궁도시까지 지름길로 가는 것도 가능하지만, 기왕이니 미궁도시까지 마차 여행을 즐기기로 했다.

신형 마도 마차에 단 전동 자전거 같은 어시스트 기능 확인도 하고 싶거든.

길가면서 마물이나 도적도 별로 안 나왔고, 생각보다 느긋한 여행길이었다.

중간에 들른 분기도시 켈튼은 무역도시 타르투미나, 왕도, 미궁도시 세리빌라 3대 도시의 중앙에 있는 육상 교역의 교차점이라서 물류도 많고 인파도 굉장했다.

분기도시 켈튼과 미궁도시 세리빌라의 중간에 있는 푸르사우란 소도시를 지났을 즈음부터, 서서히 마을 수가 줄어들고 차츰 황야가 눈에 띄기 시작했다.

가도를 따르며 있는 마을도 점점 간격이 벌어졌고, 그 전까지의 마을과 비교하면 명백하게 토지가 메마른 인상을 받았다.

"저 산 너머가 미궁도시야?"

루루와 나란히 마부석에 앉은 아리사가 마부석 뒤의 해치를 열고 나에게 물었다.

"그래, 이제 곧이야."

이윽고 마차가 산꼭대기에 올라, 미궁도시 세리빌라가 있는 광대한 분지가 보였다.

분지 바로 앞 절반은 선인장 같은 베리아란 식물이 듬성듬성 나 있을 뿐이고, 사막이라고 해도 괜찮은 황무지가 펼쳐져 있었다.

저편으로 희미하게 보이는 미궁도시 너머로 미궁 입구가 있는 언덕, 그리고 그 언덕에서 분지 너머에 있는 산맥 사이에는 식물계 마물이 광범위로 분포해 있었다.

그리고 산맥 너머는 광대한 사막이었다.

"드디어 도착했어!"

"네잉~."

"우리의 싸움은 이제부터 시작인 거예요."

아리사의 말에 타마와 포치가 대답했다.

그런 조기 종료 같은 발언은 하지 말아줘.

"이제 슬슬 가자. 여기서부터 미궁도시까지는 마을도 없고 휴게소도 비랑 이슬이나 피할 수 있을 뿐이지 우물도 없는 장소가 많은 것 같아."

"오~케이! 렛츠 꼬꼬~!"

아리사의 한 세대 전쯤 유행하던 호령을 들으며, 마차가 미궁도시로 이어지는 경사를 내려가기 시작했다.

나는 동료들과 함께 앞으로 미궁도시에서 기다리는 만남과 특산품에 기대가 부풀어 올랐다.

분명히 즐거운 모험이 기다리고 있을 거야.

■작가 후기

안녕하세요? 아이나나 히로입니다.

이번에 「데스마치에서 시작되는 이세계 광상곡」 제9권을 택해주셔서 정말로 감사합니다!

띠지에서 이미 고지가 되었을지도 모르겠습니다만―.

애니화 기획 진행중입니다.

편집장님과 함께 회의에서 들었을 때는 「드라마CD가 아니고요?!」라고 내심 놀라면서도, 너무 놀라서 「그런가요」라고 무감동한 느낌으로 대답했다고 기억합니다.

내심 덩실거리면서도, 그다지 실감이 없어서 본권의 페이지 수 증량을 부탁하기도 하면서도 머리가 식어 있었습니다.

이대로 애니화에 대해서 쭉 이야기를 하고 싶지만, 이번에는 본편을 늘리느라 후기 페이지가 적으니 각종 고지를 하도록 하겠습니다. 애니화에 대해서는 카도카와 BOOKS 공식 사이트에 순차적으로 게재할 예정이니 그것을 보아주시면 되겠습니다.

고지 1. 게임화됩니다. 카도카와 BOOKS 1주년 기념 캠페인 응모자 전원 선물로 받을 수 있습니다. 응모 마감이 12월 15일까지니까 주의해 주세요.(※한국 발매일 기준으로는 이미 종료된 이벤트입니다.)

고지 2. 카도카와 BOOKS 공식 사이트에서 열리는 앙케이트입니다만, 해답자에게 본작의 숏 스토리 「가을의 숲」 등을 읽을 수 있는 서비스도 있으니 꼭 참가해 주세요.

고지 3. 아야 메구무 씨가 그리는 본작의 코미컬라이즈 제4권도 동시 발매입니다. 소설판과 또 다른 볼거리가 잔뜩 있으니 소설판과 함께 구입해주시면 감사하겠습니다.

페이지 수가 얼마 안 남았지만 본권의 볼거리입니다!

완전 신규 작성한 9권은 남쪽 바다 이야기. 표지에 등장한 하얀 머리칼의 어린 소녀를 구하기 위해서 사토와 동료들이 무시무시한 마물, 흉악한 해적과 세계 전복을 노리는 고대의 망령을 상대로 대활약합니다. 특히 라스트를 꼭 보셔야 합니다!

물론 데스마치답게 바다의 산물에 혀를 내두르거나, 사람 좋은 뱃사람들과 술을 나누거나, 이런 일상의 한 장면도 잔뜩 들어 있습니다.

에피소드를 좀 너무 늘린 탓에 평소보다 20퍼센트 정도 페이지 수가 늘어났습니다. 문자 수로 따지면 18만자 정도 되는군요. 평소보다 4만자 정도 많아져 버렸습니다.

마지막으로 늘 하는 인사를! 담당자 H 씨, K 씨, 새로운 담당자 A 씨, 그리고 shri 씨, 그밖에 이 책의 출판과 유통 판매에 연관된 모든 분들, 그리고 응원해주시는 수많은 독자 여러분께 감사드립니다!

본 작품을 마지막까지 읽어 주셔서 정말로 감사합니다!

그러면 다음 권, 미궁편에서 만나요!

아이나나 히로

■역자 후기

안녕하세요? 재미없기로 소문난 불초 역자의 후기 시간이 돌아왔습니다! 맥썸노~. 부처핸접~. 예에에에에에에~!

쓰잘데없이 신났습니다. 후기를 쓰는 현재 오랜만에 밖에 나왔거든요. 역자는 까딱하면 현관문 한 번도 안 열고 하루 종일 지내는 경우도 있기 때문에 집에서 왕복 5분 거리만 나갔다 와도 상당히 긴 여정을 다녀왔다고 할 수 있습니다.

그런 역자가 무려 걸어서 16분 거리에 있는 카페에 와 있습니다. 엄청나지 않습니까? 카페에 도착해서 아이스 카페 모카를 마시며 자신이 이룩한 위업에 전율하고 있습니다. 여기까지 읽기만 해도 「이 자식, 안 되겠어. 빨리 어떻게든 하지 않으면」이란 생각이 들 정도로 글러먹은 역자가 무려 걸어서 16분이나 되는 거리에 있는 카페까지 왜 왔을까요? 이게 다 지하철 광고 때문입니다!

그렇습니다. 이 후기가 작성되고 있는 시기는 바야흐로 2017년 8월초. L노벨에서 최초로 지하철 광고를 낸 시기이기 때문이죠. 참고로 이 카페는 신림역에서 1분 거리에 있습니다.

자, 여기에서 퀴즈를 내보죠. 역자가 사는 곳은 어디일까요? 그렇습니다. 지하철 광고가 붙은 신림역까지 걸어서 17분 걸리는 곳입니다. 하하하하!

걸어서 17분. 대장정입니다. 그러나 뭐 돈이 드는 것도 아니고, 날이 더워서 다녀오면 땀이 주륵주륵 흐른다거나 그런 것만 빼면 못 다녀올 이유가 없지 않겠습니까? 게다가 페이트 세계관 최고의 박복하고 덧없는(…….) 미소녀 사쿠라가 대형 광고판으로 기다리고 있단 말입니다. 역자는 아침 일찍(오전 11시 반이라는 놀랍도록 이른 시간입니다) 일어나서 밥 먹고 씻고 짐을 챙긴 다음에 힘차게 밖으로 나섰습니다! 30도가 넘는 기온에 좌절할 것 같았지만 늘 입는 깜장 옷을 꿋꿋하게 입고서 신림역으로 출발! 무려 17분의 대장정 끝에 대형 광고판을 영접하게 되었습니다. 오오, 제법 박력이 있어요. 역자는 기념으로 사진을 찍고서 와아, 세상 참 좋아졌다며 감동을 잠시 곱씹은 다음에 가까운 카페에 들어왔습니다.

마침 L노벨 공식 카페에서는 이벤트를 하고 있어서요. 카페 ID를 함께 찍어서 인증하면 추첨해서 경품을 주고 있습니다. 자 이제 인증글을 올리기만 하—.

?: 어이 잠깐.

뭐, 뭐냐! 난 지금 바빠! 포스터랑 캔뱃지 추첨이 나를 기다리고 있다!

?: ……너 역자거든?

그럼그럼. 역자지. 그러나 역자라고 해서 이벤트에 응모하지 말란 법은—.

?: 아, 응. 백보 양보해서 다른 역자라면 그렇지. 그러나! 너는! 다른 것도 아니라 헤븐즈 필 역자거든!

크억!

?: 아니, 자기가 번역한 책 이벤트에 응모해서 경품을 노린다는 건 거시기 뭐냐? 그, 좀 거시기해서 말이지? 응? 안 그래?

그, 그치만 포스터랑 캔뱃지…….

?: 갖고 싶으면 편집부에다 떼를 써보든가. 아 물론 네가 성실하게 마감을 지키는 역자라면 말이다!

토혈토혈!

?: 훗. 죽었군. 부활 주문을 쓰면 살아나서 다시 일을 할 테니 독자 여러분께선 걱정하실 것 없습니다. 하는 김에 다른 데 한눈팔지 않도록 세뇌를 하면 좋겠지만, 이 역자의 정신 상태는 이미 글러먹은지라 세뇌도 안 먹히는 지경이라 어렵군요. 역자도 사망했으니 후기를 마무리하겠습니다. 「데스마치에서 시작되는 이세계 광상곡」을 앞으로도 잘 부탁 드립니다! 그리고 역자가 번역한 또 다른 시리즈 「Fate/stay night [Heaven's Feel]」, 「고블린 슬레이어」도 많이많이 사랑해 주세요!

데스마치에서 시작되는 이세계 광상곡 9

1판 1쇄 발행 2017년 9월 10일
1판 2쇄 발행 2017년 10월 25일

지은이_ Hiro Ainana
일러스트_ shri
옮긴이_ 박경용

발행인_ 신현호
편집국장_ 김은주
편집진행_ 최은진 · 김기준 · 김승신 · 원현선 · 김솔함 · 권세라
편집디자인_ 양우연
국제업무_ 정아라 · 고금비
관리 · 영업_ 김민원 · 이주형 · 조인희

펴낸곳_ (주)디앤씨미디어
등록_ 2002년 4월 25일 제20-260호
주소_ 서울시 구로구 디지털로 26길 111 JnK디지털타워 503호
전화_ 02-333-2513(대표)
팩시밀리_ 02-333-2514
이메일_ lnovelpiya@naver.com
L노벨 공식 카페_ http://cafe.naver.com/lnovel11

DEATH MARCHING TO THE PARALLEL WORLD RHAPSODY Vol.9

First published in Japan in 2016 by KADOKAWA CORPORATION, Tokyo.
Korean translation rights arranged with KADOKAWA CORPORATION .

ISBN 979-11-278-4248-2 04830
ISBN 979-11-278-4247-5 (세트)

값 8,800원

*잘못된 책은 구매처에 문의하십시오.